"Choisis donc la vie !"

ISBN 978-2-39065-000-3
DL 2021/14.598/9

Walden & Whitman

"Choisis donc la vie !"

Itinéraire d'un prêtre anticlérical

Serge Maucq

L'enfant de l'horticulteur

Cet homme-là est né au village, au Pays des Collines, dans sa maison des Quatre Chemins. Dès le berceau, il a perçu le parfum des fleurs cultivées par ses parents et assemblées, en vue de fêtes, cadeaux et célébrations.

Certains enfants grandissent en respirant des odeurs de sciure, de ferraille, de craie. Les ateliers et chantiers laissent des traces dans la mémoire et dans l'imaginaire de chacun, chacune. De plus, les gestes des femmes et des hommes, au travail, à la cuisine, à l'étable, au bureau, font partie de l'univers familier et durable du rejeton qui s'inscrit, dès l'école, dans une collectivité qui propose, heureusement, de nombreuses expériences distinctes.

Pour Serge, ce fut l'arbre. Les arbres, arbustes, plants prometteurs ou déjà assurés. À Wodecq, des arbres d'aujourd'hui furent plantés par Jules, le papa horticulteur. Les bouquets de fleurs pour les communions, les gerbes pour les funérailles, la délicate composition pour une mariée, les décorations lors de fêtes paroissiales, aux couleurs généreusement offertes par les saisons. Simples ou remarquables, les ensembles étaient l'oeuvre d'un artisan, souvent épaulé par son épouse Jeannine. Et l'enfant, à leur insu, contemplait naturellement nuances et mouvements traversés de vie, chargés de messages d'amour.

Semer, planter, soigner, veiller, récolter ... Un métier de père, de gardien bienfaisant, qui s'apparente à celui de pasteur. Personne ne connaîtra jamais le degré d'influence que cette activité familiale exerça sur l'adolescence, la vie et les grandes décisions du Wodecquois.

« *Là où tu es semé, il te faut fleurir.* »

Personnellement, j'ai longtemps gardé cette maxime de saint François de Sales, image ornée d'épis de blé, de bleuets et de coquelicots, avant de l'offrir, intacte, à un enfant qui l'appréciait. Aujourd'hui je me dis : on peut partir, quitter son écrin confortable pour éclore et s'épanouir ailleurs, au cœur d'autres paysages. Le hameau "Quatre Chemins", le bien nommé, a invité Serge à s'investir, jeune adulte puis citoyen engagé. Il a pris les quatre voies, puis d'autres, afin d'épauler ses semblables, d'œuvrer à ce qu'il y a de meilleur entre les êtres : l'entraide, l'écoute, la fraternité, la réflexion collective, le silence fondateur.

Loin d'être un « bisounours », Serge est depuis longtemps un homme de conviction, de partage, tantôt consensuel, tantôt rebelle. Il revient sans cesse au premier jardin, terre de contrastes et de certitudes où l'on côtoie siècles et saisons, où l'on peut s'affirmer, lutter, se poser avec une humanité qui accueille pluies battantes, soleil complice et vents contraires.

Pour les Wodecquois, le fils de Jeannine et Jules ne cesse de cultiver les valeurs qui sont aussi les leurs. C'est sans doute pour cette raison que cet homme, proche de tous, demeure un frangin estimé.

Françoise Lison-Leroy

Faire étape

«J'ai regardé les occupations que Dieu impose aux humains. Il fait toute chose belle en son temps, Dieu fait arriver toute chose au bon moment. Il a donné aussi aux humains le désir de connaître à la fois le passé et l'avenir. Pourtant, ils ne peuvent pas connaître l'ensemble de ce que Dieu accomplit. Ainsi, je le sais, le seul bonheur pour eux, c'est de se réjouir et de profiter de la vie» (Qo 3, 10-12).

Chaussé de solides bottines, j'aime me promener dans les collines du Brabant Wallon ou de ce coin du Hainaut Occidental qui a choisi de s'appeler Pays des Collines. En vacances, il m'arrive souvent de grimper davantage en altitude. J'apprécie de m'arrêter, jetant un regard attentif tant sur le chemin parcouru que sur les nouveaux horizons qui se laissent entrevoir. En été, mettant de l'ordre dans une bibliothèque, où se trouve une quarantaine d'agendas, je me suis surpris à les ouvrir, à les parcourir, puis à écrire quelques réflexions et enfin à les placer sur une ligne du temps.

Tout comme lors d'une halte au cours d'une balade, je ressens de la joie à prendre le temps d'un regard circulaire, sur les paysages et les mondes qu'ils recèlent. Ainsi, la redécouverte de mes agendas m'a révélé la diversité des mondes que j'ai côtoyés, des personnes que j'ai croisées. Ma vie a notamment été faite de "visitations". Chaque chapitre de ce livre-témoignage déploie l'un de ces univers à un moment donné, avec ses joies et parfois ses peines, les découvertes que j'ai pu y faire, les difficultés que j'ai pu éprouver, mais surtout les joies ressenties et partagées.

Comme je suis devenu prêtre sur le tard, on m'a souvent interrogé sur mon changement de vie que j'ai fort peu ressenti tel, il est vrai. Pendant quelques décennies, le fil rouge de ma vie aura été un dialogue permanent entre les différentes réalités que je vivais, y compris en Église comme laïc d'abord, puis comme religieux et prêtre. Le livre alterne donc vie profane et vie ecclésiale, à une vingtaine de reprises.

Toutefois, mon projet n'a jamais été d'offrir un bouquet de souvenirs et encore moins d'écrire une sorte d'autobiographie, mais plutôt de marquer une étape et d'en témoigner, au cours d'un itinéraire qui pointe vers les collines à encore escalader, en allant de l'avant, parce que j'ai toujours choisi la vie !

Jules, Jeannine, un lopin de terre et un chat noir

Un mardi de Saint-Christophe, jour de braderie lors de la kermesse* d'été à Flobecq, le village natal de maman, mes parents sont à la clinique de Renaix. Les préparatifs de l'accouchement sont longs et laborieux. Je vais rester fils unique, notamment à cause de ces moments difficiles, m'a-t-on dit. Papa ne sera pas présent à l'accouchement. Il a dû quitter la clinique des Sœurs de la Miséricorde, appelée Sancta Maria, pour effectuer un aller-retour à son exploitation horticole wodecquoise, en ce matin du 31 juillet 1956. Je suis né sous le signe du lion, ascendant vierge, en l'année chinoise du singe et en la fête de Saint Ignace. Ces caractéristiques se manifesteront sans doute au cours de ma vie. On me dit volontiers entreprenant, boute-en-train et le discernement me passionnera toujours. Mes premiers souvenirs sont ruraux : les fermettes qui balisent le hameau, avec une concentration significative au carrefour tout proche des

Quatre Chemins. Mon univers est fait de champs, de prairies et de jardins. Le Tordoir, ruisseau principal du village, serpente dans les prairies en contrebas du hameau. La vie du quartier est rythmée par les saisons, avec le travail de la terre et le soin des animaux. Mon ouverture sur le monde, c'est le voisinage immédiat : Jules et Jeanne, les plus âgés, Marcel et Céline, Albert et Alice, et quelques autres. Des prénoms qui paraissent désuets à une époque où tout le monde s'appelle Brigitte, Monique ou Mireille ou encore Eric, Philippe ou Pierre. Ces prénoms d'alors vont réapparaître quelques décennies plus tard. L'histoire de l'humanité est plutôt linéaire, mais elle a aussi des accents de circularité.

À cette époque, les paysages sont encore très ruraux ; les grandes haies de cyprès ou de thuyas, pour s'isoler chez soi, arriveront plus tard. Les liens entre voisins sont quotidiens mais plutôt distants : on se salue en se croisant, en chemin vers le travail. L'équipement des familles est variable. Tous les voisins n'ont pas de télévision ou de salle de bains. Anna, une fermière âgée, spécialisée dans l'élevage de porcs, vient téléphoner à la maison. Elle parle un mélange de flamand, de français et de dialecte local. Je ne raterais pour rien au monde la commande téléphonique du verrat qui viendra honorer ses truies. Les visites entre voisins rythment le temps campagnard où les grands évènements sont rares. Les plus âgés n'ont généralement pas de voiture et la solidarité joue. L'arrivée des premières TV en couleurs réunit parfois le hameau. La famille élargie occupe une place inversement proportionnelle à la taille de notre minuscule cellule familiale.

Un tel ancrage est sans doute vital pour un enfant unique. Le travail est une valeur majeure pour les membres de ma famille, aussi bien maternelle que paternelle. On s'accorde peu de loisirs, on aime la droiture et les principes ; on vit de façon plutôt austère dans des maisons bien tenues, mais simples et sans confort. Certes, mon enfance est vécue dans les années soixante. Mais les Trente glorieuses n'ont pas encore transformé la campagne profonde.

Gamins, nous faisons l'expérience d'une certaine égalité, par notre appartenance à un même village. Certes, il y a quelques notables comme le médecin, le pharmacien, le vétérinaire ou encore le notaire. Il y a aussi les représentants de diverses autorités, plutôt craints par les gamins que nous sommes : l'instituteur, le curé ou le garde champêtre. Dans certaines familles, la menace d'être envoyé chez l'un d'eux fait partie de la panoplie des sanctions punitives et ce n'est pas toujours vécu sur un mode virtuel. Entretenir un imaginaire de peur comme vertu éducative fait partie de la culture ambiante. J'y serai un tantinet sensible et j'aimerai garder de la distance vis-à-vis de l'autorité et de la dose de mystère qui l'entoure, censée la protéger. Globalement, le petit monde dans lequel nous évoluons vit plutôt dans l'harmonie et la quiétude. Mais dans une certaine solitude aussi. Les maisons les plus proches sont à quelques centaines de mètres de chez moi et les enfants de mon âge vivent un peu plus loin encore. Un chat noir, né en même temps que moi, est un compagnon fidèle. Il va mourir de vieillesse alors que je pars au collège. Ce sera mon premier deuil.

Mes grands-parents paternels exploitaient la ferme du Valet Maquet à Horrues. Papa avait perdu sa maman lorsqu'il avait six ans. Avec son frère qui le précédait de trois ans, il fut accueilli par les grands-parents maternels et une tante célibataire, au Café de La Pierre à Wodecq, qui est aussi et surtout une ferme. Cette bâtisse imposante et austère m'a toujours fasciné, jusqu'à son expropriation et sa démolition pour l'élargissement de la chaussée Brunehaut, dans les années 70. Les orphelins seront élevés à la dure, selon la conception du devoir à l'époque. Mon grand-père restera à Horrues puis à Soignies où il continuera sa vie, un peu vaille que vaille. Il mourra dix ans plus tard. Tante Célestine, une veuve, apparemment aisée et très pieuse, avait légué ses biens et ses souvenirs aux deux orphelins, ce qui indisposa apparemment le reste de la famille et brisa des liens. Un joli meuble, un secrétaire Louis XVI, reste un souvenir de mon aïeule, une figure lointaine et mystérieuse, mais je lui voue de la reconnaissance pour son audace. Je n'ai donc pas connu mes grands-parents paternels. En 2016, j'ouvre une vieille boîte à biscuits en fer blanc, intitulée Soignies. J'y trouve de vieux papiers. Visiblement, la fin de vie de mon grand-père n'a pas été facile et tout ne s'est pas passé pour le mieux entre les branches de ma famille paternelle, quant aux successions et aux finances. On ne m'en avait jamais parlé et je ne connaîtrai jamais certains pans de la biographie de mes aïeux. Quand j'entendrai parler des constellations familiales en coaching, je réaliserai mieux à quel point il est douloureux de manquer de telles ressources, si volontiers occultées jadis.

La vie est rythmée par les saisons. Le 19 mars, fête de Saint Joseph, mes parents préparent des bocaux pour la germination des premiers semis opérés dans les couches un peu plus tard. Ces bocaux prennent place sur la cheminée de la cuisine. Les précautions ne sont pas en option. Une récolte ratée affecte le gagne-pain de la famille. Papa était entré à l'école d'horticulture de Tournai avec le goût des fleurs et en était ressorti, disait-il, avec le goût de l'arboriculture fruitière. Je verrai naître les arbres fruitiers qui formeront l'environnement de la fermette, apprenant du même coup un vocabulaire très particulier : écussonner, greffer ou tailler, avec un outillage bien spécifique que je conserve précieusement. Papa créera aussi des dizaines de jardins ornementaux pour les citadins qui viennent acheter les maisons souvent délaissées par les familles locales : elles deviennent alors des "maisons de campagne". C'est un créneau économiquement plus porteur que l'arboriculture fruitière qui n'a plus trop d'avenir dans nos contrées. Papa est apprécié par un réseau de vieilles familles locales, qui cultivent encore les traditions du verger, du jardin ou du parc, selon leurs statuts respectifs. Gamin, je l'accompagnerai très souvent, découvrant avec délectation des personnes et des lieux parfois bien surprenants. Les "Caractères" de La Bruyère m'ont fasciné; l'observation, plutôt bienveillante, de l'humanité m'a toujours passionné.

Maman avait appris la couture chez une patronne à la rue du Progrès à Schaerbeek. Mariée, elle tient à domicile son petit atelier avec une jeune fille qui l'aide. Les essayages, le découpage des tissus sur les patrons, tout cela se passe dans la maison familiale et m'ouvre à un tout autre vocabulaire que celui de l'horticulture. Elle gardera toute sa vie ce qui ne sera plus qu'un hobby, puisqu'elle avait rejoint papa dans l'horticulture. Mais elle cousait encore occasionnellement à plus de 85 ans.

Les cultures, un mot du terroir pour les distinguer des prés et prairies, occupent le centre du terrain et sont variées : chrysanthèmes, tabac, fraisiers ou chicons. Quelques marchands ambulants ou faisant les marchés viennent se fournir en pommes, poires ou produits maraîchers. L'essentiel est vendu au détail. Maman est l'interface entre le travail au champ et les clients. La maison est ouverte 365 jours par an ou presque. La frontière entre l'activité commerciale et la vie privée est quasi inexistante. Mes parents sont tous deux diplômés en phytopharmacie. Que de produits chimiques, aujourd'hui interdits, n'ont-ils pas manipulés et servis au poids ou au litre ? Ils vendent aussi des semences au gramme et cela, c'est devenu très écologique. Je me souviens de tous ces bocaux sur une grande étagère. Il faut peser cinq grammes de semences de poireaux ou trois grammes de scorsonères ou encore un gramme de laitues "Grosse blonde paresseuse". La maison est donc familière pour beaucoup d'habitants des alentours. Dans son métier d'horticulteur, papa est une référence pour les passionnés du jardin et des arbres. On se fie à lui et on vient volontiers le consulter dans son biotope. Il a sans doute contribué à façonner le paysage environnant par les arbres et arbustes plantés dans moult jardins.

Le cycle des chrysanthèmes m'a particulièrement marqué. Comme le pâtissier la veille de Noël ou de Saint-Nicolas, la principale recette économique de mes parents vient des chrysanthèmes proposés à la Toussaint. La spécialité, ce sont les gros chrysanthèmes, de tous coloris et portant des noms, attribués par les floriculteurs à l'origine de la trouvaille d'une nouvelle variété. Ils se nomment Jean Gieulles, Ami Dumont ou encore Sérénata mais les prénoms féminins sont légion : Sucy, Françoise ou Nicole, sans oublier Marie-Jeanne et Eliane. Chaque année, pendant plusieurs jours, la maison se transforme en ruche pour préparer la fabrication, en vingt-quatre heures, de quelques centaines de gerbes. Les fleurs sont piquées dans la paille de seigle, enveloppée d'un papier crépon vert, recouverte d'if et de laurier cerise ou encore de chêne rouge. Les oasis, ces blocs de mousse verte bien ouvragés les détrôneront. Mais mes parents vendent aussi des potées, présentant une dizaine de fleurs plus petites, cultivées en pot et fournies telles quelles. Les blanches sont appelées Poitevines et les mauves foncées Excellences. Cette culture, quasi disparue aujourd'hui, constitue un véritable artisanat, depuis le bouturage au printemps, le soin continu en été, la mise à l'abri dans des serres fabriquées pour l'occasion et chauffées avec des poêles au charbon, car un coup de gel fin octobre peut anéantir des mois de travail. Vivre à la campagne à l'époque, c'est une prise de conscience de la précarité. Le souvenir de grêlons qui ont annihilé le travail d'une année, en détruisant toutes les cultures un dimanche soir d'août, reste vivace dans ma mémoire.

Au cimetière du village, nous fleurissons les tombes des défunts de nos clients. Le matin de la Toussaint, un convoi formé par un modeste Massey Ferguson, suivi de trois ou quatre remorques, s'ébranle des Quatre Chemins vers le cimetière. Cela me vaudra de le connaître dans ses moindres recoins et d'expérimenter dès l'enfance une forme de familiarité avec la mort. L'inhumation est la tradition. La crémation est peu fréquente et on ne trouve ni columbarium, ni pelouse de dispersion des cendres. La pratique n'apparaîtra qu'à la fin du siècle dernier dans les campagnes. Le cimetière restera un lieu familier. À sa façon, il est aussi un jardin, ce qu'on remettra parfois à l'honneur au siècle suivant. La maison de mon enfance, nos cachettes dans la campagne, le jardin des grands-parents ou des voisins, j'y trouverai les racines qui nourriront ma vie. La campagne a ses couleurs déployées au fil des saisons, ses odeurs du tabac qui sèche ou des fraises cueillies de grand matin, ses chants d'oiseaux et la tonalité du vent qui annonce la météo, mais aussi le goût des végétaux produits en autarcie ou le toucher des manches des outils, venus d'arbres des alentours. Cet ancrage restera indélébile et j'y serai toujours fidèle. Spontanément, j'y retournerai dans des moments décisifs, mais sans m'attarder, avec le souci d'éviter quelque repli casanier. Une forme de vigilance du guetteur m'a toujours habité pour observer que les enracinements et les traditions peuvent aussi plomber, raidir, freiner les audaces et les ouvertures.

Notre-Dame des Fièvres et Saint Roch

«Amen, amen, je vous le dis : si le grain de blé tombé en terre ne meurt pas, il reste seul ; mais s'il meurt, il porte du fruit en abondance» (Jn 12, 24).

La Bible fourmille d'images bucoliques. Je suis né dans un univers que la sociologue française Danièle Hervieu-Léger qualifie de civilisation paroissiale. Je vivrai le rythme de la nature, celui des grains de blé semés, à la croissance lente puis récoltés. Dans des villages où il se passe peu de choses, à part la montée d'adrénaline à l'approche des élections, spécialement les scrutins communaux, et les cinq ou six ducasses* annuelles dans les villages du canton, les principaux faits saillants se passent à l'église et à l'école. Les deux institutions entretiennent, selon les personnalités en place de l'un ou de l'autre côté, ou selon le statut de l'école, des rapports allant de la confusion à l'hostilité.

Dans ce coin de l'Ouest du Hainaut, comme dans d'autres régions rurales à l'époque, deux traditions philosophiques sont bien implantées, les catholiques et les libéraux. Chacune a son parti, sa fanfare ou sa troupe de théâtre amateur mais surtout son école, l'officielle, organisée et subventionnée par la commune ou d'autres entités publiques, et la catholique. Ma famille est politiquement mélangée, ce qui n'est pas si fréquent alors. De plus, mes parents sont en commerce selon l'expression de l'époque, à décliner au sens propre et donc aussi au sens figuré. Ils vivent avec et grâce à tout le monde. L'école de mon village est communale et unique, dirigée par une majorité politique catholique, forte et stable. C'est donc à la fois l'école du bourgmestre et celle du curé. L'école des garçons est confiée à deux instituteurs catholiques pratiquants. Nous sommes une quarantaine, répartis en deux classes de trois années. L'école des filles a en son sein une section mixte en gardienne, appelée plus tard maternelle, confiée aux Dames de la Sainte Union des Sacrés- Cœurs. Dans un canton de sept mille cinq cents habitants à l'époque, la présence de l'Église est forte. Dans les cinq paroisses de cet ancien doyenné, nous côtoyons une dizaine de prêtres. Près de dix communautés religieuses s'occupent d'enseignement mais aussi de soins aux personnes âgées et d'accueil d'orphelins. Près d'une cinquantaine de religieuses apostoliques vivent au sein de communautés de taille réduite, de deux à une bonne dizaine, en fonction de l'importance des villages et des besoins. Les plus significatives ont même leur aumônier.

La présence du clergé séculier et des religieuses apostoliques est donc très forte et très visible. Plus globalement, l'Ouest du Hainaut, proche de la France, a accueilli beaucoup de religieux français, chassés par la mise en œuvre d'une loi française de 1901 sur les associations qui soumet les congrégations à un régime d'exception. Ce fait historique est venu renforcer, de l'autre côté de la frontière, la présence institutionnelle de l'Église visible dans le paysage scolaire, les mouvements de jeunesse, la liturgie ou la culture (par exemple, les bibliothèques et les chorales). Une religieuse au voile noir ouvre la bibliothèque le dimanche matin. Je m'y rends chaque semaine, lisant ce qui est obligatoire pour l'école, mais aussi et surtout les aventures de Bécassine, Bessy, Bob et Bobette ou Quick et

Flupke. La construction d'une nouvelle école et la destruction de l'ancien couvent-école conduiront à la disparition de cette bibliothèque dans les années quatre-vingt. Les livres sont heureusement conservés. Dix ans plus tard, une sorte de pari, lancé par des bénévoles, conduira à la relance de cette institution qui deviendra plus florissante que jamais, grâce à une motivation gracieuse. Quelques fourmis décidées peuvent ébranler un éléphant. Parce que c'était impossible et décalé, nous l'avons fait. L'influence catholique est donc patente au-delà du traditionnel pilier institutionnel bien repérable. Chez une grande partie des libéraux, les femmes pratiquent régulièrement mais les hommes plus rarement, aux grandes fêtes et bien sûr aux enterrements. Même si les opinions politiques de mes aïeux étaient très mélangées, mes parents s'inscrivent plutôt dans la mouvance libérale des petits indépendants, mais ils sont plutôt croyants dans leurs convictions. Le vocabulaire peut être trompeur car, être catholique désigne le plus souvent l'appartenance à un parti politique.

Mon premier souvenir paroissial, c'est une procession aux flambeaux en soirée. J'ai appris bien plus tard que c'était la fête de la Nativité de la Vierge le 8 septembre. La paroisse se rend en procession à la Chapelle des Fièvres, un lieu de pèlerinage à une demi-heure à pied de l'église. Aurais-je pu imaginer que, quelques décennies plus tard, j'y prêcherais chaque année à l'Assomption, autre occasion de pèlerinage là-bas ? Enfant, je vais à l'église avec maman, catholique pratiquante au contraire de papa, qui ne se déplace qu'aux fêtes. Dans mon souvenir, il y a du monde, souvent beaucoup de monde. La variété des habits liturgiques et religieux intrigue et amuse les enfants. Bientôt, la réforme conciliaire fera s'estomper progressivement ces repères. La chute vertigineuse des vocations, notamment chez les religieuses apostoliques, conduira au vieillissement des communautés, puis à leur quasi-disparition, en une génération. Je suis sensible aux lueurs des bougies, aux sonorités de l'orgue et des chants ainsi qu'aux odeurs d'encens. Nous vivons dans une action avec des couleurs, des sons, des images, des saveurs. Avec le recul, je réalise qu'une foi bien incarnée passe aussi par les sens. Je découvrirai bien plus tard, et plus intellectuellement, que c'est cela la messe. À l'époque, la liturgie est pourtant vécue très individuellement. Chacun a son livre de messe. Le missel est un must parmi les cadeaux de communion solennelle, mais tout cela est bien mystérieux pour les enfants. On fait "ses Pâques". Ce sont surtout les files saisonnières au confessionnal qui le signifient. Le vocabulaire de la communauté paroissiale n'existe pas. C'est plutôt l'addition de ceux et celles qui sont ou se mettent en ordre avec Dieu.

Le village a une bonne trentaine de chapelles quatre façades, un trait patrimonial de la Région des Collines. Chaque soir de semaine en mai, le curé du village vient réciter le chapelet devant l'une d'elles. Une vingtaine de personnes, généralement des hameaux tout proches, font le déplacement. Gamins, nous rejoignons souvent à vélo ce chapelet quotidien, une occasion de sortie pour laquelle l'autorisation est facile à obtenir. Les chapelles sont fleuries avec soin, car il y a de la compétition sinon dans la piété, au moins dans l'image de marque, dans le chef des propriétaires des chapelles. Je garde un souvenir puissant du parfum des lilas les soirs de mai et des travaux qui continuent dans les champs voisins. Presque toutes les chapelles sont dédiées à Marie : Notre-Dame de la Délivrance, Notre-Dame des Affligés, Notre-Dame de la Bonne Mort... Les litanies de la Sainte Vierge sont comme ancrées dans une chaîne architecturale bien visible. Mais saint Joseph et surtout saint Roch ont aussi leur chapelle. Ce dernier a même sa procession annuelle fin août et sa confrérie. Sainte Rose, sainte Catherine et sainte Thérèse sont des références. La place des dévotions est immense. Dans les chapelles, on vient servir, parfois de très loin, pour toutes sortes de maladies. Certaines personnes âgées dévotes en compilent même de véritables Guides Michelin. La succession des saisons est rythmée par les grandes fêtes liturgiques, agrémentées de processions où le Saint Sacrement est central et les saints honorés. Le lien avec le rythme de la nature est patent, comme lors des trois jours des rogations, prières de demande pour obtenir de bonnes récoltes. Trois cortèges particulièrement bucoliques parcourent chaque soir une partie du village, juste avant la fête de l'Ascension.

Qu'ai-je gardé de cette époque ? Un curieux mélange de familiarité et de mystère. La sensation de m'inscrire dans une tradition, entre fonts baptismaux et cimetières. L'église est avant tout un lieu sacré qu'enfants nous ne pouvions trop approcher. Il y a une crainte quasi palpable qui se double d'une attirance pour la beauté et la solennité. La distance entre le profane et le sacré est bien balisée. La génuflexion est naturelle et son omission est sanctionnée lorsqu'on devient acolyte. Nous avons ainsi de la crainte, voire une sorte de peur diffuse, quant à ce que peut contenir l'espace sacré. Au fond, le maître-autel ressemble à un décor de théâtre. Pendant les années de mon enfance, je n'ai cessé de me demander ce qui devait se préparer ou se passer en coulisses derrière les lourdes tentures. Le maître-autel est le décor par excellence de la journée annuelle d'adoration. Pour l'occasion, il est orné d'une multitude de luminaires, de bouquets de fleurs, de draperies : il fait penser aux spectaculaires pièces montées que sont nos gâteaux de communion solennelle. Mais ce décor devient action, lors de messes concélébrées avec les plus beaux ornements liturgiques, un cérémonial bien huilé avec de l'encens à profusion. Il m'a fallu beaucoup de temps pour réaliser dans la suite que Jésus était venu relativiser la distinction entre le sacré et le profane.

Le Sillon Belge et le Dimanche

À trois ans, je rentre à l'école, dite gardienne à l'époque. Mon souvenir de cette rentrée est peu précis mais, comme la plupart des enfants sans doute, je ressens un peu d'appréhension en découvrant subitement un nouvel univers, fait de quelques dizaines de frimousses. Je me retrouve à l'école communale des filles, car les petits de moins de six ans sont accueillis au couvent. Notre classe est très imposante. Elle comporte deux niveaux, telle une salle de spectacles. Beaucoup plus tard, dans ce décor qui s'y prête assez bien, j'y pratiquerai occasionnellement le théâtre amateur, avec un brin de nostalgie. Cet espace est immense à nos yeux d'enfants. Nous sommes rassemblés sous la férule de Madame Isabelle-Lucie, une religieuse française à la personnalité marquée, qui s'occupa de sa classe d'une trentaine de bambins pendant plusieurs décennies. Je me sens très vite à l'aise et heureux dans ce biotope, comme je le serai presque toujours dans les lieux où l'on enseigne, de l'un ou de l'autre côté du lutrin. Mélange de filles et de garçons dans les activités et sieste des petits : c'est une atmosphère dodo, brico, tricot.

Les religieuses enseignantes font partie de la congrégation des Dames de la Sainte-Union des Sacrés-Cœurs. Au village, ce ne sont pas des Sœurs mais bien des Madames. Si le vocabulaire est un peu déroutant, l'habit ne prête à aucune équivoque : une grande robe noir geai et un épais voile noir se terminant par une bande de tissu blanc. Elles sont quatre mais largement identiques. Seules une partie du visage, la taille et la voix caractérisent chaque personnalité. Outre la “Belle Lucie”, Madame Alfred-Michel, la directrice, et Madame Marie-Eleuthère sont les institutrices des filles du primaire, tandis que Madame Joséphina s’occupe de la cuisine. Les religieuses entretiennent un jardin, avec des arbustes fleuris et quelques arbres fruitiers. Papa taille ce qui doit l’être chaque année. Madame Isabelle-Lucie, parlant de moi, lui dit de manière bourrue : il n’est pas comme un autre. Mon père encaisse en silence et rentre à la maison avec quelque inquiétude : avait-t-elle décelé chez moi un quelconque handicap ? L’hiver suivant, elle répète le même message et il ose lui demander ce qu’elle veut dire. Elle rétorque : il n’est pas comme un autre mais il ira loin. Avait-elle flairé une ordination presbytérale 50 ans plus tard ? Seul Dieu aurait pu le savoir.

À six ans, c’est le départ pour la grande école qui regroupe paradoxalement beaucoup moins de monde. Une trentaine de garçons, répartis en deux classes avec chacune leur instituteur couvrant les six années d’études. Le décès de Léon Maubert, l’instituteur plus âgé, alors que je termine ma 3e primaire avec Gaston Leroy, enverra ce dernier chez les grands. Je vivrai mes six années sous la conduite de ce remarquable pédagogue, qui publiera plus tard plusieurs ouvrages sur l’histoire et la toponymie. Durant un trimestre, Jeanne, la fille du défunt, vient renforcer l’équipe et ajouter une touche de jeunesse et de féminité dans notre univers, si sérieux et rigoureux mais ô combien intelligent et formateur. Je passerai donc six ans dans les deux classes installées, de part et d’autre d’un large couloir, donnant sur une cour pavée. D’un côté, un préau, le garage de l’instituteur et le trou au charbon et de l'autre, la maison de l'instituteur. Les grands gaillards de 11 ou 12 ans nous impressionnent. Le français est limité strictement à l'activité scolaire. La porte franchie vers l'extérieur, tout se passe en dialecte picard. C'est la langue parlée par la majorité des familles, même si mes parents ne m'ont jamais adressé la parole en picard, qu'ils pratiquaient pourtant entre eux et avec leurs clients du cru.

Le français, c'est donc la langue des livres et des journaux. Nous écoutons la RTB, la Radio Télévision Belge, mais nous n'avons pas encore de télévision à la maison. Mes parents ne sont abonnés à aucun quotidien. Ils reçoivent avec quelque retard le Courrier de l'Escaut de mes grands-parents. Cette gazette est une institution en Hainaut Occidental, une appellation qui nous situait bien géographiquement, au contraire de cette Wallonie Picarde, inventée plus tard par un politique en quête de positionnement. Côté paternel, on est abonné au quotidien Le Soir mais la dimension des pages m'épouvante. Chaque semaine, nous recevons le Sillon Belge, un journal destiné au monde rural, mon univers d'alors. Je n'oublierai jamais le premier article lu dans cet hebdomadaire à la Toussaint 1962, sans l'aide de quiconque. L'autre source d'informations, c'est le Dimanche, l'hebdomadaire paroissial venu de Mons. Mais nous écoutons surtout la radio. La météo capte l'attention car elle conditionne le travail quotidien. Je me souviens des feuilletons radiodiffusés et notamment du Tour du Monde en quatre-vingts jours qui me passionne, avec Philéas Fogg et son serviteur Passe-Partout. Ai-je déjà un attrait pour les voyages et le suspense ?

En école primaire, nous faisons la route à vélo. Pour arriver à temps et affronter la fraîcheur du matin, nous roulons vite, surtout en hiver. Nous apportons notre pique-nique, tandis que le choco est mis à réchauffer sur le poêle à charbon, régulièrement approvisionné par l'instituteur, qui réside dans une maison attenante et joue donc en même temps le rôle de concierge. Cette étonnante proximité lui permet de nous introduire à décoder notre univers familier. Plus tard, on va inventer l'étude du milieu. À 12 ans, notre formation l'intégrait déjà. En effet, Gaston Leroy déborde d'imagination et de créativité pour ouvrir nos horizons ; il fait déjà cette étude du milieu comme Monsieur Jourdain faisait de la prose sans le savoir. Les conditions d'enseignement sont spartiates, avec d'anciens bancs en bois plutôt inconfortables et peu de matériel pédagogique. Je me souviens de la chaîne d'arpenteur. L'instituteur la confiait à ses élèves à tour de rôle. Chacun devait mesurer la distance qui sépare sa maison de l'école. Un autre outil élémentaire permet de calculer les dénivellations. Au jour le jour, l'instituteur enseigne aux élèves de trois années d'études différentes le calcul, le français, le néerlandais rudimentaire, l'histoire et même la religion avec le catéchisme de Malines, utilisé aussi par le curé deux fois par semaine pour préparer notre communion solennelle. Gaston Leroy nous ouvre aussi à des univers plus larges. D'abord, je ne peux oublier les cartes de géographie au mur. Je les étudie avec une telle intensité que je parais indifférent aux explications de mon instituteur. Il s'acharnera à me prendre en défaut de distraction mais sans jamais y arriver. La géographie, c'est aussi la comparaison entre les paysages et les cultures agricoles. Chaque élève doit rédiger une lettre pour un condisciple belge d'un village de chaque province. Ainsi, la classe construit une carte de Belgique : cultures, ressources, ... Quelle joie pour tel ou tel élève, réputé moins doué, de recevoir en premier une réponse à sa lettre !

À seize heures, nous faisons de longs tours et détours, tantôt en bande, tantôt individuellement, avant de rentrer chez nous. Tout est prétexte pour justifier un retour tardif à la maison. Nous repassons chez les uns et les autres, faisant découvrir nos univers de jeux ou nos refuges plus ou moins secrets. Nous rendons visite aux fermes des alentours, en saluant les personnes âgées mais en taquinant certaines d'entre elles. Nous osons aussi marauder des noisettes, en échappant à la vigilance des propriétaires. J'ai aussi mes circuits secrets par monts et par vaux, en empruntant les sentiers. Je vais visiter tel ou tel jardin ou recueillir les œufs dans les poulaillers pour rendre service à leurs propriétaires, que je perçois comme de très vieilles personnes. Puisque je vois pincer le tabac et les chrysanthèmes, je me ferai un devoir d'appliquer le même traitement aux choux d'un jardin privé en bordure de sentier. J'effectue ce travail quotidiennement, avec méthode, en fonction du développement des plantes. Les fermiers ont mis plusieurs jours à identifier quel animal les empêchait de récolter leurs choux rouges, verts, blancs ou encore de Bruxelles. Je finirai par être confondu mais la reconnaissance de ma volonté à rendre un service horticole me fera échapper à tout châtiment.

Le rythme de l'année scolaire réserve peu de surprises : pas de classes de neige, de mer ou de montagne. Mais il y a bien la visite annuelle de Saint-Nicolas, patron des enfants sages en Belgique, ou l'excursion scolaire, occasion d'aller au-delà des dix kilomètres à la ronde qui structurent nos vies de gamins des campagnes. L'instituteur se révèle, une fois de plus, à la hauteur pour nous faire visiter l'aéroport de Zaventem, le château de Bouillon ou le zoo d'Anvers, après une balade en bateau sur l'Escaut. Certaines années, nous allons même à l'étranger. Lorsqu'il s'agit de Rocroi (France) ou de l'île de Walcheren (Pays-Bas), le dépaysement est toutefois très relatif.

Gaston Leroy, ami de mon père, reste une référence pour moi. Je prêcherai lors de ses funérailles quarante ans plus tard. L'amitié nouée entre ces deux jeunes wodecquois s'était étendue avec bonheur à leurs deux familles. J'accompagnerai Louise, son épouse, morte centenaire. Françoise, leur fille, excellera en littérature. Entre poésie et nouvelles, elle écrira, à l'instar de son père, sur notre village d'enfance. Auraitelle inspiré mon désir de témoigner par l'écriture ? Peut-être : la fidélité en amitié restera en tout cas une boussole dans ma vie.

L'événement de la fin des études primaires, c'est l'examen cantonal. Un événement impressionnant qui se passe dans une autre école, où on rencontre les élèves des autres réseaux officiels. Nos copains du réseau catholique connaissent une épreuve du même genre, c'est l'examen inter-diocésain. Cette compétition entre écoles de tailles différentes est suivie de près par les observateurs. J'engage donc la réputation de ma petite école et je m'en sortirai plutôt bien. Mais qu'est-ce que le canton ? À cette époque de la Belgique encore unitaire où l'on voyage peu, les structures administratives de proximité sont encore vivantes. Le canton, c'est le ressort d'un juge de paix et la présence du ministère des finances. Les bâtiments sont toujours austères et habités par des odeurs fortes : mélange de papier, de bois et d'encre. Je me souviens de la poste ou de la banque avec leurs rituels bien huilés. C'est aussi le premier échelon organisé pour les législatives et provinciales. Au-delà, c'est l'arrondissement, avec son commissaire et puis la province, qui est déjà bien loin. Des amis de mes parents nous emmèneront à une exposition au palais du Heysel (Bruxelles) : cela, c'était carrément le basculement dans un univers insoupçonné.

La réforme liturgique en direct et le catéchisme de Malines

« Souviens-toi du jour du sabbat pour le sanctifier. Pendant six jours tu travailleras et tu feras tout ton ouvrage » (Ex 20, 8-9).

La vie quotidienne à la campagne est balisée par un rythme hebdomadaire plutôt strict. Les ménagères font leur samedi, c'est-à-dire le nettoyage de leur maison et de ses abords. En attendant la généralisation des salles de bains, c'est aussi pour beaucoup de familles le jour de la toilette complète, dans une baignoire en aluminium, après chauffage de l'eau dans une grande bassine sur un réchaud au gaz. Le repos du dimanche est assez effectif. C'est le jour des courses, souvent après la messe, pour beaucoup de ménagères, tandis que les maris se retrouvent dans les cafés. Le marché hebdomadaire du mardi dans le village voisin est aussi une occasion d'emplettes et on trouve des magasins plus nombreux et spécialisés dans une commune proche de 3 000 habitants.

La participation à la messe dominicale est obligatoire pour se préparer à la communion solennelle, un événement célébré le jour de la Pentecôte, en principe à onze ans et en principe aussi en cinquième primaire. La hiérarchie entre les deux critères est un thème de discussion et débouche parfois sur une jurisprudence divisée selon les paroisses et sur d'inévitables querelles entre les familles et le curé. Une large majorité des jeunes du village s'inscrit encore aux rites de passage. À l'époque, la première communion, dite aussi petite ou privée, se fait à sept ans. Je ne me souviens que de notre alignement au premier rang, filles d'un côté, garçons de l'autre naturellement, lors d'une messe de semaine un soir de mai. Je ne sais plus trop à quelle occasion, mais sans doute lors de la Fête-Dieu. Un moment passé largement inaperçu puisqu'il n'était pas précédé, à ma souvenance, d'un catéchisme spécifique ou de répétitions préalables, ni suivi d'une fête familiale. L'échéance majeure, c'est la grande communion ou communion solennelle. Pour nous y préparer, nous suivons le catéchisme pendant deux ans, à concurrence de deux rassemblements par semaine d'une petite quarantaine de filles et garçons. Chaque mercredi après-midi et samedi après-midi, nous passons près de deux heures à l'église avec le curé du village. Tous ou presque, nous y allons à vélo, l'occasion de faire des détours et de fumer nos premières cigarettes dans des lieux discrets de notre campagne. Le curé de la paroisse, d'origine limbourgeoise, est une personnalité marquante. Il est passé brièvement chez les Franciscains avant d'être ordonné pour le diocèse de Tournai. À l'époque, il y avait tant de séminaristes dans certains diocèses, notamment du Nord du pays, que certains étaient orientés vers des diocèses moins fournis, notion relative s'il en est. L'abbé Jean Cox vécut un demi-siècle en terre de débats, notamment comme curé de Wodecq de 1963 à 1989. Amoureux de la liturgie et féru de discussions théologiques, exigeant mais très bon vivant, il incarnait le modèle du curé qui fait en principe tout dans une paroisse : les célébrations, les visites mais aussi la gestion, notamment financière. Travailler seul comme prêtre à faire des comptes dans un presbytère, c'est une tâche curiale spécifique à l'époque.

La messe de la communion solennelle est un évènement marquant dans la paroisse, un grand rassemblement de familles. L'assemblée est majoritairement composée de personnes qui ne viennent à l'église que pour ce type de célébration, assez étrangères à ce qui s'y passe. Les paroissiens se coupent en quatre pour que l'église soit accueillante, bien fleurie, avec une chorale très au point. Nous sommes vingt-quatre, onze filles et treize garçons. La messe est précédée du cortège des communiants, avec prêtres et acolytes, qui part de l'école voisine. La célébration implique du respect, de la concentration et de la minutie : manier un immense cierge, proclamer deux par deux que nous renoncions à Satan, à ses pompes et à ses œuvres, rester attentifs malgré les allées et venues de photographes amateurs, ce n'est pas une sinécure pour nous. Il ne s'agit pas de se tromper et la crainte révérentielle indispensable à l'égard du curé n'est pas un vain mot. Pour la communion solennelle, il y a une hiérarchie entre les communiants. Pendant deux ans, nos prestations au catéchisme et nos présences aux célébrations ont été soigneusement inscrites dans un carnet par le curé. Nous sommes classés selon nos performances, du premier au dernier, respectivement pour les filles et les garçons. J'avais raté les vêpres du dimanche après-midi pendant deux ans, pour cause de visite hebdomadaire aux grands-parents maternels vivant dans le village voisin. Malgré mon handicap de cent points, je me classe deuxième sur treize ! Eric, mon meilleur copain de l'école primaire, toujours deuxième, me détrôna donc cette fois-là, avec un beau clin d'œil.

L'événement est aussi familial : un long repas au menu plantureux. Dans le village, la solidarité d'une communauté fonctionne. Les familles qui disposent d'un fournil cuisent des tartes en abondance. Lors du repas, on consomme du vin, ce qui était rarissime en milieu rural. Bref, c'est une fête bruegelienne* et l'occasion des premiers cadeaux puisque jusqu'alors, il n'y avait que la Saint-Nicolas*. En effet, on ne fête pas les anniversaires à la campagne à cette époque et je n'ai aucun souvenir de cadeaux à Noël. En revanche, nous recevons traditionnellement notre premier argent de poche lors des étrennes du premier janvier.

La confirmation, quelques semaines plus tard dans la paroisse voisine de Flobecq, apparaît davantage comme une formalité même si le dispositif de la célébration est impressionnant. Nous devons être au moins une centaine, défilant deux par deux pour recevoir l'onction, mais surtout la petite tape sur la joue qui la conclut. Notre parrain de confirmation, désigné chaque année, est un notable local qui tient la main posée sur notre épaule. Ce parrain nous impressionne quelque peu car nous n'avons pas coutume de l'approcher au quotidien. Trente ans plus tard, mon curé me demandera ce service. Il n'aurait pas compris que je refuse, même si je ne me sentais guère notable. La confirmation se passe au cours d'une Eucharistie solennelle, présidée par l'évêque en mitre. L'église est comble mais une grande partie de l'assemblée suit la célébration d'assez loin. Pour l'occasion, ce devait être Mgr Himmer. Voir une mitre portée par un autre que le Saint-Nicolas reste surprenant pour nous. Tous les jeunes ou presque font leur confirmation dans la foulée de leur communion. Les exceptions sont rarissimes, même en cet après-concile. Cette église multitudiniste, qui touche presque toutes les familles pour les rites de passage, va résister quelques décennies encore dans la région.

Les acolytes sont recrutés vers neuf ans parmi les garçons du catéchisme. Les critères sont peu explicites. S'agit-il de sagesse ou de piété ? Sans doute mais plus encore de traditions familiales. Même si je n'appartiens pas à une famille du pilier, je deviendrai acolyte ou enfant de chœur, selon le vocabulaire d'alors, comme une dizaine d'autres garçons, pendant les trois dernières années d'enseignement primaire. Chaque jour, la messe est à 7 h 30, sans chauffage. Une ou deux fois par semaine, j'enfourche mon petit vélo et je roule deux km, parfois dans la neige, pour aller servir la messe. L'école ne commence qu'à 8 h 45 et est ouverte peu avant. Nous prenons donc le petit-déjeuner dans la cuisine chez des commerçantes dévotes. En dialecte, leurs magasins s'appellent des *boutiks*. Le mot fera fureur plus tard, transformant une référence très modeste en appellation de luxe. Ce sont des commerces centrés sur l'alimentation mais on y trouve de tout. Nous allons manger nos tartines chez Marie-Ange, Héléna ou chez l'instituteur, quand les magasins sont fermés. Il a pitié de nous lorsque nous attendons l'ouverture de l'école, parfois dans le gel, assis sur le seuil. Nos gourdes contenant du café au lait sont devenues froides et l'instituteur les dispose sur le poêle à charbon pour les réchauffer.

Le service de l'acolytat continue, pour certains d'entre nous déjà en humanités, le samedi soir ou le dimanche matin mais surtout pour les grandes fêtes liturgiques. Les répétitions sont sérieuses et longues. Parfois, les baffes distribuées par le curé se perdent. Pendant la période pascale, les acolytes vont chercher leurs Pâques, des œufs ou un peu d'argent, chez tous les habitants du village. C'est le *stabat* en référence au chant que nous entonnons dans la cour ou devant la porte : *Stabat mater dolorosa, juxta crucem lacrimosa*. Nous recevons des œufs, parfois d'oies ou de poules anglaises pour diversifier les formats, mais le plus souvent un peu d'argent, les détenteurs de volailles diminuant en nombre. Les acolytes interviennent aussi lors des funérailles, ce qui me vaudra de connaître toutes les familles, celles-ci étant disposées de manière rigoureuse, par ordre d'âge et de proximité avec la personne défunte. Les mariages nous intéressent davantage car nous recevons un peu d'argent à la fin de la cérémonie. Notre engagement à l'église est assez institutionnel. C'est une affaire de curés. En effet, les affaires de foi, c'est à l'église qu'on les aborde mais pas à la maison. On ne parle pas de cela en famille car, tout simplement, on ne s'estime pas compétent pour cela.

Au Collège, le choc des différences

Maman m'a emmené à Ath pour m'inscrire au Collège* Saint-Julien durant l'été 68. Les évènements parisiens sont très étrangers aux gamins des villages que nous sommes. Paris est loin et Saint-Julien, en tout cas, c'est l'ordre. Le collège ne pratique ni démarchage, ni séance d'information, à l'époque. C'est plutôt une sorte de privilège d'oser entrer dans cet établissement réputé exigeant. Nous avons le sentiment de faire partie d'une certaine élite, une perception largement encouragée par la culture maison. L'accueil aux inscriptions est poli mais réservé. Le rez-de-chaussée du bâtiment Art Nouveau face à la gare est glacial, même au cœur des vacances d'été. L'exploration des lieux dès le premier septembre va le confirmer. Peints d'un vert lugubre qualifié parfois de vert collège, les couloirs du quartier du Principal et de la direction sont plutôt élégants. Une impressionnante Vierge terrassant un serpent occupe l'angle reliant les deux bâtiments principaux. Nous traversons en rangs ces bâtiments, parsemés de zones interdites aux élèves.

La zone des professeurs, appelée chauffoir, c'est le saint des saints et notre présence y est interdite. Notre seule connexion avec le lieu, c'est notre privilège d'ouvrir aux professeurs la porte donnant sur le long couloir qui y mène : il s'y dégage une forte odeur de cire et il est décoré de la galerie de portraits des Principaux successifs. Nous cultivons avec une réelle crainte la conviction que c'est dans ces lieux secrets que se trament notre avenir ou les délibérations menant à une sanction éventuelle, notamment une retenue. Nous recevons mensuellement une carte, qui est la plupart du temps jaune, mais peut aussi être d'honneur quand la période a été scolairement ou disciplinairement irréprochable. Le paquet de cartes distribuées solennellement par le Principal inclut aussi la carte rouge annonçant une retenue ou la verte (heureusement plus rare) à deux retenues. Un manque de discipline me fera écoper d'une retenue en rhéto*. J'irai voir le prêtre, préfet de discipline et ses deux adjoints, car je ne pensais pas avoir agi pire que d'habitude. Chacun me fera part du mécontentement des deux autres. Je ne fis donc pas ma retenue. Et je ne serai ni interrogé ni sanctionné. Je me souviendrai souvent de cet épisode, parfaitement représentatif du modus operandi typique d'un certain style ecclésiastique.

L'immense salle d'études comporte cinq cents places avec de grands bancs en bois, fermés par une double planche. Lors de courts chahuts lorsque nous sommes laissés seuls un moment, leur actionnement provoque un charivari indescriptible. Mais un silence de plomb règne quand le redoutable préfet de discipline Jos Desaegher trône sur son mirador. Les élèves des six années sont mélangés à l'étude. Grands et petits doivent se côtoyer, se parler, se respecter, un beau pari intergénérationnel. On compte les années à l'envers, de la sixième à la première, comme en France. En gréco-latines, la troisième s'appelle la syntaxe, la seconde la poésie et la première la rhétorique, privilège de la section historique des langues anciennes. Seule l'appellation rhéto a survécu et est orthographiée de façon polymorphe sur les affiches annonçant les réjouissances estudiantines de fin d'humanités. Trois fois par jour, au rythme de leur arrivée dans la grande cour, les noms des professeurs sont égrenés et les rangs se forment. Nous sommes une quarantaine en sixième latine. Je fais partie d'une classe de vingt-quatre sous la houlette de l'abbé José Gallez, qui restera plusieurs décennies à ce poste. Le titulaire nous enseigne près de vingt heures par semaine, dont neuf de latin et trois de religion. C'est un vrai titulaire, un rôle stratégique à l'époque. Nous avons un maître remarquable. Trente ans plus tard, plusieurs d'entre nous le revoyaient encore avec une grande joie. Nous étions des dizaines à nous retrouver pour ses funérailles à Saint-Ghislain où il rendit service après son départ à la retraite. Significatif.

Les titulaires d'alors, surtout en gréco-latines, agissent comme les véritables patrons de leur classe. Ils inspirent une crainte certaine mais aussi une grande confiance. Prêtres ou laïcs, leur empreinte est durable. Progressivement au cours des humanités, les disciplines se diversifient. Année après année, nous retrouvons une dizaine de professeurs aux charismes contrastés, mais dont la qualité moyenne est remarquable. Les professeurs de langues modernes sont souvent recrutés en Flandre voisine. Le choc est parfois rude mais le résultat probant. Marcel Copriau est resté une référence ès langues modernes pendant toute ma vie. Je sortirai de rhéto avec un tel bagage en néerlandais et en anglais que la licence* en langues germaniques figurait parmi mes choix possibles à dix-huit ans. Dans les cours à faible crédit horaire comme l'histoire ou la géographie, nous avons le même professeur qui nous suit pendant toutes nos humanités, Jean Brogniet en histoire et Louis Dasnoy en géographie. Chacun à sa façon, ils seront des références pour une bonne trentaine de fournées de rhétoriciens.

La marque de fabrique de notre formation, c'est l'inspiration de l'humanisme chrétien. Les humanités classiques sont la voie royale. En effet, le nombre d'options est restreint : les Latin-Grec, Latin-Math puis Latin-Sciences et les Modernes, devenues Scientifiques A ou B ou Economiques. Mon attrait pour les langues anciennes ne suscitera donc pas de bifurcation en cours de route, pour éviter le grec ou le latin. La formation classique repose surtout sur les épaules de nos titulaires en charge du latin et du grec, Charles Duyck et l'abbé André Fauvelle, qui distillent un subtil cocktail d'auteurs païens et d'humanisme chrétien. Les trois dernières années nous conduisent de César à Cicéron en passant par Ovide, et de Xénophon à Démosthène en passant par Homère. Appréhender ces écrits présuppose de maîtriser en amont l'art de la version et même d'avoir pratiqué le thème grec, une technique exigeante qui m'a passionné autant que déstabilisé dans un premier temps. J'en garderai un souvenir fort, vu mon attrait pour l'art et ma passion pour l'étymologie. Dans ce cadre, la maîtrise et la découverte des richesses de notre langue maternelle constituent un pivot essentiel de notre culture humaniste. Je resterai marqué longtemps par la rigueur, déclinée au superlatif, de Jules Nizet, qui a formaté des générations d'adolescents à la connaissance toute en finesse de la langue, directement proportionnelle à la crainte qu'il a inspirée à ses élèves. Quand je gère mon agenda papier ou que je rédige très occasionnellement une lettre manuscrite, les règles inculquées alors me reviennent. Je ne serai jamais un amateur acharné de littérature mais le cadre scolaire me forcera à me confronter à quelques dizaines de livres. Je me souviens avoir lu à quinze ans en quelques semaines *Chiens perdus sans collier* de Gilbert Cesbron, *Vol de nuit* de Saint-Exupéry et *Pêcheurs d'Islande* de Pierre Loti. Plus tard, nous égrènerons les classiques dont l'*Antigone* d'Anouilh ou l'*Annonce faite à Marie* de Claudel, le must pour toute une génération. En poésie, Jean Wynant tentera de nous faire découvrir le charme des poètes français. Ils ne me passionneront pas, malgré le rayonnement de cette figure de l'enseignement du français, que j'ai croisée à un moment de mon cursus peu propice à de telles découvertes.

Par rapport à une telle colonne vertébrale classique, la place des sciences exactes, surtout en gréco-latines, est marginale. La tradition des maths au collège s'avère prégnante à travers des personnalités comme Georges Werbrouck ou Paul Schmitz, des pionniers de ce qu'on appelle alors la mathématique moderne. Même à un rythme de trois heures par semaine, la discipline me marquera, positivement, à vie. Je conserve un souvenir très vif de classes à l'odeur et au décor particuliers : un tableau rempli d'intégrales de Georges Werbrouck, la classe de géographie de Louis Dasnoy, l'auditorium de physique avec Alix Fohal, notre Tournesol, ou encore l'odeur des labos de chimie avec Pierre Hautier, qui a réalisé ce miracle de me rendre presque familières les bases de la chimie en une trentaine d'heures. Je ne peux esquiver le cours de gymnastique, qui m'a fait accumuler douze échecs partiels en six ans. Sur mon bulletin trimestriel, jamais exceptionnel mais globalement bon dans l'ensemble des matières, je reçois 23/50 à Noël et à Pâques et 29/50 en juin. Devant ma mauvaise volonté aussi affichée que récurrente, Jean-Marie Pourtois, un véritable humaniste et un passionné de photos et de Bretagne, me gère comme il le peut. Comment faire boire un âne qui n'a nullement soif d'espaliers ou de table suédoise ? Nous verrons se construire la première salle de gymnastique, les cours se donnant jusque-là dans des locaux vétustes et totalement inadaptés. Au milieu de nos humanités, la piscine est mise au programme, dans le cadre bucolique du collège de la Berlière et non à la piscine communale, séparée de nous par le mur de la cour de récréation où le foot est roi. Globalement, tout reste encore très spartiate.

Notre univers est stable, cadré, construit plutôt selon un programme qui a traversé les décennies et il nous semble devoir rester éternel. Les différences sociologiques sont davantage marquées que dans les villages, du temps de nos primaires. Il y a la ville et la campagne, la profession des parents, la proximité historique avec le collège et surtout avec ses prêtres-professeurs. L'univers est habituel pour les familles traditionnelles, dont la progéniture est spontanément connue. Les autres doivent se faire reconnaître. Nous nous formons à un vocabulaire nouveau qui structure la maison : les internes qui y résident en semaine, les externes-ville qui sortent le midi et les externes-campagne qui rentrent chez eux le soir. Ces derniers mangent le repas complet au réfectoire, mais ils sont minoritaires car ce n'est pas très bon selon les internes, ou apportent leur pique-nique. Pendant six ans, je mangerai mes tartines dans ce grand réfectoire du collège, un véritable Capharnaüm où coexistent diverses formules de repas et où flotte une odeur indéfinissable, faite notamment de soupe et de frites.

En classe, l'atmosphère est stricte. Nous vivons dans la crainte de l'interro surprise ou de la retenue pour indiscipline, car nous ne sommes pas des anges. La volonté de nous échapper, d'aller prendre nos premières bières en fin d'humanités, nous fait constamment flirter avec l'estompement de la norme. Les loisirs, essentiellement sportifs pour les amateurs, viennent compenser à leur manière des études exigeantes. Le collège dispose d'un terrain de sport, auquel a donné son nom le sequoia qui y pousse. C'est un but de promenade lors de quelques temps libres, à midi ou à la place d'une heure à l'étude. Mais aucune activité concrète n'y est proposée. Notre ouverture à l'art est timide. Certes, le collège cultive un réel souci de transversalité. Il forme des généralistes, aptes à aller à l'université en tous domaines, parce qu'ils ont réussi leur cursus, examen de maturité compris. Mais nous vivons dans un îlot et sortons très peu.

En revanche, nous profitons des passions que quelques professeurs veulent partager, comme celle d'un philologue classique qui deviendra le premier Principal laïc. Il nous proposera des séances de ciné-forum en ville, dans une vraie salle : une chance. Les personnalités fortes de quelques professeurs débordent de leur programme, contrôlé pourtant par des inspecteurs régulièrement de passage. On sent de la passion, de la créativité, de la liberté. Plusieurs me convaincront de la beauté d'un engagement citoyen. J'ai aussi, pour la première fois de ma vie, un sentiment d'appartenance à ce pilier chrétien. Je ferai un choix politique en prenant à dix-huit ans une carte du PSC, le Parti Social Chrétien, sans en parler à qui que ce soit, surtout pas à mes parents, adeptes de la neutralité.

Toutefois, l'audace doit rester réaliste dans une société traditionnelle. Entreprendre des études à l'étranger me paraît donc impossible. Je n'oserais pas en parler à mes parents. Nous ne sommes pas encore immergés dans cette culture qui promeut les échanges. Pour moi, ce sera pour plus tard, beaucoup plus tard, jamais sans doute. J'éprouverai souvent une faiblesse dans la pratique des langues modernes, vu mon manque de réelle expérience linguistique à l'étranger. Mais nous ne nous sentons pas frustrés. Nous avons plutôt conscience d'être des privilégiés car beaucoup de jeunes de 18 ans sont déjà au travail ou s'y préparent. L'arrivée du rénové* viendra contrarier l'institution où beaucoup disent volontiers qu'il n'est pas neuf en ce qu'il serait bon, mais n'est pas bon en ce qu'il est neuf. Très vite pourtant, des vagues de réformes vont débouler, parfois pour le pire, mais souvent pour le meilleur. Notre vieux collège va affronter l'ouverture et recevoir de l'oxygène bienfaisant. Désormais, le fréquenter ne sera plus un privilège. Mais il est juste de reconnaître que la combinaison de sagesse et de bon sens qui habitait le collège comme maison, un lieu d'attache plus qu'un complexe de locaux fonctionnels, a donné une orientation à la vie de beaucoup d'élèves qui y sont passés, un public d'une heureuse diversité.

La fin d'une époque ?

«Personne ne met du vin nouveau dans de vieilles outres ; car alors, le vin fera éclater les outres, et l'on perd à la fois le vin et les outres. À vin nouveau, outres neuves» (Mc 2,22)

Le Collège Saint-Julien m'avait impressionné d'emblée. J'entrais dans une vénérable institution, presque centenaire, cultivant une fierté proportionnelle à son histoire et dotée d'une réputation de sérieux. Derrière l'austérité et la discipline, il y a de l'humanisme et aussi de l'humanité. Désormais, je me sens appartenir à une maison vivante, rythmée par des temps, des lieux et des relations, hiérarchiques ou complices. À l'époque, ce n'est pas un bâtiment ouvert seulement aux heures de classe, mais vingt-quatre heures sur vingt-quatre, sept jours sur sept. Le collège abrite un internat. Une dizaine de prêtres vivent sur place, dans leurs quartiers. Nous ne savons pas grand-chose de leur vie. Curieusement, ils ne sont qualifiés ni d'abbés, ni de pères. Ce sont des Messieurs. Ainsi, du perchoir de la grande étude, le préfet de discipline appelle les classes qui vont avoir cours avec Monsieur Debevere et Monsieur Lecouturier ou encore Monsieur Soyez ou Monsieur Rossignol. Ont-ils un prénom ? C'est un secret. Forment-ils une réelle communauté ? Nous n'en savons rien non plus. Nous ne les voyons ensemble que lors de rares célébrations de grande envergure, comme la messe du Saint-Esprit, lorsqu'ils concélèbrent l'eucharistie de rentrée.

À cette occasion, nous sommes plus de cinq cents à traverser le centre-ville pour remplir l'église Saint-Julien. Un centre-ville plutôt pauvre, formé de rues étroites et de ruelles que nous n'empruntons généralement pas pour aller de la gare à l'école, située juste en face.

Naguère des religieuses s'occupaient de la cuisine. Héritage de cette époque, Sœur Sainte-Monique, une religieuse polonaise, s'occupe de l'infirmerie. Elle est truculente, distribue des friandises ou autres petits cadeaux, ce qui rend son infirmerie attractive. Camille, le concierge, a été le majordome d'une famille nantie. Quand il ne souhaite pas être dérangé et aller aux trousses de l'un ou l'autre, il déclare en toute simplicité que tel ou tel Monsieur est absent. Un personnel bien typé, par son dévouement et son efficacité rude, vaque aux tâches de cuisine, de réfectoire ou encore d'entretien. Les institutions catholiques de l'époque tentent d'intégrer des personnes peu qualifiées pour les soutenir et donner sens à leur existence. L'univers de Saint-Julien est donc marqué par une forte présence cléricale. Historiquement, ce sont des associations privées de prêtres qui avaient souvent recours à une institution juridique très particulière, la tontine. La formule est pratique et permet la pérennité de l'institution. En effet, les actifs étant en indivision entre les prêtres, l'ensemble revient à tous les autres en cas de disparition de l'un d'entre eux, notamment dans les collèges dits diocésains. Saint-Julien, c'est un univers feutré où les portes sont doubles et où les choses se disent à demi-mot.

Les activités festives des élèves de terminale resteront interdites très longtemps. Le premier Principal laïc aimait à dire qu'on ne danserait pas sous son principalat. Mais beaucoup de professeurs, notamment les plus jeunes, rejoignent les élèves lors des sorties. Nous vivons, en jouant au chat et à la souris, des estompements de normes avant qu'elles ne tombent en désuétude. Les sorties des jeunes profs sont un sujet de tension récurrent avec la direction depuis deux ou trois décennies. Fin des années soixante déjà, la régulation se veut offensive. Ainsi, le professeur de chimie, remarquable pédagogue, surtout très bon vivant, fut convoqué par le Chanoine-Principal : Pierre, lui déclare t-il, on me dit que tu vas prendre des bières avec des rhétoriciens, que tu es présent lors de soirées dansantes prohibées et que tu t'entends bien avec l'une ou l'autre rhétoricienne. Qui vous a dit cela, Monsieur le Principal ? Je ne peux te le révéler, répond le Principal. Mais, ajoute le prof, on dit aussi que le prêtre économe fait preuve de familiarité à l'égard de l'une ou l'autre cuisinière et que votre relation avec votre secrétaire est singulière. Et le Principal de rétorquer : enfin, Pierre, tu ne vas pas croire ce genre de ragots. Évidemment non, Monsieur le Principal, puisque c'est *on* qui l'a raconté.

La relation garçons-filles restera longtemps un sujet de blocage. Nous vivons en effet dans un régime de mixité non mixte. Timide ouverture pour la seconde moitié des humanités, puisque beaucoup de cours y sont donnés à un public mixte. Mais nous arrivons en classe à partir de quartiers séparés, car les différences doivent rester marquées. Lors des repas et recréations, les filles rentrent dans leur quartier avec une surveillante (notamment l'une ou l'autre sœur Salésienne de la Visitation de la communauté voisine, à la tête de l'enseignement pour filles). Le lycée* s'intégrera donc progressivement au collège. Les filles sont astreintes au port d'un tablier bleu dont les modèles sont devenus folkloriques. Tant que le principe est respecté, on peut tout se permettre et plus personne n'est dupe. Chaque année, le dernier jour des cours, les rhétos organisent leur chahut. Avec des complicités qui ne pouvaient être qu'institutionnelles, ils parviennent à placer au travers de la cour, à dix mètres de haut, tous les tabliers liés les uns aux autres pour en faire une chaîne. Les tabliers seront ensuite abrogés. Ces anecdotes illustrent bien l'écart et la tension qui peuvent exister entre l'image et la réalité. L'autorité croit bien faire d'occulter une part de la réalité par un instinct de protection de l'institution. L'ADN catholique de collège épiscopal est officiellement hyper-présent et les valeurs soi-disant éternelles et stables sont sans cesse rappelées. Officieusement, la diversité d'opinions est bien vivante. Mais il reste aussi une crainte révérentielle à l'égard de la hiérarchie qui nous gouverne. Nous sommes formés selon les schémas d'un monde qui n'existera bientôt plus. Je retrouverai cela dans la formation des prêtres vingt ou trente ans plus tard, dernier îlot de résistance, alors que la mue a opéré ailleurs. Ce recours abstrait à des valeurs qui ne sont plus vraiment reçues est intoxicant. C'est la peur paralysante de Pierre, évoquée tant de fois dans l'Évangile. L'absence de clairvoyance et de vision m'a toujours paru insupportable, comme le manque de courage à l'égard des autorités, souvent préféré à la critique constructive. Dans ce contexte, je me prendrai de passion pour l'observation des degrés de franchise ou d'hypocrisie pratiqués dans le fonctionnement des relations humaines au sein d'un groupe. Ma recette sera simple : comment fonctionne telle ou telle personne de mon entourage avec un supérieur, un égal ou un inférieur ? Si l'écart est petit, je donne ma confiance. Si l'écart est important, méfions-nous. Dans les multiples biotopes où j'ai évolué, l'approche s'est toujours vérifiée.

Quoi qu'il en soit, nous vivons l'impact de mai 1968 sans nous en rendre compte. Un ordre ancien, marqué par les appartenances, s'en va, comme je le vivrai peu après dans le mouvement étudiant. Les toques disparaissent et les abeilles du blason s'envolent. Avec le recul, je m'interroge sur la souffrance qu'ont dû vivre certains prêtres vivant au collège, sur le terrain. Coincés sans doute entre la fidélité à leurs engagements du passé et l'attrait pour un autre monde qui se dessine, plusieurs prêtres professeurs vont quitter les ordres. Presque plus personne ne va rentrer au séminaire ou dans la vie religieuse. D'autres vont rester avec la forte probabilité d'être une fin de race, un défi difficile. Vis-à-vis de nous, tout cela est évidemment occulté, mais nous ne sommes pas dupes. Nous fréquentons certes un collège catholique, mais avec peu de propositions concrètes quant à un engagement chrétien. Nous recevons quelques propositions mais guère substantielles, vu le peu de forces vives. Des retraites sont maintenues : Dadizele en syntaxe et Mesvin en rhéto, mais nous franchissons rarement les portes de la chapelle. Quelques traditions ponctuelles, comme une section d'un mouvement de jeunesse pour étudiants, l'ESTU, touchent plusieurs élèves. Bref, le drapeau flotte de façon bien visible mais le contenu ne suit plus trop.

En revanche, nous côtoyons quelques figures marquantes de prêtres. Nous vivrons les toutes dernières années où les postes-clefs de Principal, préfet de discipline, économe ou titulaires des gréco-latines sont tenus par des prêtres. Je connaîtrai ainsi le chanoine Paternostre en fin de carrière, sourd comme un pot, mais d'une bienveillance remarquable comme un chouette grand-père ou Gaston Debevere, le dernier Principal prêtre, qui deviendra très vite vicaire général du diocèse. Deux visages me sont particulièrement restés : le placide José Gallez, titulaire de 6e latine et le contrasté André Fauvelle, arrivé de Tournai face au départ à Ath de fortes personnalités ecclésiastiques. Ce dernier va vivre avec difficulté les métamorphoses de l'Église. Intelligent et plein d'humour, il avait été un prêtre moderne au collège d'Enghien naguère. Il va enfourcher la posture de chevalier du combat pour la foi, un héraut de contre-réforme. Sa personnalité est riche et attrayante. Certains d'entre nous sont attirés par son discours parce qu'il est clair et net dans ses positions. Vrai intellectuel, il restera un maître pour beaucoup. Malheureusement, il va dériver vers la rigidification et le conservatisme, avec une tendance à fanatiser quelques-uns de ses proches. J'assisterai à ses funérailles, célébrées en rite extraordinaire, dans l'église de son lieu natal. Je ne peux m'empêcher de trouver cela dommage.

Mes années de collège resteront marquées par la vie à la campagne. Dès douze ans, je connais le statut de navetteur*, comme les ouvriers et employés des Collines qui vont travailler à Lessines, à Ath ou un peu plus loin. Aller à Ath relève de l'épopée. Aucun bus direct ne relie les Collines à Ath. Comme d'autres gamins de mon âge, j'enfourche mon vélo avant 7 heures du matin, pour aller chercher un bus venu de Renaix qui nous conduit à la gare de Lessines. Là, nous prenons un train qui nous emmène à Ath : Houraing, Papignies, La Cavée, Rebaix, Ath, entendons-nous annoncer. C'est moins gag que Lens-Maffle-Ath, trajet d'autres collégiens. Nous sommes équipés pour braver les grands froids : de grosses chaussettes en laine tricotées par la voisine Lisa, de solides bottines achetées chez Fernand Van Hulle à Flobecq et les passe-montagnes à la mode. Jeune adolescent, affronter le temps hivernal, par une voie romaine en pavés, la chaussée Brunehault non dotée encore d'éclairage public, pour rejoindre l'arrêt de bus, est une épreuve. Mais ma joie est vive de retrouver les autres dans le bus et le train, lieu de mixité à tous égards. Le trajet mélange les styles et appartenances, humanités générales au collège ou aux athénées* de Lessines ou d'Ath, mais aussi les écoles techniques du réseau libre, l'Institut Technique Libre et l'Institut Saint-François, ou officiel à Vauban. Moment de socialisation et de diversité, alors que les cloisons sont encore nettes entre les écoles. On ne franchit généralement les frontières que dans un seul sens, du général au technique, du libre à l'officiel, de Ath vers Leuze ou Lessines. Ces agoras très particulières déboucheront sur des compagnonnages ou des complicités durables. Qui aurait pu imaginer que mes compagnons de trajet deviendraient abbesse trappistine ou éditeur et franc-maçon ?

Je garde un souvenir puissant des odeurs reniflées au cours des deux heures de trajet quotidien. Les senteurs des récoltes ou du bétail le long des routes à vélo, la campagne profonde aux quatre saisons, puis l'atmosphère confinée des trains et bus où l'on fume abondamment. L'odeur de bière dès le grand matin, dans les buffets de gares ou celle de cuisine du collège embaumant le réfectoire ou celle unique, mais indéfinissable, de l'immense salle d'études.

Notre maison familiale est une exploitation horticole qui sollicite aussi les cinq sens. Cet univers particulier se décline notamment en arboriculture fruitière conjuguant les Beurré Hardy, Doyenné du Comice, Beurré Durondeau, Reinette étoilée, Cox orange ou encore Reine-Claude Crottée ou Prune Monsieur. En comparaison de ces dizaines de variétés, le rayon des fruits chez Delhaize me paraîtra d'une banalité et d'une fadeur décevantes. Mes parents fournissent en pommes et poires des grossistes, mais aussi une kyrielle de clients venus faire leurs provisions pour l'hiver. Pour ses clients, Papa dessine des jardins ornementaux ou des vergers. Il est architecte de jardins, selon le terme qui sera choisi plus tard pour désigner ce métier. Même s'ils ont souvent bien changé, les jardins qu'il a plantés laissent un souvenir très vivace. Reconnaître en hiver, à leur écorce, les jeunes arbres fruitiers destinés aux clients me passionnera durablement. Les odeurs de la cueillette des fraises de grand matin ou de l'effeuillage du tabac en hiver restent des madeleines de Proust. Nous rendons visite à la famille, spécialement aux générations précédentes, qui vivent simplement, dans une maison coquette entourée le plus souvent d'un potager et d'une basse-cour, parfois d'un fournil et d'un pigeonnier. Je garde un souvenir ému de ma grand-mère maternelle capable de cuisiner les lapins, canards ou poulets qu'elle avait vu naître, l'ensemble des accompagnements étant de sa récolte. Quant aux tartes variées, pain gâteau ou pain quotidien, tout était enfourné de bon matin et prêt à être dégusté quand nous terminions notre grasse matinée en vacances.

Gamin, je semais le potager chez une grand-tante devenue trop âgée. Ces jardins sont le cadre de nos jeux d'enfants en compagnie des cousins et des enfants du voisinage. Les familles en visite s'y retrouvent, commentent, dégustent. C'est incontestablement aussi une occasion de socialisation, grâce à la rencontre des enfants du quartier ou du quartier d'adoption, chez les grands-parents. L'été, la grande famille élargie débarque, venue surtout du Nord de la France. Le Nord de la France, c'est loin dans le regard des gamins des campagnes, aussi parce que nos cousines et cousins sont d'une autre nationalité. Les adultes viennent retrouver les paysages, les jardins dont ils ont gardé en mémoire saveurs et odeurs. Ce sont les villages de voisins peints par Sisley ou Pissarro, mes impressionnistes préférés. Dans cet environnement serein, quelques distractions émaillent le quotidien. Mon grand-père maternel est colombophile, avec la liturgie que cela implique : le silence aux alentours à l'heure où les pigeons vont rentrer, le maniement du constateur qui enregistre les performances du volatile à partir de sa bague, sans oublier la dimension de compétition. Les courses cyclistes suscitent aussi l'engouement comme le Tour de France à la télévision, l'évènement de l'été, comme l'est aussi la grande ducasse annuelle. Quant aux gamins, ils guettent le signal sonore annonçant le marchand de glaces dont la voiture sillonne la campagne. Il s'agit donc d'être sage à l'heure de son passage. L'époque voit fleurir une simplicité involontaire. Le train de vie est modeste. Beaucoup de familles vivent encore dans une forme d'autarcie. Le mari travaille à l'usine textile, dans la construction, à la poste ou aux chemins de fer. La femme reste à la maison, tour à tour cuisinière, jardinière, boulangère et un peu fermière. Il n'est pas rare qu'elle cultive des plantes médicinales, un coin de tabac ou de fraisiers, pour arrondir les fins de mois. Je me souviens de ma grand-mère au milieu des camomilles et des soucis, de belles photos dans des albums familiaux très artisanaux.

Tuer le cochon est un moment marquant à la campagne, un cérémonial. Le sang m'a toujours impressionné. Jamais, je n'ai pu contempler le coup de couteau fatal du boucher et la manœuvre concomitante pour récupérer le sang qui servira à la confection de boudins. "Tout est bon dans le cochon" selon le dicton populaire. Les odeurs des boudins qui cuisent, celle des pattes, oreilles ou boyaux que l'on grille sont inoubliables. Pâté de foie et tête pressée* sont au menu. Et le must est de tourner à la manivelle d'un instrument tout simple pour faire les saucisses. Ce moment rappelle un ancrage fort dans le milieu agricole, avec des saisons bien marquées.

Enfant, j'accompagne papa dans les étables des voisins. Il est un des hommes de confiance du vétérinaire local pour l'aider en cas de césarienne. Ses instruments me donnent la chair de poule. Les hasards de la vie me feront nouer plusieurs amitiés avec des vétérinaires. Étrange clin d'oeil.

Des dimanches sans voiture et l'émergence des Collines

À l'époque, avoir quinze ou seize ans au sein d'un village d'un bon millier d'habitants isole quelque peu. Pas de mouvement de jeunesse, peu de formation musicale (sauf le solfège proposé parfois par une fanfare locale), peu de sport (sauf la balle pelote* dont le terrain est tracé sur la place du village). La musique ne m'attirera que plus tard, tandis que les disciplines sportives n'intéresseront jamais le rondouillard que je suis dès mon enfance. Ces rares loisirs gravitent autour d'une dizaine de cafés et de leurs arrière-salles. Leurs odeurs, mélanges de bière, de fumée et de latrines, restent aussi des souvenirs vivaces. Les hommes du village se retrouvent en ces lieux le dimanche matin, après les funérailles ou à l'occasion de réunions de la vie associative. Il est l'univers quotidien de certains habitués, mais aussi de clients à la vie moins chanceuse, issus du monde populaire. Les magasins sont un autre lieu de vie. Dans une dizaine d'épiceries, axées surtout sur les produits alimentaires, l'on trouve un large éventail de propositions, du savon noir à la quincaillerie, en passant par les friandises et les boules de Noël. Trois boucheries, un commerce de tissus, un marchand de vélos et de vélomoteurs. Ces enseignes s'animent particulièrement le dimanche matin, quand les ménagères font leurs courses, en allant prendre une tasse de café dans la cuisine de son commerçant préféré, un privilège réservé aux bonnes clientes. Le degré des faveurs varie selon les liens familiaux, amicaux ou encore une certaine aisance économique.

La vie villageoise est rythmée par les deux ducasses annuelles. La place du village accueille deux ou trois métiers forains, un carrousel* pour les plus jeunes, une pêche aux canards et la roulotte "Au plus adroit de la foire", tenue par Prosper. Il faut y trouer des cartes à la carabine à plombs pour gagner une plume ou une carte postale. L'autre technique consiste à faire éclater les bâtons blancs supportant différents trophées. Quelques bals ou ducasses de quartier animent plus ponctuellement le village, alors que les villes sont loin et visitées uniquement aux grandes occasions. Nos sorties se cantonnent à un périmètre de quelques kilomètres. Nous utilisons le vélo qui n'est pourtant plus à la mode, sauf pour les gamins. Les habitants de chaque village sont affublés d'un sobriquet : les Martins d'Ellezelles, les Grandleus (les fiers) de Flobecq ou les Sots d'Ocq (parce qu'ils emportaient leur parapluie en toute circonstance). Des maisons de jeunes émergent dans la région dont le Paraplu à Wodecq. On y pratique le ping-pong, on y écoute la musique et une fête annuelle de l'amitié est organisée par la jeunesse dans les années septante. Très vite, le paysage des loisirs se transformera et les maisons de jeunes disparaîtront.

Les dimanches sans voiture fin 1973, décrétés par le gouvernement pour faire des économies de carburant, m'ont marqué. Ces journées sans voiture avaient déjà lieu en 1956, durant la crise du canal de Suez. On les répète donc lors de la crise pétrolière qui frappe l'Europe et les USA. À cette époque, ce n'est pas la préoccupation du climat qui importe, mais une façon de pallier la difficulté d'approvisionnement et le coût économique du pétrole. Ces dimanches nous feront renouer avec le passé, en faisant ressortir des attelages d'antan ou les vêtements de nos arrière-grands-parents, après d'agréables visites au grenier. Cette décennie marque un tournant après les Trente Glorieuses. C'est l'exode rural dans les campagnes, avec une volonté de recréer du lien dans le chef de ceux qui restent. La région paraît vouloir se prendre en main, avec des centres d'intérêt à plus long terme, comme la question du développement économique et de l'emploi, en ce temps de la fermeture des usines textiles, heureusement compensée par l'arrivée de l'usine pharmaceutique Travenol. Le débat sur le passage de l'autoroute en projet fait rage, en même temps que celui qui concerne les zonings* prometteurs d'emploi. On craint en effet la destruction du paysage des Collines par la construction de l'A8. Au même moment, le village de Chassepierre, dans le Luxembourg, doit être rasé pour laisser place aussi à une autre autoroute. Les Collines, épargnées lors du tracé de l'A8, attendront 1991 pour voir achevé le dernier tronçon de la voie rapide venue désenclaver la région. Elles garderont leurs paysages et connaîtront des retombées positives de l'amélioration des infrastructures routières. Ce débat difficile a renforcé mon intérêt pour la politique. La question de la protection de la nature, non encore qualifiée d'écologique, avait également commencé à s'imposer, avec la création du CRASEN* dès 1971 autour du bassin Ninie à Ath, et des promenades aux marais de Papignies, ou au Mont de Mainvault, vu l'enjeu autoroutier. Une nouvelle forme de citoyenneté, de démocratie participative, émerge lentement mais sûrement. Le souci de préserver les cultures locales, face à une uniformisation déjà en route, se manifeste aussi. Dans le même mouvement, des guides-nature sont formés. Je veux suivre les cours d'emblée. Ce sera reporté à plus tard et le défi reste toujours à relever !

Parallèlement, un intérêt pour le patrimoine, les traditions, l'histoire locale, émerge dans plusieurs bourgades des alentours. Léon Cotton, un enseignant passionné par son village natal, édite la Wodecquoise. Cette revue paraîtra pendant quelques années, mais ne survivra pas au décès prématuré de son fondateur-orchestrateur. Dans la parution initiale, en 1972, j'écris le premier article de ma vie, sur la culture du tabac. Je n'ai que 16 ans et j'évoque notamment l'expérience familiale. Un autre souvenir marquant, c'est la conférence de Mgr Albert Descamps à Flobecq, fin 1979, sur le style des églises de la région. Recteur magnifique* honoraire de l'Université de Louvain, il sera tué dans un accident de voiture un an plus tard, près de Louvain-la-Neuve et sera enterré à Escanaffles, son village natal, en octobre 1980. C'est Albert Delcourt, curé de Flobecq et personnalité atypique et rayonnante qui l'avait invité. Ce prêtre initiait avec quelques autres un vaste mouvement de réflexion et un esprit de grande ouverture. Je pense souvent à lui, à sa grande liberté et à son indépendance d'esprit, en célébrant à l'occasion d'événements heureux ou tristes dans la région, dans des rassemblements convictionnellement bigarrés. La redécouverte des racines du folklore local est initiée par Jacques Vandewattyne, qui créera le Sabbat des Sorcières et l'Escouvioure, un grand feu du printemps. Ces projets fédèrent en créant des liens inédits, terreau de belles amitiés. Un autre pôle sera celui de la ruralité avec la création d'un écomusée à La Hamaide. Ces belles initiatives vont perdurer pendant quelques décennies. Mais le souffle nécessaire, pour renouveler des intuitions pertinentes dans le contexte de leur émergence, me semble se faire attendre, les groupes porteurs tendant parfois à se cramponner nostalgiquement aux acquis. L'histoire n'est pas que circulaire.

Le métissage sera tonique entre, d'une part, le souci d'ancestralité et la redécouverte des traditions ancestrales où se mêlent sarraus et chapeaux de grands-mères et, d'autre part, les apports culturels venus d'ailleurs, des citadins en l'occurrence. Il sera décisif dans la mise sur pied, fin des années nonante, d'une fédération faîtière, la création du Parc Naturel du Pays des Collines. Des liens se tisseront, permettant désenclavements et ouvertures. Ils déboucheront sur de nouvelles configurations politiques et associatives inédites, à l'époque où les notions d'appartenance et de pilier ont encore la vie dure. La rencontre des citadins et des gens du terroir, j'en serai le témoin par un petit bout de la lorgnette : papa aménage les jardins d'agrément des *brusseleirs*, bruxellois propriétaires d'une seconde résidence à la campagne. Ces derniers suscitent encore quelque méfiance chez les autochtones. Après m'être impliqué dans cette belle maturation interdisciplinaire, j'en deviendrai un acteur, à travers un engagement politique que, constamment, j'ai voulu citoyen et non professionnel. Garder mon indépendance et ma totale liberté de parole, cela m'a toujours paru vital.

Le patro, entre vie paroissiale et accueil du tout-venant

«Écoutez ! Voici que le semeur sortit pour semer» (Mc 4,3).

En caricaturant, j'ai connu les scouts plutôt urbains et issus de milieux aisés tandis que le patro* était plutôt populaire et rural. Les patros sont implantés dans de gros villages ou de petites villes, rarement dans de petites localités comme celle où je vis dans les années septante. Dans cet univers où chaque communauté vit assez repliée à l'ombre de son clocher, le village voisin, c'est psychologiquement déjà ailleurs. J'en fais l'expérience lorsque le patro d'Ellezelles que j'avais rejoint propose une activité à Wodecq. Quelques bons copains regardent cela d'un mauvais œil, car la fusion des communes en 1976, imposée par le gouvernement national et pas encore fédéral, est vécue comme une épreuve, voire une douleur par beaucoup, y compris parmi les plus jeunes.

À seize ans, un dépannage en cuisine au camp de patro va m'ouvrir à un nouveau monde. L'un de mes cousins, chef du camp organisé en Thudinie, cherche des cuistots, selon le vocabulaire en vigueur, et me sollicite. Je dois avoir l'autorisation parentale, car on compte sur moi à ce moment de l'année pour l'entretien des chrysanthèmes. J'aurai toutefois le feu vert. Ce camp s'est visiblement préparé au dernier moment à cause de difficultés relationnelles dans l'équipe des dirigeants. Un patro dans une commune moyenne, c'est fragile. Il y a des hauts et des bas, des crisettes dues aux charismes et aux rivalités qu'ils engendrent. Un patro tient grâce à un bénévolat qui peut parfois se tarir. Les plus jeunes patronnés dorment dans une grande étable, propre et aménagée, avec un peu de bétail à l'autre bout du bâtiment. Les autres, les plus grands, ont dressé leurs tentes. Le réfectoire est un silo aménagé et recouvert d'une bâche, tandis que la cuisine se situe dans un local assez rudimentaire dans la cour de la ferme. C'est spartiate, mais le camp se passe bien et l'expérience me plaît. J'y retournerai l'année suivante. Un dirigeant étant tombé malade, je dois dépanner et relever un nouveau défi : le remplacer au pied levé. Ce durera six ans, d'abord comme responsable des chevaliers, puis, jusqu'à la fin de ma licence en droit, comme président et chef de camp.

Pour les activités de notre mouvement, en cours d'année, nous disposons de locaux paroissiaux, entretenus avec les moyens du bord. L'école catholique occupe les classes du rez-de-chaussée. Tout cela est assez vieillot et pas très fonctionnel.

La cour est en tarmac*. Il faut aller loin pour trouver de la verdure ou un petit bosquet afin d'organiser nos jeux. À l'heure où se construisaient des bâtiments modernes dans le giron de l'enseignement public officiel, l'esprit de débrouillardise et de liberté des institutions à référence chrétienne était encore vivace. L'inconfort était le prix, accepté, de la liberté. Dans un pays où il pleut beaucoup, il faut de la place, notamment pour les benjamins de 6 à 9 ans, les chevaliers de 9 à 12 ans et les conquérants de 12 à 15 ans. Le modèle a ses limites et s'avère largement inadapté pour les gaillards de quinze ans et plus. Très vite, les plus mûrs sont choisis comme pré-dirigeants, mais que proposer aux autres, nous qui n'avons que 18 ou 20 ans ? Cette question m'est restée douloureuse, surtout parce que les réponses ont cruellement manqué. Alors que les dirigeants nouent naturellement des liens qui peuvent déboucher sur des décennies d'amitié fidèle, d'autres ne trouvent pas leur place et restent parfois sur le côté de la route. Des clivages, dus aux études, aux professions choisies ainsi qu'à la position sociale, viennent accentuer le fait que tous n'ont pas les mêmes chances.

Nous sommes très heureusement confrontés à une mosaïque de situations familiales, de degrés de confort social et à un large spectre de bagages culturels. Les Sœurs du Bon et Perpétuel Secours tiennent une maison d'accueil pour les enfants de familles en difficulté. Régulièrement, nous accueillons les enfants aux réunions du dimanche après-midi et au camp annuel. L'intégration ne va pas toujours de soi, entre ces enfants déracinés et ceux du village, tellement enracinés et baignés dans une mentalité méfiante vis-à-vis des inconnus.

Nous tiendrons bon, oeuvrant ainsi, implicitement du moins, à créer du lien social. Je vis là une première expérience de réelle diversité, avant l'université. Le patro m'a évité de rester fils unique, ce que redoutait mon père. Plutôt taiseux mais profondément bienveillant, il est homme à nouer des liens profonds, stables, de qualité. Il craint beaucoup que je m'isole en étant intellectuel. Le patro restera l'une de mes familles, avec un attachement à cette belle continuité des générations, symbolisée par la succession quasi apostolique des présidents. Dans ces années-là, le patro n'est pas encore mixte. Il y a le patro Saint-Louis (de Gonzague) toujours dirigé par l'un des chefs et le patro Sainte-Thérèse, encore présidé par une religieuse. On ne se regarde pas en chiens et chiennes de faïence, bien au contraire. Si les deux patros peuvent diverger quant à l'un ou l'autre détail, nous prenons moult initiatives communes, en organisant par exemple l'un ou l'autre camp ensemble. Le camp représente le pic de l'année. La destination, c'est le Sud de la Belgique, du Namurois à l'Ardenne, dans des villages souvent sympathiques et modestes aux noms qui chantent : Romedenne, Treignes, Villers-Sainte-Gertrude ou Louftémont.

La dimension catholique du patro est encore bien présente. Le dernier vicaire de la paroisse d'Ellezelles est aumônier du patro, puis à son départ, ce sera le curé. C'est l'époque des derniers aumôniers d'œuvres, des prêtres généralement à la personnalité forte, qui sont députés à l'accompagnement des groupements d'action catholique et des mouvements de l'action sociale chrétienne dont l'origine est ecclésiale. À l'époque, la présence d'un aumônier suscite de nombreux liens avec la paroisse de rattachement. Généralement vicaire, l'aumônier est libéré par son curé pour le camp annuel. Le rassemblement dominical inclut toujours un temps de prière. Beaucoup assistent encore à la messe dominicale du samedi soir, avant les réunions de dirigeants, mais aussi avant les festivités locales ou régionales. Nous vivons un cocktail tonique, de sens de la solidarité entre nous et de sens de la fête. Des laïcs de la paroisse ont lancé l'un des premiers marchés aux puces dans la région : la récolte annuelle d'objets plus ou moins usagés, vendus au profit des locaux occupés par les écoles ou des mouvements comme le patro. C'est aussi un laboratoire de liens intergénérationnels, un brassage qui existe peu à l'époque, rendu possible grâce à la vitalité de la paroisse, lieu de rencontres souvent improbables, nouées notamment à travers les mouvements qui la constituent.

Notre formation d'animateurs est assez lacunaire : elle se reçoit informellement par transmission de la génération précédente et se développe comme une auto-formation avec les moyens du bord. Toutefois, nous aurons la chance de découvrir les brevets, organisés à Natoye, régulièrement décentralisés dans les régionales. S'inscrire dans un mouvement significatif comme le patro m'a beaucoup apporté et inspiré. Le patro s'est développé en Belgique dans les années vingt, à l'initiative d'un certain abbé Maucquoy qui s'inspira de l'exemple d'un confrère marseillais, ayant initié le même projet un siècle plus tôt. L'intuition et le courage des fondateurs de mouvements de jeunesse m'ont souvent impressionné. Plus globalement, la tradition catholique a généré historiquement, notamment à travers l'action du même nom, une pléthore d'initiatives dans le domaine social et éducatif : les célèbres JAC, JEC ou JOC*. La diaconie de l'Église n'est pas une matière à option. En Belgique, elle s'est déclinée à travers une multitude de services concrets, soucieux d'insertion ou d'inclusion, pour le dire en langage contemporain. Je suis fier que l'Église ait pu être pionnière dans tant de domaines : l'éducation de la maternelle à l'université, la santé avec les hôpitaux et les mutuelles, la coopération au développement et la culture ou l'éducation permanente. Historiquement en effet, l'Église a estimé devoir prendre des initiatives pour éduquer les jeunes, soigner les malades, prendre en charge les pauvretés, notamment lorsque ces besoins n'étaient pas encore reconnus ni rencontrés par d'autres instances.

Initiés, puis accompagnés par l'Église, ces services sont progressivement devenus pluralistes, en gardant vives les valeurs qui les ont inspirés. Certes, la référence à leur histoire chrétienne, notamment à travers leur dénomination, fait régulièrement débat, débouchant d'ailleurs sur des choix très contrastés dans l'histoire récente. Parfois, le débat fut passionné, lors de la transformation du parti à référence catholique historique, mais aussi chez les scouts ou même au sein de l'enseignement universitaire catholique. À l'heure d'une prise de distance croissante de la population par rapport à l'Église, ces rassemblements dominicaux et la célébration des sacrements, de nombreux services et institutions portant le C de chrétien ou catholique font preuve d'une remarquable vitalité pour servir une part significative de la société. Alors que les Belges sont de moins en moins nombreux à s'identifier comme catholiques, ils continuent à faire massivement confiance aux institutions que l'Église a créées ou suscitées.

Faut-il y voir une résistance étrange du vieux principe catholique de subsidiarité ? Sans doute, car leur sensibilité, faite de proximité et de liberté associative, suscite l'engagement de milliers d'acteurs pour les faire vivre. En effet, le secteur associatif d'origine chrétienne, situé entre les individus et les structures publiques, est florissant. Son dynamisme repose précisément sur cette subsidiarité. Si, inévitablement, la question se reposera de temps à autre, je pense que le C constitue une exigence et un projet qui ne vont pas se démoder si vite, à condition d'évoluer dans la réflexion et de se redéfinir dans des contextes nouveaux. La véritable diaconie se décline dans un souci de dignité, notamment dans l'accompagnement de ceux qui sont blessés et marginalisés. Les chrétiens peuvent, par leur présence humble et bienveillante, manifester une attention ecclésiale de l'ordre du signe, comme je le développerai bien plus tard, dans ma thèse de doctorat en théologie. La référence chrétienne peut susciter un travail communautaire, au bénéfice de toutes les personnes qui s'associent à ces projets ou y reçoivent un service. J'éprouve de la joie et souvent une émotion profonde en voyant le patro de ma jeunesse, à l'aise avec son histoire, mais émancipé de tout clivage et qui se laisse interpeller par les signes des temps. Depuis mon ordination, je suis invité en été par des mouvements de jeunesse pour des promesses scoutes, des journées axées sur le spirituel ou pour des célébrations ponctuelles. Quel bonheur que ces moments partagés !

Leuven, si lointaine et si proche

Mes résultats scolaires en humanités sont plutôt bons en moyenne, sans passion aiguisée pour un domaine précis. Mes performances sont équivalentes dans des disciplines aussi diverses que les sciences, les langues modernes ou les mathématiques. Le latin et le grec occupent toutefois le haut du panier et la philologie classique me tentera bien sûr. L'agronomie, par mon terroir, et les langues modernes, grâce au talent communicatif de Marcel Copriau, sont aussi des pistes crédibles. Pourtant, au dernier moment, la voie plus généraliste des études de droit me séduira et ce sera à l'UCL, l'Université Catholique de Louvain, selon une tradition de Saint-Julien bien établie. Une part de la section francophone s'y trouve encore, en attente d'exode vers le Brabant wallon. Mon cousin Jean-Noël vient de terminer les études de droit à Leuven et me fait découvrir la ville et son université. Nous partons en Coccinelle au début de l'été 1974. Cette voiture a marqué ma jeunesse. Elle est en effet très prisée au village, car le garage Volkswagen y est une institution. Nous traversons Bruxelles par les anciennes routes, le réseau autoroutier n'étant encore que très fragmentaire. L'objectif est de chercher un kot* dans la ville universitaire. La cité vit une transition, à la suite des terribles déchirements linguistiques six ans plus tôt, le mai 68 belge. Les esprits francophones sont déjà un peu ailleurs. Louvain-la-Neuve se construit depuis trois ans. Les premiers résidents sont au milieu des champs et dans la boue, entend-on de la part de ceux qui y sont allés en visite. Les étudiants de médecine s'apprêtent à partir, dans un quartier de Bruxelles qui s'appellera Louvain-en-Woluwe. Dieu, que tout cela est étrange !

Je loue un kot à la Bogaardenstraat (rue des Bogards) dans une maison étroite reconvertie en cinq ou six chambres pour étudiants, jusque sous les combles : la basine* rentabilise son investissement. Le confort est plutôt spartiate et je n'y resterai qu'un an. Je suis en effet bien à temps pour figurer sur la liste d'attente du Collège du Saint-Esprit au 40, Naamsestraat (rue de Namur), pour le rejoindre en septembre suivant : pas mal d'Ellezellois y sont passés avant moi. En kot comme en ville, les rapports avec les flamands sont quasi inexistants. Les francophones vivent dans un îlot linguistiquement protégé. La méfiance et la distance sont grandes. Notre pratique du néerlandais n'est généralement pas suffisante pour aller sur le terrain de l'autre et le climat n'est pas porteur. Au Oude Markt (Vieux Marché), près du Collège du Saint-Esprit, se trouve le quartier général des étudiants flamingants*. Nous côtoyons, sans le savoir, quelques futurs leaders des partis politiques flamands de droite ou d'extrême droite, de la Volksunie au Vlaams Blok.

À la faculté de droit, au Collège du Faucon, nous coexistons. Une sorte de mur invisible sépare les deux ailes de chacun des bâtiments de la faculté. La cohabitation va de pair avec une chronique des occasions manquées de dialogue. Bien plus tard, discutant avec des collègues ou des connaissances, nous nous apercevrons que nous avons emprunté les mêmes couloirs pendant quelques années, sans nous connaître et sans même nous saluer. Dans cette distance, il y a plus de résignation que d'hostilité. Notre avenir n'est plus ici mais se construit ailleurs. Les plaies du divorce* sont encore vives, tant nous sommes imprégnés par l'état d'esprit de nos professeurs qui estiment avoir été chassés. Savoir que nous habitons la maison commune, tant que nos résidences séparées ne sont pas prêtes, rend la transition pesante. Lors du dernier cours en français en mai 1978, des haut-parleurs installés par des étudiants francophones hurleront dans les halls du Faucon bilingue la chanson *Les flamingants* de Jacques Brel. Comique et triste à la fois. Le divorce est récent et il convient sans doute de laisser du temps au temps. Quelques décennies plus tard, UCL et KUL* proposeront des programmes dispensés en collaboration.

Je suis mes premiers cours au sein de cet univers particulier. Le programme est encore largement inspiré de la candidature en philosophie et lettres, les deux premières années universitaires des cursus en sciences humaines. Nous sommes formés à la philo, à l'histoire, dont le droit romain avec trois syllabi* d'un kilo chacun, à la sociologie, à l'économie ou à la psychologie, et à quelques autres disciplines variées dont la comptabilité ou le néerlandais juridique. Cette formation multidisciplinaire sera rapidement réduite au bénéfice du droit positif, dans un souci d'attractivité du diplôme. La génération suivante recevra encore plus de technique et moins d'interdisciplinarité.

Bien sûr, nous étudions déjà le droit. Et au commencement du droit, il y a Jacques Falys. C'est une personnalité à la fois redoutable et attachante. Il cultive l'art oratoire et le talent pédagogique, portant le nœud papillon et inspirant une crainte au moins révérentielle. Son enseignement de Sources et Principes du droit reste pour moi une référence indélébile, quelques décennies plus tard. Un cours donné à un auditoire imposant demeure en effet un exercice exigeant et implique un talent d'acteur, qu'il soit ex cathedra, en amphithéâtre, comme naguère ou davantage interactif. Jacques Falys était passé aux collèges d'Ath et d'Enghien. Quand il sera mon maître de stage pour ma leçon d'agrégation* en droit, la complicité a pris le pas sur la réserve académique. Il mourra d'un cancer à 48 ans. Je serai très triste.

Les étudiants de première année sont répartis en deux groupes, d'environ cent cinquante personnes chacun : une volonté d'organiser des groupes à taille humaine en début de cursus, avant les auditoires* de quatre cents places qui nous attendent. Sortant d'un lointain collège de province, cet univers facultaire me paraît dès lors fort grand et son public ne m'est pas spontanément familier, sur le plan sociologique. Je sens d'emblée que la majorité des étudiants appartient à un monde qui n'est pas le mien. La présence au cours, surtout lorsque le professeur vient simplement lire son syllabus, décroît très vite et les contacts deviennent plus faciles, notamment lorsque je ferai partie des 20 % d'étudiants ayant réussi en juin et, cerise sur le gâteau, avec un grade*, une denrée plutôt rare à l'époque. Après une crainte diffuse de l'échec, entretenue surtout par mon entourage à mille lieues d'une institution qui leur paraît inaccessible, c'est une sorte de jubilation qui m'habite. J'avais assuré et je pouvais donc être serein. Je ne me priverai plus de la joie d'être relax, dans un cursus dont je ne peux imaginer la durée, puisque je veux persévérer dans plusieurs disciplines.

Beaucoup de cours incluent des travaux dits pratiques, des séminaires et autres monitorats, qui se passent dans un bâtiment ancien situé au 55, Tiensestraat (Rue de Tirlemont). C'est un univers familier où l'on travaille par groupes d'une quinzaine, occasion merveilleuse de côtoyer des assistants, qui font la liaison avec les lointains académiques. Ils nous envoient sur le terrain pour approcher les réalités concrètes comme, par exemple, une recherche sur l'index en économie politique. Plusieurs sont pédagogiquement remarquables et éveilleurs de vocations. Un assistant me donnera le goût de la philosophie. L'histoire du droit nous envoie dans des bibliothèques prestigieuses. L'odeur de la grande bibliothèque de la Ladeuzeplein (Place Mgr Ladeuze) est toujours dans mes narines. Plusieurs de ces lieux évoquent l'atmosphère des universités anglaises ou américaines, telles que découvertes dans les livres. Plus tard, je visiterai les collèges d'Oxford, en me disant que c'était effectivement bien cela.

Les examens oraux sont un souvenir marquant de mes études, moments certes éprouvants au début mais vécus dans la sérénité, avec toujours une pointe de stress, s'évaporant dès la première phrase prononcée. Jamais, on ne peut tout connaître et le professeur d'université est une figure bien redoutable à l'époque. Bien des années plus tard, il m'arrivera de rêver que je dois passer un examen oral le lendemain matin. Ces épreuves sont structurantes : une magnifique opportunité de formation que ce face-à-face de l'étudiant avec son professeur. Je pratiquerai cet exercice à plus de cent reprises, comme des perles enfilées pour former un collier bariolé. Pour diverses raisons objectives ou moins avouables, l'écrit, souvent sous forme de QCM*, a remplacé l'oral. Quel dommage notamment de constater le stress démesuré d'étudiants de plus de vingt ans dans la perspective d'un examen oral ! Recevant une charge académique trente ans plus tard, je constaterai que certains passent chez moi leur premier oral, après trois ans d'études.

En licence, c'est tout l'éventail du droit positif qu'il faut parcourir, pendant deux années et demie, une part de la troisième licence étant pensée comme une amorce de spécialisation. C'est aussi l'arrivée massive des candidats en droit venus de Namur et des Facultés Saint-Louis à Bruxelles, selon l'appellation de l'époque, qui rejoignent les UCL pur sucre, pour former une cohorte de près de cinq cents étudiants. Au sein de cet auditoire d'étudiants juristes, les clivages ne manquent pas, surtout sociologiques. Certes, les collégiens provinciaux ont bien quelques copains fils d'avocat ou de notaire. Toutefois, ceux qui partagent des origines modestes se sentent loin de leurs racines, au beau milieu de ces centaines de juristes en herbe, au style vestimentaire typé et aux loisirs dorés. Beaucoup portent l'emblématique loden vert, qualifié de sapin vert par ceux qui ne font pas partie du club. Le critère de distanciation est aussi saisonnier. Les sports d'hiver font revenir en février, au début du second quadrimestre, des condisciples bien bronzés qui ont pu se payer ces vacances, en rivalisant quant au prestige des stations fréquentées. Tout le monde n'a pas le même train de vie.

Je ne cultive heureusement aucun complexe maladif d'infériorité. L'auditoire de seconde candidature me choisit comme délégué de cours et je le resterai quatre ans, toujours réélu au sein d'une équipe de plus en plus forte et soudée, pour représenter quelques centaines d'étudiants. Nous suivons les cours de quelques monstres sacrés : Cambier, Coppens, De Visscher, Delpérée, Rigaux, Meulders et Marcel Fontaine, en droit des obligations et droit des assurances. Ce dernier deviendra mon patron. Quant à la pédagogie, le meilleur côtoie le pire. Les grands auteurs ne sont pas forcément de bons profs et vice-versa. La quantité de syllabi est substantielle, l'assimilation de ces briques est incontournable. La présence au cours est faible, sauf chez les professeurs qui passionnent et ce n'est ni fréquent, ni rare. L'enseignement du droit se décline aussi sous une forme plus pratique, consistant généralement à résoudre un casus à partir de nos découvertes en bibliothèque, souvent une hypothèse de doctrine et de jurisprudence divisées. Tout cela est assez terne, sauf si l'on suit la filière des innovations pédagogiques, choisie seulement par quelques étudiants, les exigences y étant très fortes. Notre travail de longue haleine, au sein d'un groupe de six étudiants, sur l'impact de la fusion des communes en droit administratif, alternative à la formule de cours classique, se révèle une expérience passionnante.

Mon expérience à l'UCL m'ouvrira à d'autres univers que les études, à travers une vie sociale intense. La vie quotidienne, ce sont aussi bien les restaurants universitaires que les soirées, ou le temps passé dans les brasseries, que les conférences ou défenses* de thèses. Je ne cesse d'apprendre. Extraverti, je crée ou participe à des réseaux sans trop m'en rendre compte, tissant des liens souvent durables. Mon rôle de délégué de cours va m'introduire à la vie facultaire, au Conseil de faculté et à son Bureau. Nous ne sommes que trois étudiants à siéger en Conseil de faculté. Certes, mai 1968 est passé par là, avec l'esprit de participation qu'il avait insufflé, mais la représentation des non-académiques (assistants, personnel administratif et technique, étudiants) reste encore symbolique. J'y représenterai les candis*, élu par les instances étudiantes. C'est ma première élection. Elle sera suivie d'une multitude d'autres. Et, je l'avoue, ce sera toujours une épreuve d'affronter le suffrage des électeurs.

Parallèlement, je rejoins le cercle de droit, une expérience bien riche. L'ADL*, devenue par commodité "Chez Adèle", regroupe des étudiants aux profils bien différents. Je vais y trouver ma place, en charge de la politique facultaire. Nous lançons une évaluation officieuse des enseignements par les étudiants, ce qui heurte pas mal d'académiques, mais qui deviendra un exercice officiel par la suite. Les résultats sont publiés dans le journal des étudiants. Le cercle a son hebdomadaire qui, par dérision envers l'art oratoire en vogue dans notre milieu, s'appelle le Bègue. À l'entrée du Conseil de faculté, les trois étudiants offrent aux membres du Conseil un exemplaire du Bègue présentant tous les résultats. Le doyen laisse faire mais n'est visiblement pas content. Il décrète que ce document ne pourra être consulté en séance. Ce fut un grand moment de bonheur de voir tricher la plupart des académiques présents, poussés par la curiosité de découvrir leur score et ceux de leurs collègues, en ouvrant le plus discrètement possible le journal sur leurs genoux ou dans leur attaché-case, la mallette à la mode à cette époque.

Ces années seront celles de l'apprentissage de la politique absolument tous azimuts. Les questions d'enseignement et de vie des étudiants nous préoccupent, bien sûr, en premier lieu. Le cercle de droit développe une ligne critique, mais aime pratiquer le bon sens, un axe centriste en résumé. D'autres sensibilités lui font concurrence. Elles développent des stratégies allant au-delà. Le Front de la jeunesse, organisation d'extrême-droite, est influente et a loupé de peu la prise de pouvoir du cercle. Positionné à gauche, le Comité d'action droit est minoritaire et très politisé. Les parkas de ses membres tranchent avec les lodens hyper-majoritaires. L'AGL*, la fédération des étudiants de l'ensemble de l'université, est quant à elle noyautée par l'extrême-gauche. Nous vivons des joutes idéologiques, dont les étudiants d'aujourd'hui ne peuvent deviner la férocité. C'est aussi un terreau de vocations politiques, un vivier extraordinaire d'apprentis de la *res publica*. Certes, les structures regroupant la jeunesse au sein des partis politiques traditionnels sont bien présentes. Mais c'est l'expérience des rapports de force intra-universitaires et le foisonnement compétitif des idées qui génèrent inspiration et créativité, en ce qui me concerne. C'est alors que je me suis interrogé sur le bien commun et le service à lui rendre, à travers un engagement citoyen qui, à l'époque, passait essentiellement par les partis politiques. Au sein de l'AGL en terres néolouvanistes*, je commencerai à l'expérimenter.

Les derniers des Mohicans ?

« Voici une foule immense, que nul ne pouvait dénombrer, une foule de toutes nations, tribus, peuples et langues » (Ap 7,9).

Ma vie d'étudiant fut heureuse. Le secret de cette harmonie est d'avoir pu concilier un engagement très actif en faculté, en jouissant d'un havre de paix ailleurs, d'un second poumon. En effet, je passe trois ans au Collège du Saint-Esprit. C'est un bâtiment immense reconstruit après les bombardements de la seconde guerre mondiale. Il a pour vocation d'accueillir des prêtres aux études. Il y a plus de cent-cinquante chambres, mais très peu sont encore occupées par des prêtres belges. En effet, l'Église belge subit, comme d'autres Églises en Occident, le ressac dû notamment aux effets de l'esprit de mai 1968. En Belgique, cette date est aussi celle de la scission de l'Université de Louvain. L'épiscopat s'est déchiré sur cette affaire et l'Église en sortira tétanisée. Ce sont aussi, bien sûr, les années postconciliaires, qui vont profondément agiter le monde intellectuel chrétien et le rendre particulièrement critique vis-à-vis de l'institution ecclésiale.

Ce collège a donc vu se succéder des générations de prêtres aux études et il en compte encore quelques-uns formant un bel éventail de sensibilités. Il n'est naturellement pas mixte. Le règlement de l'université prévoit toujours officiellement que l'on ne peut koter* en régime mixte. Beaucoup de jeunes filles rejoignent des pédagogies, des internats tenus par différentes congrégations féminines, et le contrôle social y est effectif. Au sein de notre collège, cent-cinquante gars cohabitent, essentiellement flamands, issus de toutes les facultés. Il reste une quinzaine de prêtres, professeurs des deux universités et de rares prêtres étudiants. Le noyau de référence, du côté francophone, ce sont les doctorants en théologie ou en philosophie, le plus souvent ecclésiastiques. Ils sont plus âgés que nous et leur cursus nous impressionne, tandis que leur statut nous paraît étrange, même s'il nous interpelle. Il y a une distance réelle entre jeunes laïcs et prêtres, a fortiori quand il s'agit de professeurs tels Georges Meuris, professeur de pédagogie (qui était aussi aumônier du Standard de Liège, un célèbre club de football), ou Gabriel Ringlet, enseignant en communication. L'ouverture internationale est réelle : trois ou quatre prêtres indiens, quelques latino-américains ou anglo-saxons. La faculté de théologie néerlandophone avait déjà lancé à l'époque un programme en anglais. Les flamands ont souvent une longueur d'avance !

Nous vivons dans un univers plutôt feutré. La vie communautaire y est peu active : une salle de TV pour les quelques francophones et une salle avec les journaux, occupée aussi par des tables de ping-pong. Il subsiste quelques traditions comme de grands repas trimestriels censés rassembler, reflets d'une certaine culture ecclésiastique encore prégnante mais devenue terne. Ces rituels nous amusent, les jeunes étudiants, mais ils ne nous concernent pas vraiment. Le collège dispose d'une immense chapelle, où il ne se passe plus rien, et d'une crypte avec une douzaine d'autels, édifiés juste avant le concile dans ce bâtiment reconstruit après la guerre : ils semblent n'avoir pratiquement jamais servi ! L'édifice ecclésial devient en partie obsolète, tout comme l'Église institutionnelle est en train de se lézarder, de s'effondrer par pans entiers. Je garde un très bon souvenir global du Collège du Saint-Esprit, une belle expérience de l'universalité de l'Église. Il arrivait qu'à une table du petit-déjeuner, les cinq continents soient représentés. L'un ou l'autre venait en effet d'Océanie. Plus de prêtres venus d'ailleurs que de belges, sorte de préfiguration des presbyteriums de plusieurs diocèses belges dès les années 2000, mais aussi un souffle d'espérance. Loin de la faculté et du cercle, le Collège représente un îlot sacré pour mon étude, mon repos, ma réflexion. Le parc, enfermé dans le bâti, est calme et joli. J'étudie beaucoup à l'ombre d'un vieux jinkgo biloba, l'arbre préhistorique qui a résisté à la bombe atomique. Le cadre est donc certes un peu décalé, raisonnablement coupé du monde et habité par une atmosphère particulière qui porte et génère une ambiance de travail. Nous formons de petites équipes d'étudiants, vivant à un rythme paisible. La nôtre sort à vingt-deux heures pile pour prendre une trappiste Westmalle*, même les veilles d'examens. Nous avions conclu un pacte : être rentrés avant que ne sonnent les vingt-trois coups à l'horloge de la grande bibliothèque. En journée, nous prenons aussi le café ou le thé, à cinq ou six dans nos chambres, selon une tournante. C'est là que s'échafaudent des plans de visite d'une des plus belles villes flamandes où nous vivons, avec ses deux béguinages, son hôtel de ville, ses halles et ses églises.

Nous vivons le paradoxe d'habiter dans un collège institutionnellement très catholique avec peu d'offre spirituelle, un service que le Centre Religieux Universitaire, la paroisse francophone, tournée notamment vers les étudiants, est censée pouvoir nous donner. J'irai une seule fois, seul, dans une salle située à l'entresol d'un immeuble de la Hooverplein (place Herbert Hoover), si je me souviens bien. Il s'y passe quelque chose qui ressemble à une célébration. Tout cela paraît confus et peu lisible pour un étudiant lambda de passage, qui ne connaît que sa paroisse rurale et le collège diocésain de ses humanités. Plus tard, je rencontrerai des historiens amateurs, à la recherche de ce que fut ce moment de métamorphose, teinté d'une atmosphère chaotique ou peut-être de fin de règne. C'est sans doute à partir de là que surgira un bourgeonnement d'initiatives. Je réaliserai plus tard que ce que je concevais comme désordre avec mes yeux de vingt ans, était aussi de la créativité, avec les risques et les fruits qu'un contexte de cassure peut susciter. Invité par l'un ou l'autre, je me rends occasionnellement dans un local situé à l'arrière de la clinique Onze Lieve Vrouw (clinique Notre-Dame). Un groupe modeste de jeunes chrétiens s'y réunit, à l'initiative d'un professeur de philosophie, l'abbé André-Jean Léonard. Je trouve l'initiative sérieuse mais un peu trop sans doute, vu mon tempérament festif. Je resterai en lien mais à distance. Ce lieu sent aussi le provisoire et le transitoire.

Plus tard, l'abbé Léonard va lancer un kot dans le quartier de l'Hocaille à Louvain-la-Neuve : les premières graines de ce que sera le séminaire Saint-Paul dans l'avenir. Notre homme avait de la suite dans les idées et dans les projets : il ranime la flamme pour la transmettre, mais sans les cendres, en créant du neuf. La formule peut s'appliquer globalement à l'exode de l'université vers ses terres nouvelles. Ce mouvement d'oscillation entre tradition et nouveauté affecte aussi bien le folklore étudiant que l'université dans toutes ses dimensions. L'esprit de mai 1968, comme nous le dénommions, a entraîné la suppression momentanée des signes rappelant le temps passé, des toges académiques aux calottes des étudiants. Le déménagement consécutif au 1968 belge a renforcé la cassure avec le passé. Des traditions séculaires, comme les ancrages régionaux des étudiants, disparaissent donc et laissent la place à une appartenance plus large, débarrassée des clivages et dotée d'une liberté créatrice qui cherche à se déployer. La surprise viendra du surgissement d'un désir de retrouver des racines, dès l'installation de l'université dans une ville entièrement nouvelle. L'arrivée de l'institution en des lieux vierges va conduire à ressusciter les traditions ancestrales, en se les réappropriant, la communauté tirant en quelque sorte des trésors à la fois du neuf et de l'ancien. Les symboliques qui n'étaient plus lisibles, parce que leur grammaire était perdue, vont intéresser les étudiants engagés dans les cercles facultaires ou les régionales* : ils aimeront retrouver les sources dont ces fédérations sont issues. L'installation du peuple universitaire sur le plateau de Lauzelle sera un défi et une bénédiction : les trésors séculaires d'une vieille université catholique seront plutôt de belles opportunités pour une ville nouvelle.

La rupture avec la KUL et Leuven restera longtemps une blessure ouverte pour les générations qui nous précédaient. Pour nous, c'est plutôt une chance de renouvellement. J'ai réalisé à cette occasion que les transitions ne peuvent durer trop longtemps et que les changements ne doivent pas faire trop peur. Papa taillait avec une certaine radicalité les rosiers et les arbres fruitiers. Certains clients pensaient qu'ils n'auraient ni fleurs ni fruits à la bonne saison. Mais la taille forte et bien pensée permet de voir ressurgir la vie en abondance. Le changement peut souvent mener à un mieux, si les décisions prises sont courageuses et si les personnes impactées par cette nouveauté sont bien accompagnées. Ce que je vivrai par la suite confortera cette intuition. Cette période m'a marqué en profondeur, car elle a rendu possible tant d'ambitions, nourries par la passion. Mes projets et mes rêves plus personnels se nourriront de la rencontre de personnes stimulantes, en accueillant simplement qui est de passage, mais aussi en nouant de belles amitiés qui vont durer. C'est le miracle du métissage et des heureux imprévus qui va susciter chantiers et perspectives.

Ce sera vrai aussi pour l'Église locale. Louvain-la-Neuve fut longtemps une ville sans église, un comble quand on abrite une université catholique. L'église Saint-François ne sera en effet opérationnelle qu'en 1984. Toutefois, un prêtre-pionnier est là dès le début : c'est Raymond Thysman qui, après avoir célébré dans un garage, anime la paroisse à la chapelle La Source, place des Wallons. Le bâtiment est modeste, marqué par la pastorale de l'enfouissement, très à la mode alors. Ce sont aussi les débuts du séminaire Saint-Paul de l'abbé Léonard, le temps où je croise fréquemment les séminaristes-philosophes à l'université et à la paroisse. Jacques, ordonné quelques années plus tard, deviendra un grand ami. L'Opus

Dei est aussi présent et m'invite à l'une ou l'autre de leurs activités : l'accueil est de qualité, mais je sens que ce n'est pas mon style. Les Jésuites s'installent dans la ville. L'un d'eux, Jean-Pierre, avec qui je lierai également une belle amitié, sera ordonné plusieurs années après notre rencontre. Francis, mon prédécesseur au patro a choisi la prêtrise ainsi que deux condisciples de mon cours en droit, Thierry et Giorgio, un jésuite et un diocésain. Très vite, des amis prêtres pressentiront que je pourrais devenir un confrère, mais nul ne sait encore que cela arrivera beaucoup plus tard. Moi non plus. Ces compagnonnages sont un bel apprentissage de la diversité ecclésiale et me donnent une capacité à me sentir à l'aise quasi partout. Parmi tant de chemins qui s'ouvrent, il y a un appel diffus à suivre le Christ. Il restera latent, les impératifs de l'homme d'action occupant la première place. Plus tard, je pourrai relire cette expérience fondatrice restée enfouie. La foi, l'espérance et la charité se partagent et se construisent ensemble. J'aurai le souci de traduire, sans trahir sur le terrain, convaincu de la nécessité de laisser s'approprier par les familles les célébrations des jours uniques : le baptême d'un enfant, les mariages ou les funérailles qui tissent ou retissent tant de liens forts. J'éprouverai la même chose, dans une intimité plus marquée lors de la célébration de sacrements (telles l'onction des malades ou la réconciliation) et à l'occasion aussi de ces sacramentaux comme les bénédictions ou autres signes demandés (parfois à l'improviste) pour rencontrer des préoccupations spirituelles parfois totalement inédites.

Des terres nouvelles : une université sur trois campus

Le déménagement de notre université avait commencé dès 1972 vers Louvain-la-Neuve et deux ans plus tard vers Louvain-en-Woluwe. Ce transfert va s'étaler sur sept ans, pour se terminer en l'été 1979. Ma génération va donc connaître une forme d'éparpillement de l'université de Louvain entre trois villes, mais surtout l'aboutissement de notre itinérance en Brabant wallon. Dès le début de mes études, le transfert sera donc à l'ordre du jour. Comme la faculté de droit ne sera déplacée qu'en 1978, le Conseil de faculté me choisit comme membre de la commission accompagnant le déménagement. Puisque je suis le plus jeune des délégués étudiants au conseil, la continuité sera ainsi assurée. Ce groupe de travail, présidé par le professeur Marcel Fontaine, prépare l'accueil des étudiants juristes à Louvain-la-Neuve, dans les meilleures conditions possibles. Le défi est de taille, car les étudiants juristes sont plus exigeants que les ingénieurs, mieux disposés à vivre un temps dans des conditions plus spartiates. De plus, nous sommes une grosse faculté, comptant environ quinze cents étudiants : c'est donc une belle aventure, qui me laissera à penser qu'une trajectoire personnelle est la résultante d'un subtil mélange de choix volontaires et de hasards. Beaucoup d'étapes de ma vie se seront jouées à l'aune de circonstances imprévues, de rencontres avec les bonnes personnes au bon moment. La Providence m'a souvent aidé, me dis-je avec le recul du temps.

Je vais progressivement découvrir une *terra incognita*, un continent insolite, un embryon de ville du cyclotron à la gare, autour de la place des Sciences et de la place des Wallons.

Au-delà, de tous côtés, c'est un chantier multiforme hérissé de grues. Quelques immeubles se détachent au loin. C'est le début du quartier de l'Hocaille, accessible par le long détour d'une passerelle. Cette image m'est revenue, en découvrant en 2009 les colonies de peuplement israéliennes en Cisjordanie. Tous les bâtiments sentent le neuf, les appartements communautaires tout autant que les locaux académiques. Toutefois, la guindaille* est déjà passée par là et laisse des traces, telle l'effluve de la Vieux-Temps* venue de Mont-Saint-Guibert. Les premiers quartiers de ville constituent un curieux patchwork de vieilles fermes, celles du Biéreau et du Blocry, ou les vieilles maisons de la Baraque, entourées de grues et de blocs flambant neufs. Nous entendons aussi l'écho des jeux des enfants de jeunes familles en train de s'installer, les fameux premiers habitants, les pionniers. Des champs sont encore cultivés aux alentours, rappelant que l'université est en train de naître au milieu de nulle part ou au milieu des betteraves, disait-on alors.

Cette mission passionnante me rendra familier de la ville nouvelle. Le déménagement sera un basculement dans l'espace mais aussi dans le temps, car j'y terminerai mes études : je suis un étudiant de la première promotion de juristes qui seront diplômés par l'UCL en terre promise. L'année suivante, je serai en principe au boulot. Choisir parmi les options - orientées respectivement barreau, entreprise ou fonction publique - propulse dans un univers professionnel spécifique. Mon côté éclectique s'était manifesté encore une fois : je choisis l'option judiciaire, qui rime avec barreau, avec le droit public comme séminaire, ce qui rime avec politique. L'enseignement m'attire aussi et je m'inscris à la toute nouvelle agrégation* en droit. Je donnerai ma leçon publique dans le cadre du cours d'économie au collège d'Ath, sous la supervision de Jacques

Falys, le personnage de mes candis, un goût déjà de récapitulation. Si mon cœur balance entre les disciplines juridiques, tout m'emballe, y compris le droit international privé, une matière complexe qui permet de faire du droit sur le droit. Le séminaire de droit public sur le pacte d'Egmont-Stuyvenberg et la hiérarchie des normes me passionnera. Ce pacte sera l'un des multiples accords politiques qui déboucheront sur la fédéralisation accrue du pays. Les cours dits à option sont plus spécialisés, dispensés à des groupes plus modestes d'étudiants et sont davantage interactifs. Ce sont en fait nos premiers vrais choix, posés au début de la dernière des cinq années d'études. L'appel du large se fait sentir. Beaucoup posent un pied ou un premier orteil dans l'univers professionnel qui les attire, notamment dans les filières classiques du barreau ou du notariat, tandis que les mieux positionnés lorgnent vers les grands concours ou les postes scientifiques qui deviendront vacants.

Mon engagement de délégué de cours vivra son point culminant en troisième licence. Nous sentons arriver la dispersion et le désir de bien célébrer la fin de notre cursus. Vu mon poste, je porte naturellement cette préoccupation de fêter au mieux le point d'orgue de notre équipée. L'auditoire l'a bien senti et me témoignera beaucoup d'amitié pendant quarante ans. Fin juin 1979, la photo de groupe nous rassemble sur les escaliers de la Grand-Place à Louvain-la-Neuve. Mission accomplie ! Trois mois plus tôt, j'avais reçu un hommage surprenant. Les autorités facultaires avaient souhaité donner des noms prestigieux aux auditoires et salles de séminaire avec, une fois de plus, la préoccupation d'honorer des traditions, en ces temps de rupture et de nouveauté. La salle réservée aux activités du cercle étudiant était restée anonyme. Quelques farceurs mirent sur pied un gag du 1er avril : inaugurer ces locaux en leur donnant le nom d'un étudiant, le mien. Je serai mis dans la confidence et j'accepterai d'être le prête-nom, puisqu'il ne se passera rien. Le jour J, une délégation des étudiants du cercle arrive me chercher au kot. Je refuse de les accompagner, puis je me laisse convaincre d'aller prendre un pot en ville. À hauteur de la faculté, je devine un attroupement de deux cents personnes dont une quinzaine d'académiques. Ils veulent me remercier, qui pour mes années de délégué de cours, qui pour mon implication dans le transfert à Louvain-la-Neuve. Le gag devient réalité et le clin d'œil durera quelques années, avant que le lieu ne change d'affectation.

Je termine donc mon parcours académique, plein d'enthousiasme et de paix. Mais je ne sais pas très bien ce que je deviendrai, l'hypothèse du barreau étant la plus probable. La vie réservera pourtant bien des surprises qui déjoueront les pronostics. Le désir m'habite de ne pas être happé trop vite par le tourbillon de la vie professionnelle. Je veux prendre le temps de me retourner. Puisque, pendant mes études, je n'ai pas perdu de temps, mes parents m'accordent un an de prolongation de vie d'étudiant : cette année se muera très vite en vie professionnelle déjà bien active. Je m'inscris à la licence de troisième cycle en droit et économie des assurances. Nous sommes une bonne dizaine, venus de différents univers, de Belgique et de l'étranger. Mon objectif est d'acquérir une amorce de spécialisation, en vue du barreau. La formation proposée est sérieuse, juridique mais aussi économique, dont la mathématique financière. Je devrai aussi présenter un mémoire, consacré à l'assurance de la responsabilité des administrateurs de sociétés. À Noël, je postule une fonction d'assistant à mi-temps en droit privé. La charge, prenant cours en septembre suivant, permet une combinaison avec un stage au barreau. Peu de temps après, le Doyen me convoquera pour m'annoncer que je suis choisi pour occuper ce mandat, au centre de droit des obligations six mois plus tard. Toutefois, je suis invité à commencer immédiatement, en assumant les travaux pratiques de droit des sûretés en deuxième licence, car le titulaire vient de partir au service militaire.

C'est un baptême du feu, mais je vais au front, encadrant des groupes d'une vingtaine d'étudiants de mon âge et les évaluant. J'y retrouve des condisciples du début, qui ont perdu un peu de temps en route et ce n'est pas toujours confortable. Jacques Van Compernolle est mon patron pour quelques mois : un avocat devenu professeur, issu de la dynastie des académiques venus du barreau ou le pratiquant encore. Quel régal de se sentir respecté et de collaborer avec des esprits brillants mais réalistes, formés dans le concret de leur pratique judiciaire. Parmi les quelques échecs de fin de quadrimestre chez les étudiants que je dirige, je remarque en délibération que Pol, particulièrement sympathique mais aussi dilettante, n'est en échec que chez moi. Le jury souhaite qu'il revienne me voir en septembre. L'étudiant est naturellement furieux. Je le rencontre pour lui expliquer sa cote et il réussira parfaitement à la fin de l'été. Il m'invitera au vin d'honneur de son mariage, car il a apprécié la franchise de mon attitude. Je garde donc le souvenir que l'exigence académique et la qualité de la relation font bon ménage dans la transparence. Cet intérim de quelques mois sera suivi par mon intégration, pour plusieurs années, au centre de droit des obligations, créé et dirigé par Marcel Fontaine. Ce centre regroupe une extraordinaire diversité d'acteurs : des avocats en charge de quelques cours, de jeunes assistants ou chercheurs, des thésards à temps plein ou avocats en parallèle, une cellule de documentation et de secrétariat. Avec rigueur et humour, Marcel crée un bon climat de collaboration et mobilise les énergies en les orientant vers des projets communs. Je lui en serai toujours reconnaissant et son exemple de management m'inspirera. De belles amitiés se forgeront au sein de cette équipe. Ce n'est pas si fréquent, car le personnel de la faculté est bigrement varié, quant à son attachement à l'université et à la mission d'une faculté de droit, depuis le quasi-sacerdoce jusqu'à la simple recherche de notoriété de la part de maints mercenaires.

L'assistanat constitue une réelle surprise dans mon parcours, orienté plutôt vers l'action. L'expérience sera néanmoins bien riche : notre mission d'assistant combine l'enseignement pratique et la recherche, la dominante variant selon les charismes. Sans surprise, la transmission me passionnera. Piloter des groupes d'étudiants pour un enseignement pratique m'emballe. Donner un coup de main pour interroger ne me déplaira pas, même si la tâche était parfois fastidieuse. Mon patron me confrontera aux exigences de la recherche, ce qui n'est pas mon penchant naturel. Pourtant, l'expérience de tenter de tout savoir sur une question très précise me fascine. La défense de thèse de mon ami Denis, l'intervention lors de l'un ou l'autre colloque pour des praticiens (avocats le plus souvent) ou la confrontation de la recherche académique avec des juristes d'entreprise, lors de séminaires en Touraine, ne me feront jamais regretter la composante recherche du métier d'assistant. Je resterai toutefois à distance de la vie institutionnelle facultaire, tant j'y avais consacré de l'énergie dans le mouvement étudiant.

La philo, pierre angulaire de mon cursus ?

« Au commencement était le Verbe » (Jn 1, 1).

La philosophie enseignée de manière peu passionnante en première candidature m'avait plutôt rebuté. Heureusement, deux personnalités m'ont donné le goût de cette discipline. Michel Canivet m'a initié à Kant, lors d'un séminaire pratique. Ce qui me vaudra d'assister à la défense de sa thèse, dans une salle vieillotte mais impressionnante aux yeux d'un étudiant de vingt ans, au cœur de l'austère bâtiment de l'Institut de Philosophie, à la Kardinaal Mercierplein (place Cardinal Mercier) à Leuven, nom de l'archevêque de Malines-Bruxelles qui avait fondé ledit Institut. Sa thèse porte sur le grand philosophe des Lumières et s'intitule "Intersubjectivité et relation de droit dans la critique de la raison pure". Dans son jury, siègent de grands maîtres dont Alphonse de Waelhens, l'auteur du célèbre opuscule : "Qu'est-ce que la phénoménologie ?" L'autre personnalité inspirante, c'est le professeur de morale philosophique de seconde candi, un prêtre venu de Rome, qui débarque à l'UCL et dont la nomination crée la controverse. J'apprends en effet au Conseil de faculté que les autorités facultaires déplorent l'arrivée de ce professeur, imposé sans concertation par Mgr Massaux, le recteur de fer. Il se nomme André-Jean Léonard, le second prénom n'ayant à l'époque d'autre finalité que de le distinguer d'un autre André Léonard, également professeur à l'UCL. Ce double prénom annonce en quelque sorte l'André-Mutien de Namur ou l'André-Joseph de Bruxelles, qui aurait aussi pu se prénommer André-Gertrude à Nivelles ou André-Gudule à Bruxelles, dans un archidiocèse tripolaire !

En début de licence en droit, la philosophie me manque et je prends le chemin du vénérable Institut Supérieur de

Philosophie, pour m'inscrire en baccalauréat spécial, dont l'adjectif "thomiste" n'avait disparu que quelques années auparavant. Dans la nécrologie de La Libre Belgique*, j'avais souvent été intrigué en découvrant parfois sous le nom de personnalités connues, le grade de bachelier en philosophie thomiste, sorte de titre de sagesse venant compléter un curriculum par ailleurs bien fourni. L'atmosphère tranche avec la fourmilière qu'est le Collège du Faucon, surtout le Faucon trois, horrible bâtiment très fonctionnel, comme on pouvait en construire dans les années soixante. On entre à l'Institut par un joli parc, abritant un bâtiment néogothique, très en harmonie avec le néothomisme en vogue lors de sa création par le Cardinal Mercier, vers 1875. Le mobilier est désuet mais plein de charme, tels ces très anciens bancs en bois, dégageant une forte odeur de vernis et les vieilles valves, mot incompréhensible pour les non-initiés, signifiant banalement un tableau d'affichage. C'est un îlot de paix dans ma vie. Quel luxe de se mesurer à l'épistémologie et la métaphysique, à l'anthropologie ou la philosophie de la nature avec des cours donnés par une dream team : Georges Van Riet, Jacques Taminiaux, Jean Ladrière, Claude Troisfontaines et le jeune André-Jean Léonard que je retrouve dans cet aréopage.

C'est un recul bienvenu face à mon engagement étudiant, notamment au cercle de droit Chez Adèle. Je serai très impliqué dans le déménagement du cercle à Louvain-la-Neuve. Son inauguration sera un grand moment. Ce seront aussi mes années AGL, l'Assemblée Générale des étudiants de Louvain. Après avoir connu une AGL gauchiste et marginalisée à Leuven, ma présence régulière à Louvain-la-Neuve me conduit à nouer des contacts avec l'univers de la vie étudiante en pleine recomposition et connaissant un extraordinaire rebattage des cartes. L'exode va développer une vitalité remarquable, grâce aux cercles facultaires, à l'AGL redynamisée, grâce aussi aux fameux kots à projets*, et, dans un autre style, grâce à la renaissance des régionales* avec leur folklore. La représentation des étudiants passe donc par quatre canaux, rivaux mais complémentaires. Désigné président de la commission enseignement de l'AGL, je représente au conseil académique les étudiants des facultés de sciences humaines, qui sont plus de cinq mille. À cette occasion, je côtoie de près les autorités académiques. À l'époque, les bâtisseurs de Louvain-la-Neuve, Mgr Massaux et Michel Woitrin sont des monstres sacrés pour les modestes étudiants que nous sommes.

Quand il s'agit de relayer les revendications étudiantes, les affrontements avec les autorités académiques ne sont pas rares. Nous recherchons le plus souvent des solutions pragmatiques. Par exemple, le libraire Cabay disposait d'un quasi-monopole à Louvain-la-Neuve. Or, maints professeurs, notamment de la faculté de droit, diffusaient par son truchement de coûteux "précis" à la clientèle captive des étudiants. Ce sera le dur combat des supports de cours. Avec la coopérative étudiante CIACO*, nous créons très vite la DUC*, la Diffusion Universitaire Ciaco. Trente ans plus tard, ses responsables m'ont demandé de prononcer un petit discours d'anniversaire, car ils avaient découvert que j'étais à l'origine de l'initiative. Émouvant. Des liens nombreux et riches se sont tissés grâce à ce climat très tonique, fait d'effervescence politique et intellectuelle. Les locaux des philosophes n'étant pas prêts à temps, les professeurs et étudiants en philosophie seront hébergés quelques années au Collège Thomas More, antre des juristes. Heureux hasard pour les juristes-philosophes, une dream team à leur échelle. Dans ma formation, la philosophie a constitué un axe transversal reliant des disciplines mais aussi des personnes, professeurs et étudiants, puis de jeunes chercheurs et débutants professionnels. Nous nous mobilisons aisément pour des causes sociétales ou pour les droits humains. C'est un vivier extraordinaire par sa diversité d'anarchistes alternatifs aux séminaristes et prêtres-philosophes.

La philo a été pour moi une colonne vertébrale, une école de rigueur. Je vous remets vingt pages parce que je n'ai pas eu le temps d'en écrire cinq ! Même si la phrase vient d'un juriste, c'est l'expérience de mes exercices de philosophie. Faire une synthèse dans cette discipline, c'est resserrer sans cesse la pensée, tandis que le droit tend à accumuler. Je me familiarise avec les grands auteurs, des présocratiques aux contemporains. Lire l'Éthique à Nicomaque, avec Jacques Etienne, futur promoteur de mon mémoire ou le Conflit de la foi et des lumières dans la Phénoménologie de l'esprit de Hegel avec André Léonard, ou encore la Critique de la faculté de juger de Kant en philosophie de l'art, avec Jacques Taminiaux, sont de grands souvenirs. Mon mémoire m'occupera encore pendant deux ans, pendant mes temps de loisir. Installé à Blanmont, petit village à dix minutes en voiture, je vis de beaux moments de calme, en rédigeant la Pensée pédagogique de Jean-Jacques Rousseau, pierre angulaire de la philosophie kantienne de l'éducation. Je prépare aussi la fameuse épreuve "De Universa", au cours de laquelle, par écrit et puis oralement, l'étudiant doit être en mesure de répondre à toute question relative aux grands domaines de la philosophie. Malgré l'abondance de la matière, la bienveillance des examinateurs rendait toutefois l'épreuve surmontable.

À l'époque, je vis intensément quelques expériences douloureuses, alors qu'auparavant ma suroccupation postposait les questionnements. Les funérailles de Philippe, un collégien mort à dix-neuf ans après avoir publié déjà un recueil de poésies, m'ont interpellé durablement, tandis que la disparition plutôt inattendue de plusieurs visages familiers m'habite énormément. Dans le même temps, les mariages en série d'amis et les naissances qui les suivent, m'orientent en plein dans la vie et son questionnement. Ces expériences et ces interpellations me conduisent à chercher, confusément sans doute, quelque chose. Une génération plus tard, je me trouverai en première ligne, à la commune puis à l'église, pour accompagner tant d'évènements heureux ou malheureux. Vivre des solidarités humaines sera une sorte d'ADN de ma vie. Débattre avec passion sur des convictions m'est congénital. J'aime relire le prologue de Saint Jean, notamment en ce qu'il manifeste bien la Genèse de la nouvelle alliance, révélant l'unicité ainsi que l'universalité du Christ. Je trouve significative la place que cet Évangile occupe dans le rituel de la franc-maçonnerie déiste. Ma passion du dialogue me conduira souvent sur des rivages inattendus. Les philosophes m'ont souvent fait voyager. Je vais maintes fois leur emboîter le pas : c'est ma part d'itinérance.

Saint-Julien n'est plus dans Saint-Julien ?

Je me préparais à vivre une année relax à Louvain-la-Neuve, combinant le droit des assurances et la philosophie. Cela n'allait pas durer très longtemps. Juste avant la rentrée, je rencontre par hasard en rue Marc Lénelle, Principal du collège Saint-Julien. Il me demande gentiment des nouvelles, s'enquérant de mes résultats académiques : je lui fais notamment part de l'obtention en juin du diplôme d'agrégé en droit. Je pensais que ce titre ne pourrait déboucher que sur l'enseignement du droit, quasi inexistant à Saint-Julien mais, à ma grande surprise, il m'apprend que ce titre permet de donner des cours généraux de sciences humaines. Quel n'est pas mon étonnement quand il me contacte, juste après la rentrée scolaire, pour me proposer cinq heures de cours d'histoire de l'art, à dispenser chaque lundi à des rhétos*, dès le 1er octobre, soit quelques jours plus tard. J'avais quitté mon vieux collège cinq ans plus tôt. À l'extérieur, rien n'a vraiment changé. Mais l'atmosphère n'est plus la même. Le collège n'a plus d'internat et la sœur infirmière a disparu. Deux prêtres résident encore au collège mais plus pour longtemps. Ce n'est plus une maison, mais un établissement scolaire. En même temps, l'école entre dans le rénové* et grandit. Des sentiments contradictoires sont dans l'air. Il y a un parfum d'utopie, d'égalité, d'accueil, de souci d'ouverture, mais aussi le profond désir de ne pas perdre son âme. Le nombre d'élèves augmente. Tandis que le corps professoral devient pléthorique par rapport au bon vieux temps, cinq ans plus tôt. Entre l'ancien et le nouveau, des composantes s'entrechoquent dans cet univers étrange qu'est une salle de professeurs.

Qu'allons-nous faire et devenir vraiment ?
Sur le plan de l'enseignement, la direction tente de préserver le fond, c'est-à-dire la qualité des cours et le maintien de filières nobles. La préoccupation d'affirmer les valeurs de l'humanisme chrétien affleure lors d'évènements symboliques. Ainsi, une pierre du bâtiment le plus ancien, qui a été détruit, est intégrée dans le nouveau et porte la citation *Omnia quaesita ad Christum referunt*, ce qui signifie que toutes les questions se réfèrent au Christ : un programme ambitieux ! En même temps, un pluralisme de fait progresse rapidement. Nous vivons une sorte de révolution de velours, très progressive mais indolore, car les débats fondamentaux sur l'actualisation du projet Saint-Julien sont évacués par pragmatisme et par vraie peur

du débat. Provisoirement, les moyens financiers sont là, même si cela ne durera pas. Eternel manque de prévisibilité des politiques budgétaires, penseront les sceptiques ou les réalistes. Très vite, la logique du financement rendra illusoire la marge de manœuvres pour affirmer une spécificité substantielle. Tout sera compté, technicisé, puis régulièrement raboté, quand les moyens financiers, issus désormais uniquement du sud du pays, se tariront. Les tensions syndicales sont aussi des occasions d'oppositions larvées, avec une direction vivant dans un univers encore un peu guindé, bien protégée par ses doubles portes. Notre biotope consiste dans un assemblage de fragments venus du passé, de réalités du présent et de tactiques à employer pour affronter le futur proche. Les enseignants font encore des visites de recrutement ou des gardes d'été pour accueillir les parents, eux que le décret inscriptions* amènera à faire des files dans la rue, un peu plus tard.

Dans ce contexte mouvant, ma joie de donner cours en fin d'humanités est intense. Patiemment, je construis un cours d'histoire de l'art, réparti sur deux ans, un parcours de l'Antiquité à l'art contemporain. Charles, le philologue classique et Jean, l'historien, deux de mes profs préférés en fin d'humanités, m'aident à rassembler une impressionnante documentation, dont quelques milliers de diapositives. C'est de la débrouille. Le résultat de ce travail de fourmi sera déposé au marché aux puces, en un autre temps technologique. Je donnerai toujours avec plaisir ce cours, moment de respiration et d'ouverture culturelles pour beaucoup et de réelle passion pour quelques-uns. Quand je rejoindrai le secteur privé, je garderai bénévolement deux heures d'histoire de l'art chaque semaine pour les rhétos de Saint-Julien. Cet enseignement induira de beaux liens, parfois solides, pour lesquels je ne cesse de rendre grâce. Même si je n'enseignerai au collège qu'à temps (très) partiel, je me sens appartenir significativement à l'aventure annuelle que représente le déroulement d'une rhéto : un enseignement très sérieux censé préparer la suite, une attention au dialogue avec tous en cette année charnière, outre l'encadrement de la vie scolaire et surtout parascolaire de cette petite centaine de grands adolescents devenant jeunes adultes. Je garde en mémoire la dramaturgie des délibérations de rhétos, les plaidoiries parfois retentissantes des uns et des autres ou encore les affrontements passionnés et les votes serrés. En revanche, l'examen de maturité, censé juger de la capacité à entrer à l'université, devenu désuet, sera aboli, ce qui simplifiera la fin d'année plutôt encombrée de la cohorte en train de nous quitter.

Le parascolaire est largement basé sur le bénévolat des professeurs. Je participe avec enthousiasme aux initiatives permettant à nos rhétoriciens de vivre autre chose, des temps de gratuité et d'ouverture. Accompagner des jeunes de dix-huit ans à des activités culturelles, au musée, au théâtre ou au concert, en Belgique et à l'étranger, me plaît beaucoup : une belle démarche d'humanisme bien concret. C'est rafraîchissant aussi pour certains d'entre nous de la génération précédente. Nous pouvons expérimenter ce que nous n'avons pas toujours pu vivre, surtout lorsqu'on n'était pas issu de milieux privilégiés. Mettre des gens ensemble sera toujours l'une de mes passions. Les cycles de conférences à Saint-Julien et l'Association des Anciens, que je présiderai un long moment, sont d'insolites constellations que j'aimerai beaucoup animer : une fenêtre ouverte sur l'imprévu, dans une vie que je laisserai trop souvent s'encombrer.

En effet, le sens de la fête m'habite, la musique me fait vibrer, de la chanson française dans les brasseries à l'émotion de la musique classique. J'aime entendre les fanfares de ma région.

Sur ce plan, mes années de collège m'ouvriront à la réalité de la petite ville d'Ath, attachante par son cocktail d'histoire et de folklore. La culture locale est sourcilleuse de ses traditions, mais ouverte à la réinterprétation et au renouvellement de son patrimoine immatériel, selon le vocabulaire de l'Unesco. La fameuse ducasse du 4e dimanche d'août est en effet emblématique. Le sentiment d'appartenance à l'évènement est puissant dans le chef des Athois de toujours ou d'adoption, tout en associant largement les voisins des communes de l'arrondissement. Son cortège conjugue spécificité et inscription dans la grande histoire, mais fédère aussi les gens, à travers toutes les générations. Battre le pavé du centre d'Ath pendant un long week-end devient un moment incontournable de l'année. L'intensité des liens qui unissent les fêtards est émouvante, à travers le brassage insolite d'une bienheureuse diversité. Le Hainaut aime garder et cultiver ses racines. Assister dans le chœur aux Vêpres Gouyasse ou à la descente de la châsse de Sainte Waudru est impressionnant. D'autres sous-régions, telles le Centre ou le Pays de Charleroi, suscitent aussi chez les leurs un engouement profond. C'est en vivant en Brabant wallon, qui a tant d'atouts mais est plus pauvre sur le plan folklorique, que j'en prendrai la mesure. Quelle chance de connaître ces traditions et d'y vivre des moments de communion !

Un théologien sous … les drapeaux

«Écoute, Israël : le Seigneur notre Dieu est l'Unique» (Dt 6, 4).

Le service militaire sera supprimé en Belgique en 1995. Avant cette date, l'appel sous les drapeaux, comme une épée de Damoclès, venait contrarier la première tranche de la vie professionnelle des jeunes gens, y compris le choix des offres d'emploi, et donc des carrières. Les universitaires sont des miliciens plus âgés que la moyenne, le plus souvent sursitaires en raison de leurs études. Quelques étudiants sont enthousiastes à la perspective de devenir des officiers de réserve, mais la plupart d'entre nous sont peu motivés par ce service sous les drapeaux. La volonté de consacrer le moins de temps possible à cette tranche de vie nous conduit le plus souvent à choisir le statut de simple milicien. Sur le terrain, cela crée des tensions entre les miliciens universitaires, plus formés que la moyenne, et les militaires d'active, notamment les sous-officiers et, plus encore, avec les étudiants comme nous qui sont candidats officiers de réserve. Une structure pyramidale est généralement rebelle à cet écart entre des inférieurs plus expérimentés que certains supérieurs. *Mutatis mutandis*, je referai cette expérience en Église, beaucoup plus tard, en pire. Il faut donc partir plus ou moins au loin pour dix mois, un temps ressenti comme perdu. Je suis mobilisé à la Toussaint 1981 à Peutie (Vilvorde), pour une instruction de deux mois, vécue dans un peloton d'universitaires. La solidarité entre nous permet non seulement de survivre mais aussi de bien nous amuser : une prolongation de la vie estudiantine, en quelque sorte. Nous sentons bien que le personnel d'encadrement ne tient pas à prendre à rebrousse-poil une équipe bien soudée et que nous ne serons pas trop souvent soumis aux corvées et autres vexations. Dans d'autres pelotons, il y a des miliciens plus dociles ou plus écervelés qu'il est plus facile de punir quand on est sergent d'active. Notre instruction militaire à Peutie nous envoie sur le terrain pour jouer à la guerre, notamment la NBC (nucléaire, bactériologique et chimique). Camouflés, porteurs d'un casque et d'un masque à oxygène, nous ne devons pas craindre l'ennemi. Nous tirons au FAL (fusil automatique léger) ou au Blindicide* : de grands jeux. Une belle occasion de revivre l'atmosphère de nos camps patro ou scout, en prenant notre mission martiale avec un brin d'humour.

Le 4 janvier suivant, c'est mon transfert au 4e bataillon du génie à Amay, pour une fonction administrative à l'état-major du bataillon. Le pavillon où je travaille est occupé par six officiers, des adjudants et quelques miliciens employés de bureau. C'est une belle expérience de camaraderie, avec une dimension sociale forte, à travers l'aide informelle à des militaires d'active aux prises avec des papiers en tous genres. Nous ironsaussi en manœuvre à Sint-Katelijne-Waver et, plus tard, à Leopoldsburg. Outre quelques exercices militaires, mon rôle consiste à surveiller le coffre-fort, une boîte métallique quasi vide, et à aller chercher le pistolet du colonel à l'armurerie pour le salut au drapeau. Je monterai aussi la garde, occupant un poste toute la nuit en tuant le temps, grâce à des lectures passionnantes. Nous vivons une belle solidarité avec mes camarades universitaires miliciens. Ils viennent de Liège et nous passons du temps ensemble dans cette ville pour laquelle j'ai immédiatement un coup de cœur, pour la cité comme telle mais aussi pour son esprit chaleureux.

En attendant ma démob le 1er septembre 1982, je garde le lien avec Louvain-la-Neuve. J'ai encore deux mémoires en cours : le droit des assurances et la philo. J'entre dans ce qui sera une longue période de transition, qui durera trois ans, durant laquelle je reprends le boulot sur tous les fronts : l'assistanat en droit, les cours à donner avec, dès que j'ai un moment libre, la recherche pour boucler ces deux fameux mémoires. Je vivrai de belles et passionnantes années à Louvain-la-Neuve, avec deux jours consacrés chaque semaine à Saint-Julien. Sollicité au départ par la direction pour donner quelques heures d'histoire de l'art, je donne aussi deux cours de religion en rhéto. Au début des années quatre-vingt, tous les prêtres-professeurs ont pris leur retraite ou ont été appelés à d'autres fonctions dans le diocèse. Passer, en moins de dix ans, d'une communauté d'une dizaine de prêtres au dernier des Mohicans isolé, sera un choc pour beaucoup. Des religieuses salésiennes sont aussi impliquées dans l'animation spirituelle de l'école et donnent des cours aux plus jeunes. Les forces diminuent et le défi du futur n'avait pas été sérieusement anticipé. Peu de laïcs ont été formés pour donner des cours de religion. De facto, il y a une sorte de short list de professeurs, au-dessus de la mêlée, qui ont succédé aux prêtres comme titulaires et en partie aussi à leur sacerdoce, mais on ne se bouscule certes pas au portillon pour enseigner cette discipline. J'ai souvent regretté que ce cours n'ait pas été confié au titulaire, une façon de le responsabiliser, en lui donnant bien sûr une formation adéquate. Des obstacles de tous ordres : l'absence de titres requis et aussi le manque global d'enthousiasme et d'imagination rendront cette piste difficilement praticable. On verra donc des professeurs de religion à temps plein, ce que j'ai toujours trouvé dommage, car c'est une tâche démesurée et trop souvent ingrate. Plus tard, des pouvoirs organisateurs et directions confieront ces cours à l'un ou l'autre enseignant en difficulté dans son métier de base, une faiblesse dans le cours de religion étant considérée comme un moindre mal pour l'institution. Le comble…

Pendant trois ou quatre ans, je donnerai cours de religion à deux classes de rhétos, des élèves appartenant à des filières plus scientifiques. Ce sera une épreuve passionnante, un don d'énergie qui épuise mais est parfois bien récompensé. C'est à travers cette expérience que j'ai appris le plus de théologie. Répondre aux questions les plus inattendues, formulées par une trentaine de filles et de gars de 18 ans, sur tous les sujets imaginables : voilà une extraordinaire école d'apprentissage. L'énergie nécessaire pour tenter de bien donner ces 200 minutes par semaine est considérable. J'y intègre déjà de la philosophie et de la citoyenneté, parce que l'interdisciplinarité me paraît nécessaire pour communiquer avec les étudiants, aux convictions très diverses, leur appartenance catholique étant presque toujours devenue une fiction. Le Principal du collège, un homme remarquable mais plutôt timoré face aux directives venues d'en haut, me convoque un jour pour m'annoncer que je dois me recycler car je n'ai pas ou plus le titre requis pour enseigner la religion. Des sessions sont proposées par le diocèse, le soir ou le mercredi après-midi. Ma motivation est nulle puisque ma fonction principale est à l'UCL et que je n'ai aucune envie, à ce moment, de quitter le domaine juridique pour enseigner la religion. Davantage par curiosité que par obéissance, j'y assiste une fois ou l'autre. Mon scepticisme est total au vu de ce qui est proposé au public hétéroclite inscrit à ces formations. Le sourire du Principal me convainc qu'il pense comme moi, mais il me rappelle en homme de devoir que je dois avoir un titre et en bon latiniste que *Dura lex sed lex*. Il découvre, dans ses directives diocésaines, que faire un Bac en théologie de 300 heures à l'UCL constitue une autre opportunité pour se mettre en règle. Pour enseigner le latin à John, il faut connaître John. Mais pour convaincre Serge de faire de la théologie, il faut lui proposer ce qui peut lui correspondre et ainsi l'amadouer. Je sais déjà que je vais quitter l'enseignement, mais me plonger dans la théologie pour récapituler m'attire. L'impératif de recyclage aura des prolongements inattendus, à court et à beaucoup plus long terme.

Je fréquente donc le collège Albert Descamps, une faculté architecturalement toute neuve et en plein cœur de la cité universitaire. Depuis leur arrivée sur le site, l'hébergement des théologiens était précaire, mais leur longue attente sera récompensée : le cadre de travail est agréable et la bibliothèque remarquable. Le corps académique est héritier d'une solide réputation : la génération des professeurs a encore connu la précédente, celle de la fameuse squadra belga au Concile. Je côtoierai les Ponthot, Gesché, Brito, Ries (qui deviendra cardinal) ou encore Houssiau (futur évêque de Liège). Les styles sont variés, ce qui est riche. En morale sociale, je suivrai avec Jean Palsterman un séminaire sur le consumérisme, ce qui m'introduira par hasard au rôle éthique de Test-Achats, une association que je rejoindrai quelques mois plus tard. Au sein de la faculté de théologie, je fréquente une grande variété d'étudiants, de tous âges et de toutes cultures, venus avec des attentes très différentes sans aucun doute. Les futurs licenciés en sciences religieuses forment un groupe significatif et enthousiaste. Mais le contexte de l'époque annonce une accélération de la transformation de la société, une évolution institutionnelle majeure qui commence à se dessiner, et la difficulté à trouver dans ce cadre une juste place et un contenu adéquat pour le cours de religion, y compris dans l'enseignement catholique. L'enseignement sera communautarisé en 1988. L'avenir des cours de religion et de morale est à l'ordre du jour en Communauté Française, devenue Fédération Wallonie-Bruxelles depuis sa création. Le réseau catholique ne tardera pas, lui aussi, à interroger ses pratiques, l'enseignement de la religion suscitant peu d'enthousiasme et donc peu de vocations.

Le débat est ouvert dans l'enseignement dit officiel. En effet, le panorama de l'offre de cours philosophiques dans l'enseignement public est l'héritage de clivages politiques et philosophiques bien anciens. À la suite des guerres scolaires, le gouvernement belge approuva en 1959 le pacte scolaire, conclu entre les trois familles politiques traditionnelles. Un équilibre était trouvé entre les grands réseaux d'enseignement quant à leur financement. Parallèlement, un autre équilibre était établi entre l'Etat et l'Église, notamment quant au libre choix des cours dits philosophiques. Progressivement, l'univers qui a servi de base à ces équilibres s'est radicalement transformé. Le décalage entre le paysage institutionnel et les pratiques sociétales est devenu patent. Le contexte de l'époque se caractérisait par une Église forte et englobante, face à une laïcité qui se sentait minoritaire et assiégée. Entretemps, la société s'est largement sécularisée, tandis que le pluralisme religieux et philosophique s'imposait sans cesse davantage. Des défis imprévus sont apparus : tant la présence d'une majorité d'élèves de confession musulmane dans certaines écoles, y compris dans l'enseignement catholique, que la défiance de principe d'une partie de la population pour l'existence même de ces cours, d'où la revendication plus tard d'un "cours de rien". Ces dernières années, des choix politiques ont été faits dans l'enseignement public. L'équilibre atteint sera tôt ou tard réinterrogé. Le réseau catholique sera aussi confronté à de nouveaux questionnements. Les traditions spirituelles, et notamment la foi catholique, restent une ressource pour la jeunesse d'aujourd'hui, quel que soit le réseau d'ailleurs, tout comme le défi du vivre-ensemble. Comment mobiliser une tradition pour répondre aux questions de toujours, telles que formulées dans la culture contemporaine ?

Dans ce contexte, peu d'initiatives marquantes ont été prises en Église pour répondre aux signes des temps. C'est plutôt une logique de conservation qui semble avoir habité les autorités en charge du domaine. Des opportunités ont-elles été ratées, a-t-on eu assez d'audace pour innover ? Sans aucun doute.

Ces dernières années, on observe moins de rejet militant que d'indifférence souriante. Des préoccupations nouvelles surgissent : le souci du vivre-ensemble (versus la peur de l'autre et l'ignorance mutuelle qui génèrent les replis), le défi de l'inscription dans une culture, aux racines chrétiennes mais enrichie d'autres traditions. À une question sur l'intérêt porté par un million de Français pour le bouddhisme tibétain, la réponse du Dalaï-Lama est interpellante : *Je sais, mais je ne cherche pas à convertir.* La France est un pays chrétien et devrait le rester. Dans l'enseignement catholique, les cours de religion représentent pour chaque élève une soixantaine d'heures par an, soit l'équivalent de deux semaines complètes de cours. Jusqu'ici, ils sont organisés à concurrence de deux heures par semaine et ne sont pas toujours très valorisés. Pourquoi ne pas les remplacer par deux semaines thématiques ? L'une pourrait être dédiée au vivre-ensemble, en enseignant la démocratie par le truchement d'une approche concrète : visites actives des institutions, dialogue avec les mandataires politiques, expérience du travail social à la rencontre des plus fragiles, intérêt pour la nature et le patrimoine. Elle concernerait tous les élèves, quelles que soient leurs convictions et celles de leur famille. L'autre semaine serait axée sur l'approfondissement de la tradition religieuse qui a façonné l'Occident, en dialogue avec des traditions spirituelles apparues plus récemment. Toute religion ou philosophie postule un savoir critique, mais aussi - espérons-le - une pratique, un agir. Dans la tradition catholique, l'annonce du Christ et de l'Évangile va de pair avec la liturgie et la diaconie. Enseigner ne suffit pas. Pourquoi ne pas aller aussi hors du contexte scolaire classique pour vivre une expérience différente à la rencontre du vrai, du bien et du beau ? Sur le plan liturgique, les espaces existant historiquement dans les écoles catholiques sont inadaptés et désuets, alors qu'un riche patrimoine peut en être le cadre. Quant à la diaconie, la vie de l'Église s'incarne dans une multitude de lieux de vie, où se conjuguent des verbes comme donner, partager ou échanger. Et pourquoi ne pas y inclure la connaissance d'une autre tradition que la sienne ? Mettre cela en œuvre nécessiterait certes de l'énergie. Mais innover avec imagination, en déplaçant quelques paradigmes (le temps, les lieux ou les méthodes), pourrait générer un enthousiasme dont notre jeunesse a bien besoin. Ces deux semaines particulières pourraient aussi s'inscrire dans la réflexion sur les fameux rythmes scolaires. Dans la tradition chrétienne, la Parole de Dieu est une ressource. Elle invite notamment à faire des choses nouvelles, bref à susciter de la fraîcheur et de la confiance : *«Rendez compte de l'espérance qui est en vous, mais faites-le avec douceur et respect !» (1P 3, 15-16).*

Une vocation précoce ?

L'univers politique m'attire dès ma prime enfance. Je vis mes premières communales à huit ans. Collectionner les tracts, voir fleurir les affiches, écouter les candidats s'exprimant parfois par le truchement d'un haut-parleur installé à bord d'une voiture sillonnant la commune, cela m'amuse beaucoup. Je connais les visages et les voix des principaux protagonistes de la joute communale qui s'annonce. Je persuade mes parents de se rendre sur la place du village au moment de l'annonce des résultats. À l'époque, c'est de la proclamation directe, au moment où s'allume la lampe fixée sur la façade de la maison communale. Mes parents commerçants préfèrent ne pas émettre d'opinion politique, dans un village très pilarisé, car tout le monde vient à la maison. Dès lors, leur vote reste toujours discret voire caché. Paradoxalement, mon intérêt pour la res publica va croissant, non pour contrarier mes parents mais parce que je suis vraiment motivé, ce que mes parents respecteront toujours, mais sans enthousiasme aucun. Collégien, j'élargis mon univers, en discutant volontiers avec ceux dont les parents font de la politique. Le collège s'inscrit par tradition dans la mouvance sociale chrétienne, mais l'institution comme telle n'est pas militante. Il y a, dès les années septante, un réel pluralisme parmi les familles et le personnel. En revanche, quelques professeurs passionnés nous donnent le goût de la politique et suscitent notre intérêt pour la chose publique.

À dix-sept ans, je deviens lecteur de La Libre Belgique, un quotidien qui est peu présent dans mon univers habituel : je l'achète à la gare d'Ath. Ce journal m'est resté familier quarante ans plus tard. Toutefois, La Libre n'a quasi plus rien à voir, ni sur le fond, ni sur la forme, avec le journal d'opinion de l'époque, marqueur identitaire dans le créneau politique et aussi religieux. La grande presse a moins d'impact aujourd'hui : le débat d'idées a lieu ailleurs, notamment sur les réseaux sociaux, pour le meilleur (une participation active des citoyens) et pour le pire (la difficulté à discerner le fiable du faux). À dix-huit ans, mon désir est de conforter une vision du monde que je crois juste et même vraie. Sans consulter personne, en sortant de rhéto, je prends la carte du parti social-chrétien. Très vite, j'y rencontre quelques jeunes de la région. Nous passons énormément de temps ensemble, en réunions souvent prolongées, et bien sûr en campagnes électorales, dans l'arrondissement d'Ath. C'est l'époque, heureusement révolue, des caravanes de voitures qui sillonnent la région pour mobiliser les électeurs, et aussi des collages d'affiches. Certes, il y a de la compétition, mais je n'assiste à aucune bagarre : la réglementation progressive de l'affichage électoral a judicieusement préservé l'environnement, en combattant d'idiotes dérives.

À Leuven, je noue aussi pas mal de liens avec des étudiants engagés en politique. Pourtant, les jeunesses politiques de tout bord ne m'attirent nullement. Elles sont le plus souvent des appareils qui décalquent ceux des aînés, parfois en pire. Ce que je vis dans le monde étudiant ou le patro me paraît tellement plus ouvert et fécond, plus métissé et plus concret. C'est précisément au sortir de ces responsabilités-là que mon engagement politique deviendra effectif. La section locale ellezelloise du PSC me choisit comme jeune président, puis les électeurs comme chef de groupe au conseil communal, à vingt-six ans. La tâche n'est pas toujours facile, notamment parce que je ne suis pas issu des dynasties politiques locales. Je tire au contraire ma légitimité du verdict des électeurs et non des appareils. J'aurai la chance de pouvoir cultiver mon indépendance, en choisissant délibérément de ne pas entrer dans un parcours politique professionnel, au sein de cabinets ministériels ou comme attaché parlementaire. Jamais, je ne regretterai ce choix.

Appelé comme président local puis régional à fédérer, j'ai de multiples contacts avec les réalités du pilier chrétien. Détail amusant : j'apprends à le connaître au moment où il commence à se disloquer et lorsque beaucoup le quittent. Ce paradoxe ne me rebute pas. Je fais l'expérience intéressante de trouver une place dans une famille à laquelle je n'appartenais pas vraiment vu mes origines. Cela restera inspirant dans d'autres contextes. Je vis en même temps un engagement citoyen et chrétien, les deux faces de Janus, ce qui paraît surprenant en l'évoquant trois décennies plus tard : de nos jours, on n'imagine plus bien la force que représentait alors l'appareil d'un parti politique. La structure d'un parti se décline en trois niveaux : le local c'est-à-dire la commune, ensuite l'arrondissement tourné vers les réalités régionales et donc les élections législatives et provinciales, et enfin le national, le comité directeur, qui est très loin et très haut pour le militant lambda. Notre commune, d'un peu plus de cinq mille habitants, compte un député européen, Pierre Deschamps, âgé d'une soixantaine d'années et qui a tout vécu en politique. Juriste, il connaît bien l'histoire du parti et du pilier. Très vite, je suis baigné dans une culture chrétienne-démocrate, nationale et européenne, qui fait volontiers référence au personnalisme, à Mounier et à Maritain. En Belgique, le parti se positionne aussi comme le défenseur d'un monde, d'un pilier. Je réaliserai, bien plus tard, que le parti social-chrétien des Chantiers ouverts (le programme novateur élaboré dans l'immédiat après-guerre), était certes né du parti catholique, mais que ses concepteurs avaient précisément désiré universaliser ses valeurs, et en faire une force de proposition et non de défense. En effet, la transformation du parti catholique en PSC, dès 1945, ambitionnait de mettre en œuvre la vocation universelle de la référence chrétienne dans le domaine politique, l'objectif des penseurs de cette transformation étant précisément de contribuer à construire une société sur base de valeurs communes, largement héritées du christianisme. Loin de proposer un État catholique, le projet consiste à bâtir des institutions publiques, respectueuses de toutes les religions et spiritualités mais nourries par des valeurs humanistes, forgées par la tradition judéo-chrétienne qui a marqué l'Occident.

Curieusement, ce projet forgé dans le champ du politique, et qui n'a pas réussi durablement, contient pourtant une réelle pertinence, car sa mise en œuvre sera un extraordinaire succès historique dans beaucoup de domaines : l'éducation, la santé, le syndicalisme, la formation appelée à cette époque l'éducation permanente. Cette force est d'ailleurs une originalité belge. Je pense que dans le créneau politique, cette volonté d'universalisme n'a pas été significativement reçue par des humanistes non-catholiques, car elle a été occultée par les querelles d'alors (la question royale ou la question scolaire). Elles ont conduit à faire du PSC le parti d'un pilier, voire de combattant de la chrétienté. Le parti de l'après-guerre, positionné sur ces questions, a été victorieux et puissant pour une durée limitée. Il est resté le plus grand parti longtemps encore du côté flamand. Du côté francophone, seul un grand parti aurait pu réussir cette synthèse mais le PSC n'a pas suffisamment rassemblé. Il est pourtant riche de la diversité de ses chapelles et de ses courants, dont le CEPIC* (positionné à droite) et la Démocratie chrétienne (positionnée à gauche) ont été les plus connus naguère. L'expérience de ce pluralisme interne est riche mais énergivore : nous nous sentons très fiers de notre différence par comparaison avec le monde socialiste qui nous paraissait terriblement figé et autoritaire. Mais le rapport de forces – ce qui compte en politique – leur est favorable.

L'affaiblissement progressif ultérieur du PSC a conduit à un distanciement avec l'étiquette chrétienne, jugée obsolète dans le champ politique. Il était amusant de constater que les héritiers du courant social-chrétien se retrouvaient, lors de élections communales de 2018, sur des listes de rassemblement, une sorte de retour à l'intuition des “Chantiers ouverts”. Entretemps, je vivrai dix campagnes électorales, en tant que candidat et ce durant dix-huit ans, de 1982 à l'an 2000 : des communales aux européennes, en passant par des élections provinciales ou législatives, ce qui me vaudra une myriade d'expériences sur l'homo politicus, au féminin comme au masculin. Les souvenirs de constitution des listes à tous niveaux sont indélébiles, tout comme le sont les moments de répartition des mandats juste après les élections. Dans le stress et la fatigue des campagnes, les sentiments sont exacerbés : les conflits peuvent être saignants et les rivalités diaboliques. Plus pacifiques sont les soirées de courriers personnalisés où l'on travaille à l'ancienne, avec des signatures à l'encre, des enveloppes et des timbres. Avec raison, les citoyens sont devenus aujourd'hui plus critiques à l'égard de leur personnel politique. L'éthique politique est devenue plus sourcilleuse et c'est tant mieux. Le financement des partis est parfois critiqué. Il ne faudrait toutefois pas enjoliver le passé : l'absence de financement public des campagnes électorales implique fréquemment le recours aux dons privés, souvent occultes. Il est devenu impensable aujourd'hui que les compagnies distributrices d'électricité ou de gaz remettent des enveloppes aux députés pour financer leur campagne électorale : c'est dans l'absence quasi totale de transparence que le financement des partis par les grandes entreprises fonctionnait à l'époque. Dans un autre registre, ce sont des comités de partis politiques qui statuaient sur la nomination d'un notaire ou le choix d'un juge de paix, sur base des ameux quotas attribués à chaque formation.

C'est le niveau local qui m'a sans doute le plus marqué : je fais l'expérience de l'intérieur du microcosme ellezellois. Je côtoie des personnalités très contrastées parmi les mandataires locaux, le bourgmestre* en majorité absolue d'alors étant un vrai satrape. Je me souviens de ces concours de pinsons : le dépouillement des voix de préférence, le soir des élections. En effet, ces interminables énumérations des voix de préférence évoquent les concours de chants des pinsons rendus aveugles pour renforcer leur performance : leurs propriétaires les alignent en cages, le dimanche matin, pour sacrer le champion. Mon souvenir le plus insolite reste un mandat de conseiller provincial du Hainaut, au début des années 90, sous le règne de Richard Carlier. Installé au perchoir, il dirige une assemblée ronronnante, digne d'une opérette. Le travail de contrôle des satrapes de l'exécutif est dilué dans d'obscures commissions. Lors de l'examen, en groupe politique, d'un projet de budget annuel, nous avions trouvé des étrangetés dans tous les chapitres et donc dans tous les domaines. Mais c'était ainsi : une majorité décidait. Dans ces années-là, il est fréquent qu'un député ou un sénateur recrute ses électeurs lors de ses permanences sociales, endroit où le citoyen vient demander l'accélération du raccordement au téléphone, toujours en régie, ou le calcul de sa pension. Certains mandataires ont un entourage étonnant, souvent taillable et corvéable à merci, mais détenteur d'une parcelle de pouvoir qui en impose au commun des mortels : c'est souvent une nébuleuse qui double les instances politiques censées avoir un droit de regard sur l'action politique du parlementaire. Dans l'Église et en politique, ces gardes rapprochées m'ont toujours paru rassurer ceux qu'elles sont censées protéger, tout en faisant écran avec le monde extérieur. "On ne confesse pas aujourd'hui", aurait lancé une gouvernante à un pénitent en quête de son curé.

Je ne conserve pas de souvenir très marquant de la représentation parlementaire du Hainaut Occidental social-chrétien. J'ai croisé des personnages typés comme Jean-Pierre Detremmerie ou Georges Sénéca, mais ce monde parlementaire ne m'a jamais semblé attractif. En revanche, j'ai participé plusieurs années au comité directeur du lundi matin à la Rue des Deux Églises, le siège du parti, dans le quartier européen de Bruxelles. Sous Gérard Deprez, une personnalité qui m'a impressionné, les week-ends de mise au vert, à la Malle-Poste à Rochefort ou ailleurs, sont inoubliables. La sympathie devait être réciproque parce qu'il me sollicite un jour pour être secrétaire général du parti. Il me demanda alors de présider une ASBL, orientée sur la formation des mandataires, le centre de perfectionnement des cadres politiques. J'ai donc vécu pas mal d'évènements politiques de l'intérieur. Beaucoup plus récemment, un soir après un débat à Louvain-la-Neuve, Gérard m'a ému, en faisant remarquer à mes étudiants que j'avais toujours eu mon franc-parler et qu'il gardait un excellent souvenir de nos joutes. Je n'oublie pas non plus l'ambiance des congrès ou de comités directeurs exceptionnels, où les journalistes faisaient le pied-de-grue à la sortie de réunions ou écoutaient aux portes. Tout cela est feutré, car les relations avec la presse sont sensibles. Un débat télévisé local est encore un évènement très attendu. Sur le plan national, la puissance de certains journalistes est fort redoutée : ils sont des voix autorisées tenant parfois en mains les carrières des uns et des autres. Rapidement, une révolution copernicienne médiatique, progressive certes mais aussi plus ouverte, viendra rebattre les cartes.

Terre, terre, voici ses rades inconnues !

Jésus lui répondit : «Si tu veux être parfait, va, vends ce que tu possèdes, donne-le aux pauvres, et tu auras un trésor dans les cieux. Puis viens, suis-moi» (Mt 19, 21).

À vingt ans, je suis fan de Brel et de Brassens, mais j'apprécie surtout le répertoire de Jean Ferrat, spécialement quand il chante le poète communiste Aragon. Pourquoi suis-je attiré par cet univers de la chanson française, qui n'est pas celui de la plupart de mes copines et copains ? C'est l'équilibre entre rêve et action, entre harmonie et force, qui me plaît et répond à ce que je cherche, ce qui pourrait me combler. *Que serais-*

je sans toi ?, chanson de Jean Ferrat, me fait vibrer. C'est l'âge où des complicités se créent, féminines comme masculines. Des couples commencent à se former autour de moi avec, pour certains, l'envie de durer. Je ne me sens pas prêt à m'engager dans un tel projet. C'est pour plus tard. Les paroles : "Terre, terre, voici ses rades inconnues" résonnent juste à mes oreilles et rejoignent une intuition qui m'habite en profondeur : la recherche de transcendance n'a de sens que par et pour un enracinement concret. La mélodie ne cesse de le rappeler :

Et pourtant je vous dis que le bonheur existe/
Ailleurs que dans le rêve, ailleurs que dans les nues/
Terre, terre, voici ses rades inconnues.

Bref, je me cherche et cela prendra du temps. La foi est une dimension de cette recherche, parmi d'autres. L'Église (et ses chapelles dans tous les sens du mot) m'intéresse intellectuellement, m'attire et nourrit ma foi, mais à distance. Pourtant, je ne cesse de lire, de décrypter cette étrange institution, originale et décalée. Il m'arrive de consulter l'annuaire catholique : drôle de lecture ! Je suis pratiquant, comme peu de gars de mon âge. Je crois sentir que Dieu m'appelle peut-être, immergé dans une Église qui recherche, un peu désespérément, des vocations et je suis dans la cible de ce qui est recherché : âge, formation, maturité sans doute. En ce sens, c'est l'Opus Dei qui sera la plus active auprès de moi, au cours des années quatre-vingt, celles de mon assistanat à l'UCL. Toutefois, le ton tient davantage de la proposition que de l'imposition, quoi qu'on en dise parfois avec malveillance. Je me suis toujours senti très libre vis-à-vis de cette Œuvre et j'y garderai d'agréables liens.

Mon coach en vocation est ailleurs : c'est Jean-Pierre. Nous nous rencontrons par hasard, dans une file à un guichet du secrétariat des étudiants, aux Halles universitaires à Louvain-la-Neuve et nous parlons de la pluie et du beau temps. Plutôt du bon temps d'ailleurs. Il est jésuite, terminant les romanes*. Je n'avais jamais rencontré de jésuite. Donc il m'intrigue, notamment parce qu'il étudie la philo, comme moi. Nous nous retrouvons, toujours par hasard, chez des amis communs. Ce sera le début d'un très long compagnonnage. Je comprendrai plus tard, trop tard peut-être, qu'il avait discerné avec justesse. Personne, sauf sans doute mes parents, ne m'a consacré autant de temps et d'énergie : la bienveillance gratuite par excellence et la patience de l'ange. Que d'amitié et de douceur dans un accompagnement aussi fidèle que discret. Il étudiera beaucoup à Rome et à Jérusalem. Un parcours de jésuite, c'est long et celui d'un jésuite à vocation académique encore davantage. Ses voyages d'études et la rigueur de sa formation m'impressionnent.
Pendant des années, une correspondance régulière nous liera. Ses lettres sont splendides. Mes réponses sont maladroites, sans doute décevantes pour lui. Je pense, parfois avec enthousiasme, qu'il a raison mais ce n'est pas mûr. Jamais il ne semble se décourager face à mon absence de concrétisation d'un choix. Entretemps, je suis marqué aussi par des ordinations de proches. Mais je résiste. "Vous êtes et serez un homme d'action", avait pronostiqué l'une de mes professeurs en droit à Louvain-la-Neuve. Mais le choix d'un engagement et la résistance à ce choix sont en compétition permanente, avec des matchs nuls à répétition.

Cette époque de correspondance avec Jean-Pierre, et avec quelques autres amis partis étudier ailleurs, m'a relié à des lieux qui me faisaient rêver et que je découvrirai beaucoup plus tard, dans la réalité, au gré de mes voyages. Les études à l'étranger, c'est une denrée rare alors et, un peu confusément sans doute, j'avais décrété que ce n'était pas pour moi, pensant que mon avenir se vivrait dans mon milieu, avec une crainte diffuse de faire des choix trop ambitieux ou originaux : une forme d'autocensure. La distance culturelle entre mes racines et la découverte du monde par des séjours de longue durée me paraît hors de portée. Il faudra du temps pour que je découvre les vertus du dépaysement et notamment de la formation à l'étranger. Notre génération vit au sein d'univers plutôt clos, avec des grands-parents qui ont connu ou entendu parler, de la Grande guerre et des parents qui ont connu ou entendu parler de la suivante. La peur domine encore. Je me souviens que, durant mon enfance, l'approvisionnement en réserves de nourriture s'organisait dans la campagne dès que les tensions internationales semblaient sérieuses. Cette peur conduit au repli, à la tentation de thésauriser. Implicitement, notre génération n'est donc pas encouragée à la prise de risques : c'est la stabilité qui compte. L'idéal, c'est une nomination définitive et si possible à l'État, car il ne tombe jamais en faillite, selon la croyance populaire et, en outre, sur un bureau – traduction amusante d'une expression flamande - pour avoir moins de mal que les générations précédentes aux champs. Pourtant, cette perspective sécurisante ne me tentera jamais. Elle me rebutera et je ne me sens pas isolé dans ce refus. Il en est d'autres avec qui je partage cette conviction, dans les liens que je ne cesserai jamais de tisser pour oser construire.

Je vivrai de telles attaches, notamment en Église, avec d'autres chercheurs de Dieu, ou au moins en quête de spiritualité. J'aime explorer les ressources de la tradition chrétienne, en Belgique et au-delà : construire des ponts entre ceux qui proposent et ceux qui cherchent. Ainsi, je parraine les retraites de petits groupes de rhétos d'Ath et je découvre à cette occasion une mosaïque de communautés : des Religieuses de l'Assomption à la rue Peter Benoît à Etterbeek, alphabétisatrices en quartier populaire, jusqu'au monde des abbayes. Je sais qu'il en existe sans connaître la vie concrète des moines ou moniales. Ni ma famille ni mon entourage proche n'en ont la moindre idée et n'ont pu m'en instruire. Des Bénédictins ou des Cisterciens, c'est encore plus lointain que des Jésuites, sauf pour mon curé qui va parfois en retraite chez eux : d'ailleurs, je pensais que ce devait être une affaire de curés, mais pas de gens ordinaires. Je connais Orval par sa bière, même si elle n'est pas encore très populaire au temps de ma jeunesse. C'est un produit de luxe, consommé par l'un ou l'autre amateur, dans les estaminets possédant une bonne cave. Sa bouteille de forme particulière ne passe pas inaperçue. En juillet 1988, je découvre Orval un peu par hasard, dans un coin perdu, au fond de la Gaume. En quittant l'autoroute à Neufchâteau, on roule une trentaine de kilomètres, dans la nature profonde, jusqu'au Val d'or via Florenville. C'est impressionnant et étrange, une abbaye : une trentaine de moines vivant dans un lieu qui pourrait en accueillir cent. Lieu monastique depuis le Moyen Âge, l'abbaye a été détruite à la Révolution française et rebâtie juste à côté en 1928, avec l'hôtellerie, la brasserie et la fromagerie. C'est une ruche, avec l'accueil des touristes visitant les ruines et de la clientèle venant s'approvisionner en bière et en fromage ; mais c'est aussi un lieu voué au silence, dans le quartier réservé aux moines, la clôture et dans l'endroit réservé aux hôtes. L'abbaye d'Orval emploie aujourd'hui encore des dizaines de personnes et déploie un large rayonnement jusqu'au-delà de nos frontières alors que la communauté ne compte plus qu'une dizaine de frères.

Je suis d'emblée intrigué par la stature de plusieurs moines. De solides gaillards sous leur bure blanche et leur scapulaire noir, avec leur rustique ceinture en cuir. Plusieurs portent de robustes sandales. Lorsque, bien plus tard, je ferai confectionner ma ceinture de prêcheur par un artisan, je la voudrai brune et épaisse, virile et un peu monastique. J'apprécie beaucoup, chez les Trappistes, leur mise en œuvre de la devise bénédictine : *Ora et labora*, ce nécessaire équilibre entre la tête et les bras. L'apparente froideur cistercienne se double d'un rude bon sens. Je vis régulièrement des moments d'ajustement à Orval. C'est en marchant dans les ruines avec Lode, que cet abbé d'Orval (devenu évêque de Gand en 2020), m'affermira dans le choix du presbytérat, lorsque je m'interrogerai de nouveau sur mon engagement ecclésial, après des épisodes qui seront évoqués plus loin. Je découvrirai progressivement, au gré des rencontres, qu'une partie significative des personnes ordonnées, en charge dans l'Église, a son lieu de ressourcement spirituel, monastique ou autre. La foi chrétienne est incarnée : elle passe par les sens, des saveurs, des odeurs, une atmosphère habitée par des sons et de la lumière. Résider à Orval au gré des saisons, c'est apprivoiser un espace vivant où se croisent ciel et terre. Le silence est impressionnant, comme la paix qui en émane ou la liturgie qui s'y vit. Elle vient d'un rythme, de la répétition infinie de gestes, du chant des psaumes, de la lecture de la Bible, de la prière. Un moine d'Orval doit s'incliner plus ou moins 10 000 fois l'an, pour chanter Gloire au Père, au Fils et au Saint-Esprit au fil des offices quotidiens, des matines aux complies. Que dire de ces moments où l'on se sent suspendu entre le visible et l'invisible, par la simplicité de l'Angelus ou la beauté du Salve Regina à la fin des complies...

Plus tard, je concélébrerai l'Eucharistie dans l'abbatiale. Belle communion avec des moines au compagnonnage distant, mais manifestant une réelle amitié fraternelle. De sacrés personnages, présents 365 jours par an ou presque, porteurs d'une brochette de responsabilités, ce qui m'a constamment impressionné malgré mon expérience d'une vie bien remplie. La figure du frère Bernard-Joseph, hôtelier pendant quelques décennies et passionné de poésie, m'est devenue familière. Il est aussi spécialiste de Guerric d'Igny, un Tournaisien dont il m'arrive d'occuper la chambre (qui porte son nom) lors de sa fête le 19 août, veille de la fête de la Saint-Bernard, un évènement annuel à Orval. La poésie, c'est un des multiples domaines dans lequel je ne suis jamais entré. Mais rencontrer un être passionné dans son domaine de prédilection ne laisse jamais indemne et ouvre des perspectives originales. Orval reste pour moi un lieu de ressourcement et de repos. Je suis devenu un habitué des lieux et du rythme de ce qui s'y vit, de l'abbatiale au réfectoire, (avec sa bière légère réservée aux hôtes et son fromage), et des ruines au cimetière. Vivre en paix des temps de lecture ou d'écriture est une bénédiction, sans oublier les promenades insolites, avec quelques perles comme Avioth ou Saint Walfroy. Je suis toujours frappé par l'étonnante diversité des hôtes, beaucoup se situant à distance de l'Église institutionnelle, mais souvent à la recherche sincère de cette beauté qui sauve le monde. J'y croise nombre de gens de passage, parfois blessés par la vie, mais scotchés, l'espace de quelques heures, à la sérénité d'Orval : voilà un service bien concret de charité des communautés contemplatives pour le salut du monde. Le choix d'un lieu de prédilection n'empêche pas l'éclectisme. Tardivement, je découvrirai Clerlande, un univers bénédictin original, tellement différent d'Orval. Les abeilles aiment butiner, et pas qu'elles. Des vacances en amitiés sincères et en passions partagées me feront découvrir quelques dizaines d'autres abbayes et monastères, de tous ramages et de tous plumages : l'Esprit ne cesse jamais d'interpeller, d'inspirer, de susciter.

Le maître-achat ?

L'assistanat universitaire m'a ouvert à la diversité du continent des juristes et à la perspective de nombreux possibles professionnels. Le barreau reste l'hypothèse la plus probable, parce que le métier d'avocat continue de m'attirer. Je noue plusieurs contacts au barreau de Tournai, ma région d'origine, avec des maîtres de stage potentiels. Je me souviens de rencontres plutôt agréables, mais avec le sentiment d'une difficulté réelle à entrer dans ce milieu, pétri de traditions et de dynasties locales. Je revivais mon entrée au collège d'Ath. Je suis de celles et ceux dont le patronyme ne dit rien et pour qui le chemin est donc moins aisé. Parallèlement, des propositions arrivent de Bruxelles : l'Ordre des médecins recherche un juriste-philosophe, pour suivre les dossiers d'éthique médicale, Test-Achats cherche un juriste avec un profil politique, pour codiriger une nouvelle cellule de lobby, en charge de la défense des intérêts des consommateurs auprès des instances publiques ; le barreau de Bruxelles paraît aussi une piste réaliste. Alors que je m'imaginais rentrer en Hainaut Occidental, c'est le chemin de la capitale qui se dessine tandis que ma terre d'origine se montre moins accueillante. Ce ne sera pas la dernière fois au cours de ma vie que je me dirigerai vers le Brabant. À la suite d'une rencontre avec les autorités médicales, je suis choisi par l'Ordre des médecins pour occuper la fonction proposée et pressenti comme collaborateur par le directeur de Test-Achats qui vient me rencontrer à Louvain-la-Neuve. Je demande conseil à mon patron de l'université : il voit en Test-Achats un mouvement ouvert et en expansion, versus une fonction au sein d'un univers potentiellement plus étriqué et conservateur. Je lui fais confiance : je refuse donc la première fonction et accepte l'autre. Avec le recul, son intuition s'est révélée très pertinente. Cette période reste un souvenir très fort : j'en fais souvent anamnèse lorsque je rencontre en coaching des trentenaires qui rebattent les cartes de leur parcours professionnel. Avoir trente ans en 1986, c'est le souvenir du mûrissement de choix devenus décisifs, avec ce que cela peut représenter de rêve et de stress.

Je pars donc à la découverte de l'association des consommateurs Test-Achats. L'équipe me paraît d'emblée bien sympathique. Elle compte une centaine de collaborateurs. Le directeur Gilbert Castelain m'intrigue : à la tête d'un mouvement stratégique dans le pays, il n'est pas un intellectuel. Son positionnement détonne par rapport à l'environnement de juristes universitaires qui m'est familier : il est plutôt un self-made man aux idées simples voire carrées. Son style porte visiblement des fruits, vu le développement spectaculaire d'une entreprise originale. Le management reste assez paternaliste : c'est le petit monde de Gilbert, comme il y a celui de Don Camillo. Il ne cache pas sa méfiance pour les intellectuels, dont je fais clairement partie à ses yeux. Je crois que, selon lui, mes origines rurales et modestes pouvaient m'apporter du bon sens, capable de compenser mon ADN universitaire suspect à ses yeux. Quelques jours plus tard, je suis invité à la réunion de préparation de la conférence de presse de lancement de l'ombudsservice, dont je devrai m'occuper dans la foulée. C'est à la brasserie Le Bruegel à la Porte de Hal que je rencontre une bande de quadras, des cadres dynamiques et enthousiastes. Je ne peux deviner à ce moment qu'ils seront mes chefs et mes collègues pendant trente ans et que le restaurant en question deviendra, durant trois décennies, une de mes cantines. J'ai voulu aller y manger avec des amis un de mes derniers jours chez Test-Achats. L'établissement venait d'être fermé. Un cycle s'achevait.

Le cadre de travail, une ancienne manufacture située à la rue de Hollande, dans un quartier sinistre de Saint-Gilles, me fait quelque peu regretter Louvain-la-Neuve. Le choc culturel et intellectuel est grand : pas de bibliothèques mais des pointeuses, un réfectoire plutôt sinistre à l'odeur de soupe, un environnement vétuste et une rue peu hospitalière. Le quartier qui jouxte la gare du Midi n'est pas plus enthousiasmant. Certes, on y savoure l'odeur du chocolat Côte d'Or provenant de l'autre côté de la gare, où se trouve la chocolaterie, ce qui n'est guère désagréable. Mais le quartier immédiat est en voie de déliquescence. En outre, les abords de la gare du Midi sont à risque sur le plan de la sécurité. La population de ce quartier était historiquement d'origine espagnole ou juive, puisque le secteur du textile y fut florissant, mais cette activité a déjà quasi disparu. L'immigration maghrébine y est massive et la pauvreté patente. Heureusement, la greffe va prendre très vite, sur le plan professionnel. Test-Achats est une maison qui bouge et, fondamentalement, l'impératif d'efficacité ne me déplaît pas, ni le souci de s'adapter à une société en mouvement et à des technologies nouvelles. Nous savions à la faculté de droit que le fax existait aux Halles universitaires. Une secrétaire marchait 500 mètres pour aller chercher des documents et puis reprenait la route pour envoyer les réponses. Chez Test-Achats, on profitait déjà des bienfaits des nouveaux modes de communication. La diversité des spécialisations et des langues est aussi tonique. De plus, une culture maison singulière réunit régulièrement les équipes, lors de moments-clefs de l'année ou de la vie de l'organisation, telles les mémorables fêtes du personnel.

L'ombudsservice a été créé pour collecter les plaintes, non seulement des membres mais aussi de tous les Belges, contre les sociétés à monopole dans les secteurs de l'énergie, des télécoms et des transports en commun. On imagine avec peine aujourd'hui que dans pas mal de secteurs d'alors, le fournisseur est unique et public et donc très politisé. La riche synthèse de l'expérience d'analyse des plaintes servira de base à un lobby en faveur des consommateurs, quand l'Europe suscitera la concurrence et que le paysage législatif national devra évoluer, pour réglementer le secteur sensible des services d'intérêt général. Les combats sont multiples : Test-Achats dérange et se doit d'importuner. Viande aux hormones, biologie clinique, sécurité des voitures ou des placements, droits des passagers et j'en passe. Il faut batailler ferme face à des adversaires souvent puissants. Ce côté bagarreur, je l'assume volontiers, même si, intérieurement et intellectuellement, il m'arrive d'en sourire. Gilbert Castelain résumait ainsi sa mission : «Je ne défends pas des principes mais Test-Achats». C'est tout un programme ! Le boulot me permet de découvrir l'univers des pouvoirs publics, en particulier l'administration ainsi que tout ce qui en dérive. Me voilà immergé dans les sacro-saints équilibres de la Belgique de papa : flamands et wallons, patrons et syndicats et évidemment laïcs et cathos, les fameux piliers. Test-Achats n'appartient à personne ou plutôt à tout le monde. Notre spécificité et l'indépendance qu'elle induit dérangent pas mal, parce que nous évoluons hors de la logique des cadres de référence habituels.

Régulièrement, la politique, avec ses blocages dus aux stratégies tactiques des uns ou des autres, reprend le dessus au conseil de la consommation ou au CRIOC, le centre de recherche et d'information des organisations de consommateurs, deux instances publiques par leur financement censées être au service des consommateurs. Entre participation franche et prise de recul, ou retrait temporaire face aux tentatives de marginalisation de la part des acteurs traditionnels, Test-Achats - dont je suis le représentant attitré avec ma petite équipe - joue globalement le jeu. Notre stratégie se décline à travers un pragmatisme à la belge, pour faire évoluer la position économique et juridique du consommateur. Mais il faut régulièrement en découdre. Mon caractère passionné et extraverti fait que ces stratégies m'amusent beaucoup, en veillant en même temps, très sérieusement, à proposer et défendre une vision à long terme. Lors de crises au sein du mouvement consommateur, je vis des expériences surprenantes, comme le pilotage d'un audit du CRIOC qui emploie une quarantaine de personnes.

Des combats importants se jouent toutefois au sein des cabinets ministériels et au Parlement. Test-Achats obtient facilement des rendez-vous avec les parlementaires influents ou avec des ministres aux attributions stratégiques. Dans le domaine économique, des personnalités comme Van Miert, Maystadt, Claes, Wathelet, Verhofstadt ou Dehaene seront des interlocuteurs réguliers. Quand on a 30 ans, on est impressionné d'entendre un ministre qui vous téléphone pour vous demander, en direct et souvent dans l'urgence, l'avis de Test-Achats sur un dossier significatif en discussion. Comme directeur de l'ASBL Test-Achats, la modeste association du début qui est le bras politique de l'organisation, j'occuperai durant des années une fonction-pivot entre l'extérieur et l'intérieur. Fédérer des collègues aux spécialisations et convictions diverses sur la ligne revendicative, portant sur des thèmes aussi variés que les écotaxes, la résiliation annuelle des contrats d'assurance, le roaming ou les garanties des banques, constitue un fameux défi, sans oublier des pics d'adrénaline comme la crise de la dioxine en 1999 ou la crise financière en 2008. Test-Achats va peser progressivement davantage, au point d'être régulièrement invité par l'informateur, l'homme politique désigné par le Roi pour préparer la formation d'un gouvernement fédéral. Des tête-à-tête avec des personnalités, Louis Michel ou Elio Di Rupo, sont des expériences marquantes.

Gérer une équipe, c'est nouer une relation forte avec des personnes, surtout au sein d'une structure réduite. Je commence à travailler avec quatre ou cinq personnes. Vingt ans plus tard, ce chiffre sera multiplié par dix. Rapidement, je deviendrai spécialiste en généralités, car diriger un département, c'est investir tant dans les ressources humaines, les budgets, la stratégie de développement, que sur le fond des dossiers. C'est aussi avoir un chef. Après avoir travaillé au tout début avec le directeur historique, je vois le responsable des ingénieurs lui succéder en 1990. Ce sera pour vingt ans. Tout nous sépare, un flamand et un wallon, un technicien et un politique, un ingénieur et un juriste mais la complémentarité se révèlera plutôt tonique. Je ne serai toutefois jamais un de ses proches. Cela renforcera ma volonté d'indépendance, ce que pas mal d'évènements internes ultérieurs ne me feront jamais regretter. Mon statut d'électron libre s'est d'abord manifesté en politique. Il s'est confirmé dans l'univers Test-Achats et se révèlera aussi plus tard, dans d'autres constellations.

Une… fabrique d'église

«Si le Seigneur ne bâtit la maison, les bâtisseurs travaillent en vain» (Ps 126, 1).

Ma paroisse d'origine, qui compte moins de quinze cents âmes, aura un curé résident jusqu'à l'automne 2011. Ce prêtre est aussi en charge du très petit village voisin. Lors de chaque Eucharistie dominicale, on recommande à la prière les âmes des anciens curés (une longue succession curiale depuis le dix-neuvième siècle), puis les prêtres issus de la paroisse, ensuite les religieuses et enfin les défunts ordinaires, en commençant par quelques notables. J'ai connu les deux derniers curés, qui seront d'une grande longévité dans leur charge. Ce sont des hommes respectés, chacun dans leur style, qui vivent dans un presbytère plutôt austère mais d'une ampleur remarquable, point de référence pour les paroissiens ainsi que pour tout le village. Le nouveau curé de la paroisse, Jean Cox, arrive à Wodecq au moment de ma première communion, la privée selon le vocabulaire d'alors. Passionné de liturgie, c'est aussi un bon vivant. Ce sacré personnage, doté d'un grand réalisme, restera dans notre village plus d'un quart de siècle, appréciant le contact humain et s'intéressant à la vie des gens. Il porte un réel souci de s'adresser au tout-venant. Pendant plus d'une décennie, comme une vingtaine d'autres bénévoles, je parcours mon quartier pour offrir un calendrier paroissial et recueillir, le cas échéant, l'enveloppe de la maisonnée comme participation aux frais du journal Dimanche, l'hebdomadaire catholique, enrichi d'une substantielle chronique locale. Aller vers tous et trouver une solution sacramentelle raisonnable pour chacun, c'est ce qui passionnera ce pasteur original. Il apprécie de nouer des liens et de garder le contact avec quelques étudiants de la génération montante, non pour en faire des bigots, mais des personnalités accomplies qui laissent une place à Dieu. Homme clairvoyant, il apprécie le répondant intellectuel et aime refaire le monde dans les post-réunions, en partageant moult Chimay à capsule bleue*. J'observe ainsi la vie d'un curé de campagne dans ce presbytère du XIXe, un intérieur caractérisé par l'odeur des vieux dossiers. Le lieu est rempli de multiples étagères, surchargées de registres, archives et papiers en tout genre. Je resterai toujours dubitatif quant à cette réelle solitude d'un curé faisant tout, héritage d'une tradition totalement en décalage avec une société vivant désormais autrement. Jusqu'au départ du curé Cox, la paroisse reçoit l'aide d'un vicaire dominical, Paul Samain, venu du collège d'Enghien. Sa formation d'ingénieur agronome, puis de professeur et de directeur de cette section, le met à l'aise dans le milieu rural. Ils formeront un duo, contrasté mais tonique, pendant plus de deux décennies. Il me reste le souvenir fort du décor de la cuisine et de l'abondante omelette du samedi soir que les abbés partagent tandis qu'ils font la conversation avec tel ou tel hôte de passage, qui a même le privilège de profiter de la bonne bouteille.

Lorsque l'abbé Cox prend une retraite bien méritée, à soixante-cinq ans, son vicaire dominical, de quelques années son aîné, accepte de lui succéder. Il lance une autre dynamique, fondée sur une substantielle délégation. Parcourant le village avec sa vieille Citroën caractéristique, il va rayonner d'un solide enthousiasme et de beaucoup de simplicité avec les villageois, un paradoxe apparent, vu son positionnement théologique et liturgique plutôt classique. On le dit proche de l'Opus Dei. Incontestablement, il essaye de bien faire, entre une certaine rigidité identitaire et un souci sincère de proximité, en rejoignant les personnes là où elles en sont.

Nous vivrons avec lui pendant une vingtaine d'années moult bons moments : des évènements ponctuels comme une mission paroissiale, ou réguliers comme les processions, concerts et autres réjouissances. Il se passionnera pour l'histoire de Joseph Leleux, ce tisserand wodecquois de la fin du XIXe siècle, qui eut un itinéraire insolite et mystérieux. Sa maman décédée lui serait apparue en laissant une marque de feu sur la manche de sa chemise, et en lui demandant de changer de vie et de prier au profit des âmes du purgatoire. Il va fonder une congrégation monastique, vivant selon la règle basilienne, les moines bleus. Ces moines, artisans en ébénisterie ou facteurs d'orgues, vont s'installer à l'abbaye de Valloires, dans la Somme, où le fondateur repose au beau milieu de la nef centrale de l'abbatiale. Je participe à la recherche de la relique originaire, cette manche de chemise, qui sera retrouvée à Rome et ramenée au village par un membre de la congrégation de frères qui avait succédé aux basiliens dans l'abbaye. Une belle histoire, contée depuis le début du millénaire par un vitrail installé dans l'église paroissiale.

Lorsque l'abbé Samain accepte sa charge, il décide d'un aggiornamento de la paroisse. Dans ce nouveau schéma de collaboration, je deviens d'emblée président de la fabrique en septembre 1989. Il ne s'agit pas de fabriquer des baptisés ou des paroissiens, mais d'administrer l'édifice et son contenu mobilier. C'est un organisme public, fondé sur des textes législatifs bicentenaires. Il associe des paroissiens élus, le curé et le bourgmestre. Paul Samain estime qu'il peut donner les clefs de l'église-bâtiment à un paroissien de trente-trois ans (vingt ans plus tard, il me revêtira d'une chasuble !). L'église paroissiale avait toujours été bien entretenue, mais comme pour tant de maisons de nos grands-mères, tout était certes en ordre, mais une modernisation de grande ampleur s'imposait : chauffage à prévoir, installation électrique à remplacer ou encore peintures à refaire, mobilier liturgique à restaurer. Cette expérience me préparera à l'échevinat des travaux obtenu cinq ans plus tard. En effet, l'enjeu est technique mais aussi financier. J'affronte une tentative de corruption d'une firme, qui veut obtenir un marché par des arguties qui impliquent mon accord : rien de gravissime mais je refuse tout net. Désormais, dans mes responsabilités futures, je ne vivrai jamais plus de tentative de ce genre. L'information circule décidément très bien et très vite dans le milieu des entrepreneurs. Pour soutenir les travaux à réaliser, la commune dans laquelle je suis chef de groupe d'opposition, au conseil communal, manifeste certes de la bonne volonté, mais le test pour convaincre le conseil sera la mobilisation de la paroisse et de tout le village. Héritage sans doute de ce qu'on appelle parfois la civilisation paroissiale : des forces vives se mobilisent pour organiser des collectes de vieux papiers, des repas et surtout trouver des donateurs. Chaque année, ce seront les retrouvailles avec celles et ceux qui ont quitté le village, il y a parfois très longtemps, mais qui y conservent encore des racines vives et tiennent à l'église de leur enfance.

La dimension de sauvegarde du patrimoine local vient enrichir l'attractivité de la paroisse, dédiée à Saint Quentin, tel le lancement d'un sentier pédestre jalonné des chapelles de notre enfance. De même, un concert classique annuel met les projecteurs sur l'orgue, qui sera restauré magnifiquement à la croisée des millénaires. Je reste marqué par la visite de Mgr Huard, à la fin des travaux de restauration de l'intérieur du bâtiment (au début des années 90), accueilli dans l'enthousiasme d'une communauté et de tout un village. Quel bonheur d'entendre les premiers morceaux joués sur l'orgue restauré, à l'automne 2000 ! Prendre soin d'un lieu, en y connaissant chaque mètre carré et ce au service de Celui qu'il signifie, c'est une belle mission que j'ai aimée : je recevrai la médaille de Saint-Eleuthère, pour cette fonction à dimension spirituelle secondaire.

Paul Samain rassemble largement les paroissiens et ses amis à l'occasion de ses jubilés d'ordination : cinquante, soixante, soixante-cinq. Après son départ, à 91 ans, il assumera encore la mission d'aumônier dans la maison de repos des Sœurs de la Sainte-Union à Froyennes, où il mourra début 2014. Pendant plus d'un demi-siècle, il avait célébré dans notre village, comme vicaire dominical puis comme curé. Dans les campagnes, le départ du dernier curé résident constitue souvent une rupture dans la tradition. Le nouveau curé s'occupe désormais de cinq paroisses. Quel changement ! Entretemps, le vivier traditionnel villageois, attaché à la paroisse, peine à se renouveler, tandis que la passion pour le patrimoine et l'histoire se déploie, mais dans un autre cadre, fortement détaché de la paroisse. La question d'aujourd'hui, là comme ailleurs, c'est de savoir comment gérer, mais surtout comment habiter l'espace religieux catholique, constitué au cours des siècles. L'église reste un champ de rencontre entre une tradition religieuse, devenue particulière et minoritaire, et l'ensemble d'une population, sans cesse davantage plurielle dans ses convictions. Beaucoup entrent occasionnellement dans les églises, pour des raisons touristiques ou artistiques, pour y trouver le silence ou pour y exprimer leurs croyances, mais aussi pour participer à des célébrations, notamment des rites de passage, qui ponctuent la vie des familles. En revanche, la proportion de ceux qui y viennent pour des pratiques religieuses régulières, notamment l'Eucharistie dominicale, se réduit sans cesse. La question de l'avenir de ce gigantesque patrimoine religieux postule un dialogue entre des acteurs aux responsabilités très différentes et qui ont des comptes à rendre, que ce soit à leurs communautés ou à un ensemble de citoyens. Des enjeux viennent les interroger quant aux paramètres, parfois contradictoires, affectant les décisions à prendre. Le collège échevinal* (devenu communal) est garant des finances locales, mais aussi de l'accueil de groupes de citoyens qui expriment leurs convictions dans un espace public. Le diocèse a bien sûr le devoir de veiller à offrir des lieux de célébration dignes et proches des chrétiens, partout où ils se trouvent, mais en demandant à l'ensemble des citoyens un effort financier qui ne soit pas trop démesuré. La détermination de lignes directrices dans ce domaine, notamment dans le chef des autorités ecclésiastiques, présuppose une stratégie pastorale, mais constitue beaucoup plus fondamentalement une question théologique : comment l'Église vient-elle s'articuler avec le monde ? Comment mettre en œuvre, hic et nunc, la mission qui lui a été donnée par le Christ, d'aller, d'enseigner toutes les nations et de baptiser au nom du Père, du Christ et de l'Esprit ? Ces lieux chargés d'histoire pourraient toucher les jeunes, par une valorisation dans le cadre de leur formation, celle d'artisan ou d'artiste. N'est-ce pas leur histoire ? Investir dans la beauté permettrait de donner du travail et du sens à certains projets professionnels de jeunes adultes. Je suis convaincu que le patrimoine religieux est rassembleur, même si les personnes-ressources, sur le plan local, sont parfois réticentes à s'engager bénévolement dans la durée pour le faire vivre.

Fossés et rigoles

Quand j'étais étudiant, l'intérêt pour la chose publique m'a beaucoup habité. Le souci du groupe humain, dans son unité et sa diversité, m'intéressait spontanément et j'étais entré en politique communale pour mettre en œuvre concrètement mon goût pour la res publica. Siéger comme chef de groupe au conseil communal, depuis une dizaine d'années, m'amusait beaucoup. Toutefois, le sentiment d'avoir fait le tour de la question se manifeste au milieu des années 90. Je n'aime pas trop la routine, notamment en politique. À cette époque, tout est encore très statique et les communes sont souvent gouvernées par de longues dynasties familiales. Dans la vie politique, j'observe qu'il arrive de temps à autre un momentum : tel ou tel évènement inattendu, ou peu probable, surgit et, telle une réaction chimique, il provoque une prise de conscience, une saturation, un changement de cap. Une modeste manifestation dynastique et patriotique locale va faire basculer les choses en politique ellezelloise, entre les libéraux, comme nous appellons ceux pour qui nous sommes les "calotins", en dépit de nos appellations officielles respectives, et les socialistes. Le respect envers les combattants et les prisonniers des deux guerres est profondément ancré chez les mandataires de tous bords. Mais les libéraux, pour des raisons historiques locales, aiment en être les fers de lance. Le 31 juillet 1993, la population avait appris avec stupéfaction le décès inopiné de Baudouin, roi des Belges pendant plus de trente ans. L'émoi est patent, le pays s'arrête, l'hommage est unanime et ses funérailles touchantes : Baudouin inspire le respect. Quand le cardinal Danneels, au tout début de son homélie, dira "*Il y a des rois qui sont plus que des rois, ils sont les bergers de leur peuple*", il traduit bien le sentiment d'un peuple quasi unanime.

Dans de telles circonstances, tout le monde veut faire quelque chose. Le bourgmestre libéral, aidé de sa garde rapprochée, réunit une semaine plus tard les corps constitués. Nous sommes peu de mandataires présents en ce cœur des vacances. Le représentant des mandataires socialistes me fait part de son inconfort concernant ce qui ressemble à une tentative de récupération. Je partage son agacement. Notre réaction était sans doute circonstancielle et exagérée, mais un tel sentiment ponctuel ne naît pas non plus d'un coup de baguette magique. Depuis quelques années en effet, des convergences de générations se manifestent au conseil communal. Le comportement du parti dominant nous hérisse régulièrement. Nous avons envie, jeunes mandataires des deux autres partis, de faire bouger les choses. En une quinzaine de jours, le parti socialiste, toujours en cartel avec les libéraux depuis l'après-guerre, décide de présenter une liste spécifique, aux élections de l'année suivante. Dans l'enthousiasme, nous décidons, de commun accord, de travailler ensemble, si le résultat des élections le permet. Aux communales de 1994, ce n'est pas un grand chambardement entre les forces en présence mais un rebattage des cartes, avec l'arrivée de plusieurs nouvelles figures à la table du conseil. Le PS obtient sept sièges, les libéraux six et nous quatre. Les deux partis de la future coalition ont rassemblé deux tiers des électeurs. Il y aura désormais trois groupes, ce qui enrichira et nuancera le débat, plutôt qu'un relatif immobilisme entre les chiens de faïence historiques de l'ancienne configuration. Cinq des six membres du collège ont moins de quarante ans. Michel, le chef de file du PS, devient bourgmestre, tandis que je me retrouve premier échevin. Au collège, avec (l'autre) Serge, Benoît et Dany, nous rivalisons d'idées et de projets. L'aventure s'annonce passionnante. Des scénarios imaginatifs : le regroupement de tous les services, dispersés jusqu'alors, dans des infrastructures à construire sur le terrain de l'ancienne cure à la rue Saint-Mortier (à cent mètres de la Place), la transformation de la maison communale en Maison du Parc Naturel du Pays des Collines ou encore la rénovation des infrastructures dans chaque village. Ces dossiers, toujours sensibles dans une petite commune, vont nous souder face à une opposition passéiste.

Je prends en charge les travaux publics, poste traditionnellement occupé, dans les communes rurales, par des agriculteurs ou des entrepreneurs. Avec mon profil de juriste, ce choix surprend, comme s'il existait, selon la vieille garde, une inadéquation entre l'homme et la fonction. Le défi est avant tout la gestion des dossiers d'investissement et d'entretien. J'hérite d'infrastructures d'un autre âge : il faut commencer la modernisation par le service travaux, en construisant un hangar, en achetant du charroi* et des équipements, dont j'ignorais la dénomination quelques semaines auparavant. Je parcours donc une *terra incognita* qui me deviendra assez vite familière. Je mets en œuvre un système de délégation, qui responsabilise et rend la gestion plus transparente, au rythme de la vie quotidienne marquée par les saisons, celle du tarmac ou celle du sel. Je me surprends à utiliser un nouveau vocabulaire : le faïençage du revêtement routier, les pertuis, les avaloirs, les filets d'eau, l'atlas de voirie ou celui des cours d'eau. Henri, le conducteur des travaux, un homme intègre au profil d'instituteur républicain, connaît bien le service et notre binôme va fonctionner à merveille. Nous sortons ensemble de cette gestion du temps passé, quand une forme d'autocensure consistait à avoir peur d'investir ou de prendre le risque d'innover. Le service travaux, c'est une quinzaine d'hommes, affectés le plus souvent à des tâches modestes et ingrates. Ils sont attachés à leur village et connaissent bien la population. L'accompagnement de ces caractères, forts ou faibles, assez typés, qui partagent avec moi ce qu'ils vivent sur le terrain ainsi que dans leur famille, sera une dimension inattendue mais humainement riche de mon échevinat. Ils sont chauffeurs, grutiers, menuisiers, fossoyeurs, maçons et surtout ouvriers polyvalents, en fonction des urgences et des saisons. La métamorphose de l'équipement s'est opérée en deux ans. Le bâtiment technique est réceptionné et tout le monde peut s'installer. Comme un gamin, j'avais construit mon hangar, une sorte de cadeau de Saint-Nicolas*.

La suite va se révéler passionnante, au rythme des chantiers. Des réalisations comme le Parc Saint-Mortier, avec ses multiples composantes immobilières et bucoliques, la Maison du Parc ou encore l'aménagement du centre du village (inauguré en présence du prince Laurent, frère du roi Philippe, en juin 2000), sont des fleurons de cette aventure. Le Parc Naturel du Pays des Collines était né dans la tête de quelques intellectuels de la région. Concrétiser une telle idée prend du temps. Fédérer quatre communes (Ellezelles, Flobecq, Frasnes et Mont-de-l'Enclus) ainsi que trois villages de la ville d'Ath, proches géographiquement, ne sera pas une sinécure. Dans la vie des communautés humaines, il y a des moments, des *kairoi* selon les Grecs ou des états de grâce, dit-on aujourd'hui. L'intuition des utopistes de la première heure se concrétisera, trente ans plus tard, à la fin du siècle dernier, grâce à la créativité et aux rêves d'acteurs issus de la société civile et de mandataires politiques. Nous, les jeunes mandataires, partageons, peut-être naïvement le sentiment d'être des pionniers dans la transposition concrète d'une prise de conscience. Durer s'avérera, comme souvent, beaucoup plus difficile. Toutefois, quelques crises salutaires permettront la continuité : une belle leçon pour l'un ou l'autre ! Mon mandat d'échevin me conduira à participer aux travaux des intercommunales du Hainaut Occidental, un territoire absolument méconnu, situé à l'ouest de la province, voisin de la Flandre et du Nord de la France. Le concept de HO était pédagogique, tandis que l'invention de la "Wallonie picarde" ne fera que rendre plus confus encore le positionnement de cette région. Gestion des déchets ou épuration des eaux, développement économique ou télévision régionale, pour ne citer que les secteurs les plus significatifs, sont dirigés par une brochette de mandataires publics qui y font la pluie et le beau temps. Il s'agit d'enjeux bien concrets pour les gens que nous représentons et la gestion aurait dû être lisible et transparente.

Dans le domaine des intercommunales, tout n'est pas rose et est rendu plus confus encore par l'existence d'une kyrielle de structures, notamment autour de la distribution d'électricité. Les jetons de présence et les salaires de quelques satrapes sont inversement proportionnels au travail de contrôle des producteurs d'électricité. Tout se passe sans réel débat. Avec le recul, je regrette notre silence face à des enjeux qui nous semblaient hors de portée. Il faudra du temps et la révélation d'abus par quelques mandataires courageux, pour que, quelques décennies plus tard, cet univers soit secoué et dépoussiéré. À l'époque, notre marge de manœuvre comme élus de terrain est réduite. Exerçant une véritable occupation professionnelle par ailleurs, je me suis toujours certes senti très indépendant, mais sans le temps nécessaire pour investiguer ce qui aurait dû l'être. La culture d'alors ne nous incitait pas à secouer le cocotier, comme il aurait fallu. L'aventure de la télévision régionale No Télé m'a beaucoup amusé. C'est l'éclosion de médias que les moins de quarante ans ne peuvent imaginer. L'information ne transite alors que par deux quotidiens locaux : le Courrier de l'Escaut et plus marginalement le Nord Eclair. Certes, des radios locales sans rayonnement significatif sont lancées. Mais No Télé va passer le cap de la réussite. À l'époque, les échos de la vie politique locale passaient de facto par deux ou trois journalistes. De même, la chose publique était l'apanage d'un très petit nombre de personnalités, qui pesaient pour le pire, mais parfois aussi pour le meilleur. C'est le fameux ancrage local, cet attachement viscéral aux racines, là où il arrive que se replient des mandataires régionaux, quand les vents sont contraires à l'échelon supérieur.

L'accompagnement social des habitants est assuré par le Centre Public d'Action Sociale (le CPAS), héritier des anciennes commissions d'assistance publique. Ses membres sont élus par le conseil communal : ce sont surtout des candidats aux élections non élus conseillers communaux ou membres du collège. Ces postes sont plutôt perçus comme des lots de consolation. Leurs titulaires n'ont pas toujours la vocation pour s'impliquer réellement dans l'action sociale, ce qui a pu conduire à des erreurs de casting et à des dérives. Je garde toutefois une appréciation positive du travail remarquable de certains responsables politiques et de membres du personnel, auteurs d'initiatives originales. Approcher les moins chanceux dans le respect ne laisse guère indifférent et contribue à former une conscience de la responsabilité et de la justice sociale, parfois émouvante. Un autre domaine délicat, c'est le rôle de la police au sein d'une commune. J'ai connu la glorieuse époque des gardes champêtres. Quand j'étais gamin, Louis, celui de mon village m'impressionnait : sa sévérité nous inspirait une crainte réelle. Au niveau communal, nous serons confrontés à ce corps très particulier à gérer, ces fonctionnaires de proximité, parfois en décalage par rapport aux enjeux du moment. La brigade de gendarmerie, installée dans la commune voisine, s'occupe de dossiers plus sérieux à nos yeux. Je connaîtrai donc la réforme fondamentale des polices, dans le sillage de la pénible affaire Dutroux, allant heureusement dans le sens d'une meilleure articulation entre les services. Dans les régions rurales, plusieurs communes sont appelées à collaborer, pour former des zones de police. Rassembler les mandataires, et notamment les ego mayoraux, ainsi que des policiers de formation et de culture très différentes, ne sera pas une sinécure. Ce sera même parfois décourageant. Mais "point n'est besoin d'espérer pour entreprendre, ni de réussir pour persévérer", une maxime de Guillaume d'Orange, que je fais volontiers mienne.

Mon mandat communal m'a permis de déployer ma volonté de chercher du sens, avec mes concitoyens. Après la phase plus hard des travaux publics, je me suis consacré à suivre l'aménagement du territoire et l'urbanisme, des enjeux de moyen terme, ce qui exige beaucoup d'énergie, dans un contexte politique local, où le court terme est spontanément privilégié. J'ai engrangé un bouquet de souvenirs au cours de mes journées passées à visiter une centaine de jardins en été, dans le cadre de la campagne "Ellezelles fleuri". Sans cesse, je découvre la richesse des plantes, des fleurs, des étangs et des balconnières, avec le souvenir ému de ces personnes âgées, à qui ce petit coin de paradis donnait du sens, avec le sourire d'œuvrer à ce qui est beau et pacifique. Dans une commune peuplée de près de 6 000 habitants, c'est le contact direct qui est primordial : participation aux évènements familiaux, mariages civils et noces d'or, de diamant ou de brillant. C'est en outre une expérience très pastorale. J'ose même utiliser la métaphore inventée par le pape

François bien plus tard, au sein d'une commune, a fortiori rurale, on sent l'odeur des brebis…. C'est une école de l'infiniment petit que de veiller au vivre ensemble, depuis les dossiers suivis par les gardes champêtres, les conflits entre promeneurs et agriculteurs (à propos des sentiers) jusqu'à la mise en œuvre, dans de très petites exploitations, de la politique agricole commune, se déclinant notamment en développement rural. Il s'agira aussi de soutenir les initiatives culturelles dans un village, avec le concours d'un modeste centre culturel régional, tantôt de s'ouvrir à l'extérieur grâce à des jumelages, que ce soit, tout naturellement, en France ou plus significativement avec Sic en Roumanie, ce village adopté par le nôtre au moment de la folie destructrice d'un certain Ceausescu. C'est enfin l'apprentissage, au sein d'un village, de la gestion des crises, parfois passionnées, mais qui ne sont le plus souvent que d'amusantes crisettes.

Entre l'ancien et le nouveau ?

«Et celui qui entend de moi ces paroles sans les mettre en pratique est comparable à un homme insensé qui a construit sa maison sur le sable» (Mt 7,26).

Les fins d'années, académiques ou professionnelles, sont propices aux bilans et aux résolutions pour l'avenir. À la fin de l'été 1996, je réunis quelques dizaines d'amis, collègues et vieilles connaissances. Des idées de changement me trottent dans la tête depuis quelque temps. Vais-je continuer à vivre le nez dans le guidon pendant vingt-cinq ans encore ? Je suis entré dans le club des quadras, le moment me semble venu de rebattre les cartes et même pourquoi pas, d'envisager des changements de cap. Est-ce un signe avant-coureur de manifestation du paradigme contemporain de mobilité des carrières ? L'évolution de la société commence en effet à rendre les virages plus faciles. Les modèles traditionnels, dont nous avons hérité, induisent une grande stabilité des carrières, venue des fidélités d'antan, à une terre d'abord, puis à une profession et même à un employeur. En ce temps-là, le nomadisme ne fait pas sérieux du tout et les changements de vie, même marqués du sceau de la sincérité et du réalisme, suscitent encore la méfiance. Mais les mentalités évoluent peu à peu.

Je ressens aussi le besoin de faire le point quant à ma foi, à la recherche d'une récapitulation de mes convictions, qui sont à la source des engagements que j'assume. Le début d'été 1998 m'envoie prospecter à la faculté de théologie à Louvain-la-Neuve. Je ne sais toutefois pas très exactement ce que je cherche, à l'image d'autres étudiants, qu'une boussole invisible conduit, un jour, dans une faculté de théologie ou de philosophie. C'est généralement une démarche originale : souvent, on vient chercher à l'université des compétences valorisables dans une carrière. Ma première démarche par téléphone est administrative. Je cherche simplement le programme, son coût et ses horaires. C'est toujours le règne du papier dans la communication et je dois donc aller me documenter au secrétariat facultaire. À ma grande surprise, la secrétaire à l'accueil m'annonce que le Père Bogaert, Bénédictin de Maredsous et professeur d'exégèse, souhaite me voir. Sans doute ma demande de renseignements, vu mon cursus académique et professionnel, a-t-elle intrigué cet enseignant, alors secrétaire académique. Il me reçoit aussi gentiment que simplement. Il propose de construire pour moi et avec moi un parcours sérieux, loin de l'éclectisme que serait l'inscription à quelques cours isolés, sans objectif global. Il réussit à me persuader de m'inscrire à un deuxième cycle en théologie, en l'étalant sur quatre ans. Je suis loin de me douter que je viens de mettre la main dans un engrenage, qui tournera quinze ans. En effet, je m'engagerai ensuite dans une licence canonique, répartie elle aussi sur quatre ans et un cycle doctoral qui durera sept ans. Les trajectoires de vie peuvent prendre des tours inattendus, grâce à des rencontres imprévues : voilà une nouvelle leçon de vie.

Je me mets à l'ouvrage, discrètement mais déterminé à progresser sérieusement en théologie, tout en travaillant chez Test-Achats et comme premier échevin à la commune. Je parle peu de ce parcours, notamment parce que je dois en tester la faisabilité. Inconsciemment sans doute, je pense à l'homme qui, dans l'Évangile, voulait construire une tour et n'y arrive pas, en suscitant l'hilarité. À l'intérieur de la faculté, mon cheminement intrigue et parfois dérange. Je me sens plutôt fier de vivre intensément cette expérience, en parallèle avec tout le reste, mais j'ai le sentiment que l'originalité de la démarche ne plaît pas à tout le monde, du côté académique. Ne risque-t-on pas de dévaluer l'enseignement de la faculté si on peut réussir les examens en n'y consacrant qu'une part de son temps et en brossant* une partie des cours ? Je ressens, chez certains académiques, une crainte diffuse que leur faculté ne soit pas ou plus prise au sérieux. Au sein de la première université belge francophone, la faculté de théologie est devenue un très Petit Poucet, surtout par son faible nombre d'étudiants. Il m'arrive d'y ressentir une sorte de complexe du petit, qui craint ne plus être vu que comme un héritage du passé artificiellement protégé, un îlot qui ne compterait plus vraiment au sein d'une université qui bouge et qui pourrait l'affubler de l'attribut de la non-scientificité.
Mon cheminement m'a permis d'étudier et aussi de travailler dans plusieurs facultés de mon Alma Mater. Comparée à d'autres univers facultaires, l'atmosphère en théologie me

paraît décalée et quelque peu figée : cela est dû à la taille réduite des auditoires certes, mais aussi à la tradition ecclésiastique qui l'habite et que je mettrai un peu de temps à décoder. Le respect minutieux de procédures lentes et complexes, dont la finalité est rarement expliquée, l'amour du secret et la méfiance de certains pour la transparence sont les éléments d'un cocktail culturel particulier. Certes, les personnes veulent bien faire, en cultivant le souci d'être administrativement irréprochables et son corollaire, la propension à être perturbé pour un rien. Ce formalisme peut évidemment se révéler stérile et peu mobilisant : petit pays, petit esprit ? Ces détails quelque peu agaçants ne peuvent occulter les très bons côtés de l'aventure. D'abord, le public de la faculté est fort particulier, pas du tout à l'image de la population étudiante de la plupart des facultés d'alors. C'est une immersion dans l'universel, géographique et culturel. Je retrouve *mutatis mutandis* l'atmosphère de l'époque bénie du Collège du Saint-Esprit. Parfois aussi, la présence au cours apporte une réelle valeur ajoutée, car l'on y rencontre des professeurs qui disposent d'un réel talent pédagogique ou dont le charisme rayonne. Plus rarement, l'un ou l'autre ose timidement l'interaction avec les étudiants. La vie de cette minuscule faculté sera mon point d'ancrage, soit pour venir y suivre un enseignement, quand je le peux, soit pour m'approvisionner en notes et en bibliographies. Pendant huit ans, les ouvrages théologiques ou exégétiques seront mes livres de chevet : des prophètes à la morale sociale, des évangiles synoptiques à l'histoire de l'Église, en passant par la patristique et la philosophie de la religion.

Au cours de ce long périple, je vais donc présenter une cinquantaine d'examens, répartis entre les trois sessions annuelles. Le dernier examen de théologie spirituelle, le 23 juin 2005, porte sur un cours de quinze heures, donné par Monique Foket. C'est le souvenir à la fois fort et étrange du moment symbolique d'achèvement d'une trajectoire personnelle, discrète mais progressivement partagée avec celle d'autres étudiants devenus familiers, tellement différente de tous mes autres biotopes professionnels ou politiques. Pour terminer le cycle, je dois aussi me mettre en ordre du côté des langues anciennes. Si l'on présume suffisante ma connaissance du latin - ce qui n'était pourtant plus trop le cas - je dois être capable de maîtriser le grec biblique et des rudiments d'hébreu. Je me réimmerge dans le grec, lors d'une belle session à Ermeton, pour pouvoir prouver à André Wenin que je peux traduire et commenter un chapitre de Marc en grec : l'épreuve sera concluante. Quant à l'hébreu, je l'aborderai à la faculté de théologie protestante de Montpellier, où je suivrai aussi quelques cours de troisième cycle. Entretemps, j'écris un mémoire de troisième cycle en théologie ; il aura pour titre *Chrétiens en politique en Belgique francophone – Une relation en mutation*. Voilà une de ces occasions où je pourrai croiser des facettes radicalement différentes de ma vie, en éprouvant la satisfaction de la fécondité du métissage. Une part de la démarche consiste à réaliser vingt-quatre interviews : douze venus du monde politique, tels Guy Spitaels ou Hervé Hasquin et douze venus du monde religieux, allant du rabbin Guigui à Jozef De Kesel, qui deviendra mon évêque. Le premier interview me fait rencontrer une personnalité extraordinaire, un monument en histoire de l'Église : Roger Aubert. Le nonagénaire vit dans un appartement qui est à la fois une bibliothèque et un dépôt d'archives. En sortant de chez lui, le matin du 30 juillet 2004, je branche la radio de ma voiture : elle annonce la catastrophe de Ghislenghien, l'explosion d'une conduite de gaz. Voilà à nouveau deux pans de ma vie qui s'entrechoquent.

Nous serons profondément marqués en pays d'Ath par ce drame horrible. Je pense à Pierre, ingénieur et pompier volontaire, à qui j'avais donné cours quelques années plus tôt, disparu ce jour-là, et à tant d'autres victimes : merci pour votre dévouement et reposez tous en paix.

Mon mémoire sera bouclé l'été 2005, avant mon départ vers Montpellier. Je reviendrai présenter ma leçon publique, en mai 2006, à Louvain-la-Neuve. La tradition consiste à travailler une semaine sur une question souvent pointue. Dans mon enveloppe, je trouve comme énoncé : Qu'est-ce que croire ? C'est une question vaste, fondamentale et difficile, qui émane d'Emilio Brito. Je présente la synthèse de ma réponse, lors d'une sympathique défense publique, devant une brochette de proches venus saluer le Montpéliérain de passage au pays. Ce sera le début de mon expérience de défense publique, souvent redoutable, où la rhétorique académique agréable et les coups fourrés se croisent si souvent. Ceux-ci peuvent d'ailleurs faire très mal, si l'on n'est guère rompu au genre littéraire de l'exercice. Je tire donc beaucoup de neuf et de précieux des trésors de cette vieille faculté. Mon sentiment reste toutefois mitigé, car l'outil ne s'est pas encore suffisamment adapté aux requêtes contemporaines dans sa mentalité. L'offre ne se transforme pas assez vite pour répondre à des demandes nouvelles. Une mentalité ancienne reste prégnante : la croyance qu'on accueille des jeunes comme jadis, sans formation ni expérience et que ce point alpha serait une tabula rasa. Les parcours antérieurs sont peu valorisés, comme si leur originalité pouvait saper l'autorité institutionnelle, alors qu'ils offrent tant de pistes d'interfaces. Garder le cap de la théologie académique, avec la rigueur que cela implique, et accueillir un public venu approfondir sa foi, ou simplement chercher, s'avèrent alors encore trop peu compatibles. Je garde en mémoire l'un ou l'autre visage, parmi ceux qui n'ont pas trouvé un répondant à leur démarche, dont les enthousiasmes se sont heurtés à une certaine dureté institutionnelle. Lors d'une conférence, une phrase de Léopold Génicot, le grand historien du Moyen Âge, m'avait marqué : "*La vocation de la théologie, c'est de faire un pont, constamment actualisé, entre la Révélation et l'histoire. Mais elle ne le fait pas*", ajoutait-il. Je pense qu'il avait en partie raison. L'évolution ultérieure de l'institution me permettra de nuancer mon jugement.

L'internationale des consommateurs

D'emblée, la dimension européenne du combat pour les consommateurs m'avait frappé, lors de mes premiers pas chez Test-Achats. Très vite, je découvre le Bureau Européen des Unions de Consommateurs (le BEUC) organisé à l'échelle des Douze. L'Europe vient de s'élargir à la péninsule ibérique, en 1986, cinq ans après l'entrée de la Grèce. Les associations de ces pays, tout comme celles d'Italie, sont faibles. L'Union Européenne finance le BEUC, afin d'aider les petites organisations du Sud de l'Europe à développer des projets pour les renforcer. Les moyens mis à leur disposition restent toutefois largement symboliques. Gilbert Castelain, directeur de Test-Achats depuis trente ans, avait créé des liens avec la OCU, la Organizacion de Consumidores y Usuarios, une organisation espagnole s'inspirant du modèle consumériste indépendant de la production, de la distribution et des syndicats. Il lance le projet très concret de développer avec eux une association, calquée sur le modèle belge. Progressivement, je suis associé à l'aventure, afin de développer à Madrid une cellule de politique consumériste, sur le modèle du service existant en Belgique. Toutefois, les moyens consacrés au lobby sont réduits à la portion congrue. Il faut d'abord être rentable, dixit le chef et puis on verra... Je recrute un premier collaborateur en Espagne. C'est le début d'une dimension passionnante de ma fonction de coordinateur lobby pour plusieurs pays de notre constellation. L'aventure en Méditerranée va en effet prendre de l'ampleur, croître et embellir. Une véritable frénésie du développement à travers des partenariats va s'emparer de la maison. Après l'Espagne en 1987, nous signons, deux ans plus tard, un accord avec les Milanais du Comitato Difesa Consumatori. En 1991, une collaboration est également scellée avec DECO, l'association portugaise des consommateurs. Le défi est enthousiasment, mais la tâche est rude : nous sommes le nez sur le guidon. Cependant les équipes ont attrapé le virus et, en dépit d'inévitables hauts et bas, l'aventure se révèlera globalement une success story.

La structure de partenariat, mise au point en Europe du Sud, reposait sur un équilibre subtil entre la liberté de l'association du pays concerné, sur le plan politique, et le respect des règles de gestion du groupe, sur le plan financier. Dans les années 70, Test-Achats avait aidé l'organisation-sœur française, l'UFC Que Choisir, à se développer. Un beau paquet d'argent belge avait été investi là-bas, dans le cadre d'un accord de participation sur une base 50/50. Lorsque les résultats furent performants, les Français invitèrent les Belges à rentrer chez eux, mais sans leur ristourner l'investissement, évidemment. Cette mésaventure avait généré un véritable traumatisme chez les dirigeants de Test-Achats, un sentiment de trahison qui pouvait ressembler à l'état d'esprit des dirigeants de l'UCL, chassés de Leuven en 1968. Avec ses nouveaux partenaires, Test-Achats va créer des sociétés éditrices d'infos aux consommateurs, à majorité belge et à minorité nationale. L'organisation historique, partenaire national de la société éditrice, a peu de moyens financiers, mais dispose d'un réseau de volontaires, dont pas mal d'intellectuels ayant une vision à long terme. Ce sont les pionniers du Sud, tout comme il y eut des pionniers pour lancer l'association belge trente ans plus tôt. Je me trouverai avec bonheur dans une collaboration *inter-nationale*, plutôt que dans un management *supra-national*, puisque j'ai la charge de coordonner la politique. Mes liens étroits avec ces associations nationales me mettent donc en contact avec beaucoup de personnalités intéressantes et originales. En Espagne et au Portugal, ces intellectuels, avocats ou économistes, ont connu la dictature et ont souvent mené des combats de très longue haleine : le scandale de l'huile frelatée en Espagne ou l'accès à la justice en Italie et au Portugal. Certains sont journalistes et déploieront une énorme énergie pour faire entendre la voix des consommateurs dans leur pays, alors que cette réalité n'était encore nullement prise en compte par les autorités nationales. Ils s'appellent Manuel, Anna, Paolo, Isabel et tant d'autres. Au-delà des contingences de la gestion du quotidien, avoir pu construire avec de telles personnalités reste un souvenir très émouvant. L'originalité de ma mission, c'est de préparer et défendre notre ligne politique en faveur de la cause des consommateurs, à trois niveaux, tels trois étages d'une fusée. D'abord au sein de notre famille belgo-méditerranéenne, ensuite au sein de l'Europe en expansion et enfin dans le monde entier. Notre conscience citoyenne est en effet résolument européenne et internationale. C'est une période où la foi en l'Europe, à sa capacité de fédérer et de faire évoluer les choses est puissante. Très vite, j'ai été jeté dans le bain du BEUC, fondé par les associations de quelques pays pionniers, en 1962 déjà. Les associations fondatrices étaient nées dès les années cinquante : une farouche volonté d'indépendance les caractérisait par rapport à d'autres intérêts, ceux des producteurs et distributeurs mais aussi vis-à-vis des Etats. Le BEUC veut aussi se démarquer d'une kyrielle d'associations ou mouvements, qui disent représenter les consommateurs, comme les syndicats, les coopératives, les organisations familiales. Certes, nous pouvons faire un bout de chemin avec eux, à propos de l'un ou l'autre dossier. Mais nous divergeons sur beaucoup d'autres, précisément à cause de notre spécificité. C'est le deuxième étage de la fusée.

Le BEUC a un objectif prestigieux, mais connaît des débuts bien modestes, dans les anciens locaux de Test-Achats, à la rue Royale. Magda, une ostendaise, la secrétaire exécutive, fait tourner la boutique d'une dizaine de collaborateurs, en attendant la nomination d'un nouveau directeur. Des temps héroïques, car il y a une tournante accélérée du personnel universitaire, attiré par des salaires d'un tout autre niveau, pratiqués par les institutions de ce qui s'appelle encore la CEE, ancêtre de l'Union Européenne. Les moyens manquent aussi car les pays ont, pour diverses raisons, un peu de mal à verser de l'argent à leur fédération bruxelloise, avec la particularité intéressante que l'organisation Which du Royaume-Uni, pays volontiers eurosceptique, est la première contributrice. L'Allemagne, la France et le Benelux versent des contributions significatives mais c'est à peu près tout. Le BEUC est un excellent laboratoire d'Europe. Je fais l'expérience de la difficulté à construire l'Europe des consommateurs, en déployant une stratégie commune : que de lenteurs et de ronronnements ! L'activité du BEUC est largement concentrée à Bruxelles, principal siège des institutions européennes. Toutefois, nos réunions se passent aussi dans d'autres pays. Ainsi, les autorités de Berlin-Ouest favorisent les réunions internationales à des conditions attractives. Ce qui me vaudra d'aller à Berlin, trois hivers de suite, juste avant la chute du mur. À l'époque, le métro ne s'arrête pas dans certaines stations et les prostituées font le trottoir en manteau de fourrure, au Kurfürstendamm, par moins 15° : toute une époque. Outre Berlin, l'un de mes premiers voyages professionnels me conduira à Rome en 1990. Tiens, tiens, j'y retournerai souvent pour de nombreuses autres raisons. Pendant une vingtaine d'années, j'exercerai des fonctions significatives au BEUC, comme membre de l'exécutif : chargé des finances durant plus de cinq ans, j'assurerai aussi la présidence. Le club grandira assez vite, mais quelques pays joueront un rôle stabilisateur : les Anglais de Which, malgré une conviction européenne en dents de scie, les Hollandais de Consumentenbond, les Français de l'UFC Que Choisir, les Allemands, les Danois, … C'est ensemble que nous lobbyons, dans les couloirs des institutions européennes à Bruxelles ou à Strasbourg, au gré des conférences ou symposiums, dans le sillage de l'Europe. Lors de chaque présidence européenne, il est de coutume qu'un séminaire soit organisé par le pays en charge. Tous les six mois, nous vivons donc un évènement souvent marquant, soit par les personnalités rencontrées, notamment les commissaires européens et les ministres locaux, soit par le lieu choisi, comme le séminaire d'une présidence portugaise aux Açores, ou dans des villes moins connues (Helsinki ou Lund). L'un de mes souvenirs mémorables, c'est le séminaire organisé à Rome, en 1993, Emma Bonino étant la commissaire en charge des consommateurs. J'étais l'un des trois rapporteurs de cette conférence qui se tenait dans le cadre prestigieux des Thermes de Dioclétien et la présidence avait mis à ma disposition une secrétaire et une grosse limousine noire de fonction, avec chauffeur. Cela ne m'est pas trop monté à la tête mais circuler à Rome, en voiture officielle, m'a beaucoup amusé.

Le dernier étage de la fusée, c'est Consumers International, la fédération mondiale des associations de consommateurs. Née en 1960, à l'initiative d'organisations de consommateurs d'Europe et des USA, elle tente de fédérer beaucoup de réalités avec peu de moyens : des associations sont présentes dans plus de cent pays. Peu d'entre elles sont en mesure de contribuer au développement du secrétariat qui représente les intérêts des consommateurs dans les cénacles mondiaux. J'ai toujours apprécié que Test-Achats contribue significativement à la cause européenne et internationale, beau geste de solidarité de la part des consommateurs belges qui sont nos membres. Tous les trois ans, une rencontre, alliant l'examen d'un thème consumériste majeur et le transfert de know-how entre les membres, est organisée sur un continent différent. Ainsi, j'irai à Montpellier, une ville où je vivrai plus tard, à Lisbonne mais aussi à Durban, à Hong Kong et à Sydney. La mise sur pied d'un dialogue entre consommateurs et professionnels, de part et d'autre de l'Atlantique, m'enverra aussi plusieurs fois à Washington, au début du troisième millénaire : une aventure enthousiasmante !

Une itinérance fondatrice ?

«Moi, je suis le Chemin, la Vérité et la Vie ; personne ne va vers le Père sans passer par moi». (Jn 14, 6).

L'activisme cache souvent un manque. Certes, l'utilité sociale donne de la valeur à une vie, mais le désir profond de sens, d'unité et de perspective creuse, telle une eau souterraine. L'échevinat des travaux m'avait appris que les flux d'eau souterrains peuvent être mystérieux. Je vis aussi l'expérience d'une certaine errance, propre aux célibataires qui restent, lorsque leurs potes sont casés, souvent dans le mariage et parfois dans les ordres. J'ai croisé aussi cette race particulière de célibataires qui reportent longtemps leur choix, ou même ne le font jamais, et qui gravitent dans le sillage de prêtres ou de communautés religieuses, sans trouver le plus souvent leur juste place. Mes attaches sont fortes, par mon double enracinement, tant à Louvain-la-Neuve qu'à Ellezelles, vivant tel un pendule entre ces deux pôles. Ces ancrages locaux m'apportent certes beaucoup de joies. Je ressens toutefois le besoin d'une prise de recul, de dépaysement, pour m'aider à voir plus clair quant à l'avenir. J'avais peu voyagé jusque-là, notamment parce que mon milieu familial était sédentaire. Le contexte change à la fin de mes études de droit, que je termine dans les temps, ce qui légitime une récompense. Je dis donc oui à la proposition d'une étudiante de mon cours qui organise une expédition en camping en Autriche, pour quelques-uns des diplômés de notre cuvée. Les horizons s'ouvrent et les initiatives s'enchaînent en ce début de vie professionnelle, entre Provence et Dordogne. On me dira volontiers, plus tard, que je fais plus que compenser la sédentarité de mon enfance. Il est vrai que j'ai toujours énormément apprécié de cultiver, à travers des voyages, les liens significatifs noués à l'université, dans les mouvements de jeunesse ou même en politique. Mon bonheur, c'est la diversité d'un groupe, pas trop grand et paisible, passionné par les cultures et donc souvent par les villes. Je souscris aussi volontiers à la spontanéité, voire à l'improvisation, accueillant ce qui vient : la constante recherche de l'ouverture et de l'inconnu. Les destinations connaissent le même éclectisme, avec la France et l'Italie en haut du podium. J'apprécie le Nord (les Iles Britanniques et les pays scandinaves), tout comme l'Est (Prague ou la Hongrie avant la chute du mur, de la Bavière à la Pologne ou la Lituanie), sans oublier l'une ou l'autre incursion en Grèce ou au Sénégal. Des liens forts se tissent, à travers des compagnonnages empathiques ponctuels, mais aussi sous la forme d'amitiés fidèles et de très longue durée. La débrouillardise des gens, observée lors de voyages dans les anciens pays de l'Est à l'époque communiste, m'a beaucoup intrigué et impressionné. Il faut une solide dose de confiance et de prise de risque pour accueillir l'étranger et survivre. Je fais moi-même l'expérience du change clandestin de dollars (ou de Deutsche marks) au pont Charles à Prague, en montant dans des voitures inconnues, et de la location de chambres chez l'habitant, en répondant à des offres officieuses, à Budapest ou ailleurs. Ce magnifique bouquet de souvenirs me relance sans cesse vers de nouvelles destinations. L'approche du changement de millénaire me permettra d'expérimenter d'autres univers, avec une préférence pour la fraîcheur du Nord en été, afin de réserver les autres saisons au Sud. Les configurations des équipages se feront stables, dans divers cercles concentriques. J'aime la fidélité à des lieux et à des personnes.

Flashback : ma découverte de Rome en 1984 reste inoubliable. Nous partons à l'aventure, un autre jeune prof du collège et moi, davantage en touristes qu'en pèlerins. Nous sommes accueillis dans la maison généralice des Sœurs du Bon et Perpétuel Secours, qui possèdent aussi une maison à Ellezelles. Rome vit le Jubilé des Jeunes pour les Rameaux, la graine dont sortiront les Journées Mondiales de la Jeunesse. C'est en empruntant la Via Merulana, vers Sainte-Marie-Majeure, que nous découvrons les drapeaux annonçant le Jubilé Aperite Portas Redemptori. La basilique est remplie de jeunes et le cardinal Roger Etchegaray y prêche. Voilà un heureux hasard. La découverte de Rome, notamment baroque, pendant une dizaine de jours, restera une balise marquante dans mon existence. J'y retournerai chaque année ou presque. À Rome, les lieux jésuites tels le Gésu ou l'église Saint-Ignace m'impressionnent. C'est une nouveauté pour moi, car je n'ai fréquenté ni les célèbres collèges de la Compagnie, ni ses facultés à Namur. Être né le 31 juillet, fête de Saint Ignace, et avoir la chance d'une belle complicité avec Jean-Pierre, me rapprocheront de la Compagnie. Je nouerai des liens avec plusieurs jésuites, au gré de ses appartenances communautaires : les classiques, à Namur et à Bruxelles, mais surtout avec la nouvelle communauté, qui s'installe – début des années 90 –, à la rue du Grand Hospice, en plein centre de Bruxelles (près de l'hospice Pachéco et de l'église du Béguinage). Je deviens un habitué de l'Eucharistie communautaire du vendredi, célébrée dans l'ancienne cave à vin réaménagée. Après la messe, l'agapê continue au premier étage, dans un climat fraternel, un trésor que je conserve précieusement. La Compagnie restera toujours pour moi un lieu d'accueil et de paix. Un mystère subsistera : pourquoi n'ai-je pas fait le choix d'y entrer, en me jetant à l'eau à ce moment-là ? Pourquoi donc l'univers dominicain, que je connais bien moins, m'a-t-il attiré ? L'amitié vraie et fidèle des Benoît, Christophe ou Guy, tous jésuites, m'a réchauffé le cœur, au moment des coups de Trafalgar, lors des étapes suivantes. Dans mon parcours ultérieur au sein du diocèse, je recevrai le cadeau d'un accompagnateur jésuite remarquable par sa finesse et son humour. Simon Decloux avait tout vu et, comme les vrais grands, il avait le sens du relatif pour les choses secondaires. Son décès me rendra triste. Au cours de mon parcours théologique et pastoral, je croiserai sans cesse d'autres personnalités jésuites : Rahner, Lubac ou Moingt pour ma thèse, Sesboüé ou Théobald pour mon travail théologique ultérieur. Et c'est à la Pairelle, centre de formation jésuite près de Namur, que j'animerai diverses sessions, notamment pour la formation des laïcs. Nul n'est prophète…

Progressivement, je sens qu'il n'est ni juste ni sage de garder la tête dans le guidon à l'infini. Je vis plus intensément les évènements qui transcendent et interrogent le quotidien. Les funérailles de jeunes me marquent à jamais : Jean-François, Frédéric, Jean-Louis, ces trois potes, un patronné, un ancien étudiant rhétoricien, un copain de sortie dans notre jeunesse à Ath et à Louvain-la-Neuve. En peu de temps, plusieurs personnes marquantes de mon enfance ou de mon adolescence nous quittent : mon papa et ma grand-mère maternelle ainsi que de familières voisines que je pensais immortelles. Je m'interroge beaucoup, mais mon caractère d'indécrottable optimiste, qui va toujours vers l'avant, me protège : la vie est toujours la plus forte. La naissance puis le baptême de mes deux plus jeunes filleuls, Mathilde et Cyprien m'enchantent. Ma vie n'est pas un long fleuve tranquille et ma foi est régulièrement interrogée. Je suis plutôt rebelle aux lieux d'apparition et à leur dévotion populaire. Des personnes de mon entourage vont certes à Lourdes. Ma paroisse d'alors l'encourage, en organisant le tirage annuel des Amis de Lourdes, une tombola dont le but est de promouvoir la participation au pèlerinage diocésain. À cette époque, ce tirage au sort est un petit évènement dans nos paroisses rurales. Je me souviens d'avoir souri, gamin, en entendant chanter "*Au ciel, au ciel, au ciel, sur la Belgique, étends ta main bénie*". Voilà que le sort tombe sur moi et je m'inscris donc au pélé, dubitatif. Toutefois, mon état d'âme est particulier : papa vient de nous quitter et, à l'instar de quelques amis qui m'ont confié avoir eu ce sentiment après la mort d'un de leurs parents, je me sens désormais en première ligne. Ce sera peut-être un terrain propice pour celle qui conduit toujours à son Fils, qui nous emmène vers son Père, parfois en nous prenant par la main. Les caricatures de Lourdes, ces schémas vivaces dans mon esprit, s'estompent. Le touriste spirituel va se muer en membre d'une communauté, avançant en caravane, au sein d'un diocèse en pèlerinage. Je rencontre un brassage de personnes, valides et moins valides, de diverses générations, originaires de tous les coins de mon Hainaut natal. Plus globalement, Lourdes est un lieu où l'on sent l'universalité de l'Église, pas moins qu'à Rome mais autrement, notamment par la découverte de quelques bouillonnements ecclésiaux, en ce sanctuaire au carrefour de sensibilités contrastées. Jacques, un ami prêtre, me demande un peu plus tard d'être son "aide de camp", pour accompagner des jeunes adultes, mariés ou célibataires, à ce même pélé de juillet, au sein du groupe Nazareth. L'aventure durera quelques années et, comme Monsieur Jourdain, je fais de la pastorale sans trop le savoir. La dimension de service m'habitera progressivement et me fera songer au diaconat. Une demande de renseignements, adressée à une autorité diocésaine en charge de la formation, suscitera une réponse glaciale, qui me refroidira instantanément et durablement. Toutefois, je suis désormais convaincu que Marie veille sur moi et qu'il arrivera ce qui doit arriver. Elle me ramènera à Lourdes, au pèlerinage annuel du Rosaire, organisé par les dominicains, laissant grandir dans la prière, le service et la fraternité, la graine que j'avais reçue lors de mes visites antérieures. Beaucoup plus tard, lors d'une retraite des fraternités sacerdotales dominicaines, chez nos sœurs moniales de Taulignan (dans la Drôme), je pourrai m'ajuster à la place de Marie dans ma vie de foi. Le thème de cette retraite était "Le mystère qui a nom Marie", d'après un essai de Romano Guardini.

Mes expériences concrètes de l'Église se multiplient donc au tournant du millénaire. La fréquentation de la faculté de théologie permet des échanges, des rencontres, des découvertes. À mon souvenir, tout se juxtapose, sans malheureusement laisser entrevoir une quelconque ligne de force, un lieu, un engagement qui viendrait combler, rencontrer ce que je cherche. Sans doute Dieu me parle-t-il, mais mon rythme de vie n'est pas propice à l'écoute ou à la contemplation. En revanche, dans la vie que je mène, beaucoup de choses m'amusent et je n'ai pas envie de tout quitter si vite. Pourtant, le besoin de poser des choix devient sans cesse davantage prégnant. Dans le cadre de la faculté de théologie, je rencontre et apprends à connaître des dominicains aux études. L'un de leurs chefs est un ancien de la faculté de droit et nous sommes restés en lien par des connaissances communes. Curieusement, malgré mon parcours de formation catholique, l'ordre dominicain est resté jusque-là une abstraction pour moi, sauf l'un ou l'autre visage côtoyé à l'université. La communauté dominicaine est installée à la Ferme de Froidmont à Rixensart, depuis les années 70 : une ancienne grosse ferme brabançonne, qui ne ressemble pas vraiment à un couvent. La grange est église paroissiale, tandis que les autres ailes abritent la bibliothèque, l'hôtellerie et le couvent. La communauté se compose d'une douzaine de personnes, essentiellement des frères dominicains mais pas seulement : une religieuse et un prêtre diocésain y vivent également. Un couvent d'hommes, c'est assez neuf pour moi sur le plan du vocabulaire, convaincu que ce mot ne s'applique qu'aux religieuses. Parmi les dominicains, il y a un groupe réduit, mais dynamique, de jeunes et moins jeunes frères en formation. L'atmosphère de la maison et le profil des personnalités me plaisent. Un climat d'ouverture, de liberté dans le débat, m'attire donc volontiers.

La découverte de Froidmont correspond au moment de la négociation d'un temps sabbatique avec mes collègues de Test-Achats. La communauté me propose de devenir hôte privilégié, durant le semestre de mon congé sabbatique. À la demande de mon directeur général qui vit un accroc de santé à ce moment, mon temps de pause se transformera en période sabbatique à mi-temps pendant une année complète. Je rejoins donc l'univers à la fois déroutant et passionnant de Froidmont. En effet, l'Ordre a choisi cette implantation en Brabant wallon dans une volonté de renouveau et de laboratoire, avec le souci d'une mise en œuvre audacieuse du concile. Quand j'y arrive, la communauté s'est orientée vers le retour à un couvent plus classique, mais en y intégrant l'histoire des premières décennies du lieu. L'originalité du projet et son côté décomplexé laissent de la place à la créativité. Dans le contexte d'une Église qui vieillit, où les signes d'essoufflement se multiplient et où la transmission de la foi est rendue difficile, les lieux vivants d'Église se raréfient. La curiosité intellectuelle autour des enjeux ecclésiaux pour demain, ainsi que la souplesse de la vie communautaire me séduisent. Pourquoi ne serait-ce pas une opportunité pour servir à la fois l'humanité et l'Église ? Mais je ne me sens pas encore mûr pour faire une démarche concrète en vue de rejoindre l'Ordre, notamment parce que l'équipage me paraît quelque peu étrange.

Progressivement, la question revient. Qu'est-ce qui m'empêcherait de faire un bout de chemin vers et dans l'Ordre, vu que je suis célibataire, que j'aime servir et que le dynamisme certain de la communauté m'attire ? La dimension internationale de la famille dominicaine me plaît, tout comme le projet européen qui se déploie alors à Bruxelles. Dans la foulée de la sabbatique, avec des frères, je visite des couvents et d'autres lieux dominicains, de Bologne à Vilnius. L'Église vit des moments difficiles. C'est la fin des années Jean-Paul II, un temps de relative torpeur institutionnelle, assorti de débats aigus et passionnés, où Froidmont n'est pas en reste. La perspective d'un noviciat se précise. Il dure un an, tandis que l'engagement est provisoire de part et d'autre. Il est suivi d'un triennat à l'issue de la profession dite simple. L'engagement dans l'Ordre *usque ad mortem* (jusqu'à la mort), ne peut donc intervenir avant quatre ans, et une éventuelle ordination plus tard encore. Je ressens de l'enthousiasme, mais aussi une insatisfaction, face à un fonctionnement qui ne me paraît pas à la mesure des ambitions affichées par et pour l'Ordre en Belgique. Jean-Paul II meurt en avril 2005, Benoît XVI est élu une dizaine de jours plus tard : temps de changements, pour moi aussi qui partirai vers Montpellier à la fin de l'été.

Adieu fossés et trottoirs !

Un mois d'août médiatique... Je n'oublierai pas de sitôt l'été 2005, temps de récapitulations et de ruptures. Longtemps mûrie, ma décision de rejoindre l'Ordre des prêcheurs et de m'expatrier à Montpellier secoue mes proches depuis son annonce. Un point sensible : mon absence de longue durée est un facteur d'insécurité pour maman, dont je suis le fils unique. Elle a 79 ans et des personnes de confiance dans mon entourage me demandent, de très bonne foi, si c'est bien judicieux de partir : c'est donc dur à entendre mais je sens que je dois passer au travers, selon une expression de mon terroir. Certes, je donne de temps à autre, mais pas trop souvent, un coup d'oeil dans le rétroviseur, pour évaluer ce que je quitte. L'appel me paraît bien là et me commande de regarder devant moi. Au vu de cette interpellation, je m'interroge sur le sens profond de ce qu'a été ma vie, jusqu'à cette étape. Comment puis-je quitter mon univers familier, ma terre et tant d'engagements féconds, partagés avec d'autres ? À 49 ans, c'est un fameux saut : n'est-ce pas risqué ? Une question parfois me taraude : ai-je bien fait ? Ma réponse à moyen terme sera mitigée, comme on le verra. À plus long terme, je me dis que la Providence a veillé sur moi et a bien fait tout ce qui arrivera, mieux que moi. Alléluia !

Je n'ai jamais trop cru au caractère quelque peu magique de l'an 2000. C'est pourtant autour de ce moment que les cartes de ma vie commencent à être redistribuées. Un cycle s'achève, dirait-on. Achille Soudan, le sacristain-organiste du temps de mon acolytat, fête ses 100 ans en 1999 et s'éteint peu après. Le prince Laurent vient inaugurer les locaux du Parc Naturel du Pays des Collines le 23 juin 2000 : c'est le couronnement d'un travail acharné, après l'inauguration d'une nouvelle administration communale à Saint-Mortier en avril 1999. Je vis à plusieurs reprises le sentiment du devoir accompli, collectif et personnel. Le moment semble venu de tourner une page mais, dans le même temps, j'ai la conscience d'un inachèvement personnel. Au cours des années suivantes, je me sens certes heureux chez Test-Achats et en politique ; mais un appel aussi mystérieux que récurrent m'indique que ma vie mérite d'être bousculée et même transcendée, ce que j'accepte. Après une première pause chez Test-Achats en 2002-2003, je suspends mon activité, trois ans plus tard, durant un an de crédit-temps. Puisque l'Ordre, en Belgique, souhaite le maintien d'une activité professionnelle comme religieux, je ne démissionne pas. C'est donc un saut dans le vide, mais avec un filet de sécurité bien fixé, une formule pragmatique médiane, dans le contexte. Elle me permettra plus tard de rebondir mais était-ce la meilleure formule pour encadrer ma vocation naissante ? Je n'en suis pas sûr. En revanche, mon retrait de la vie politique sera total et rendu effectif avant mon départ vers le Sud. J'avais choisi le début de l'été pour annoncer mon départ et en partager les impacts, à l'aise avec mes proches. La médiatisation locale sera forte, notamment lorsque les journalistes cherchent des sujets, au cœur de l'été. Un an avant les élections communales, ils sont à l'affût des péripéties politiques et de possibles scoops. Un directeur chez Test-Achats, doublé d'un premier échevin, qui entre dans les ordres : voilà un bon sujet à sortir dans la moiteur un peu terne de l'été, même au-delà de la sphère locale. Mon engagement politique ellezellois s'inscrivait aussi dans le champ politique du Hainaut Occidental. Même si je sentais que j'assumais mon dernier mandat communal, j'avais accepté, fin 2000, le défi de représenter Ellezelles au comité de direction de l'intercommunale IDETA (Intercommunale de Développement Economique de Tournai-Ath) : une expérience stimulante, en contraste avec le ronronnement des réunions de moult autres intercommunales. Nous avons la chance de travailler avec des équipes dynamiques, qui interagissent avec les communes, notamment quand ces dernières ont des idées et des projets.

Au moment de mon départ, je sors d'une expérience très forte de collège échevinal, déployée durant une dizaine d'années. Des signes d'essoufflement sont perceptibles. Dans la vie des groupes humains en responsabilité, je crois qu'il y a des cycles, des pauses salutaires, des relais à laisser prendre. Mon départ sera d'ailleurs une occasion de récapitulation et de redistribution des fonctions. Un collège échevinal, qu'on qualifiera de communal en 2006, est à sa manière une sorte de presbyterium. Mine de rien, il faut avoir une sorte de vocation, pour pouvoir se supporter dans la durée, entre personnes qui ne se sont pas choisies : en effet, c'est tout simplement l'ordre arithmétique des voix de préférence, distribuées par les électeurs, qui classe les mandataires au sein des groupes formant une majorité. Parfois, il est bien d'avoir un petit grain de folie, pour passer tant de temps avec des personnalités si diverses, des mandataires politiques parfois quelque peu caractériels. Je me poserai aussi la question plus tard, à propos du (vrai) presbyterium, la somme des prêtres ordonnés au sein d'un diocèse. En outre, d'autres figures du collège sont en partance. Michel, le bourgmestre, est devenu gravement malade : il quittera la vie politique peu après et mourra prématurément. Postier et syndicaliste, il incarna la figure typique de l'action commune socialiste, se révélant aussi un personnage attachant, même si imprévisible, doté de beaucoup d'humour et sensible ; j'avais noué un lien fort avec lui, malgré nos histoires tellement différentes. L'autre Serge, tiers-mondiste et internationaliste, au passé gauchiste, foncièrement alternatif, est un autre socialiste atypique. Il rejoindra paradoxalement l'establishment, en gardant toujours sa part de rêve et d'originalité. Nos visions du monde et de l'humanité sont profondément différentes. Nous serons au taquet, souvent à deux mais aussi avec d'autres, pour moderniser notre commune, dans une magnifique complicité, qui sera toujours plus forte que les pesanteurs du quotidien. Nous quitterons l'un et l'autre notre commune pour partir ailleurs, vivre d'autres étapes, d'autres aventures. Des liens de fidélité sont restés. Avoir des amis politiques n'est donc pas impossible !

Nous avons aussi l'occasion de connaître des moments passionnants, au cours de ces années commune(s) lors du collège de chaque lundi soir, pour y ficeler les projets en construction qu'il faudra défendre et enfin réaliser. Dans tout groupe humain, il y a de temps à autre des états de grâce, des occasions où l'imagination et la créativité peuvent se déployer. Et cela peut durer, tant que les complémentarités et les complicités sont plus fortes que les visées individuelles. Malgré les inévitables soubresauts de la politique dans un village, nous nous sentons incarner une sorte de dream team, prêts à impulser un vrai saut qualitatif dans les infrastructures et services offerts à la population, au tournant du millénaire. La bonne gouvernance d'un groupe humain repose inévitablement sur un nécessaire leadership, mais implique des objectifs partagés par une communauté et soutenus par une équipe porteuse. J'aurai la chance de former avec Benoît, l'autre échevin social-chrétien de la première heure, un magnifique binôme, animé d'une complicité toujours en débat et marquée du sceau de l'amitié fidèle. Nous en avions bien besoin pour tenir au quotidien et surtout pour regarder plus loin : le visage d'une commune reflète la vision de son développement, déployée dans une durée suffisante. Benoît travaillera une dizaine d'années encore dans cette ligne. Comme il est des *hommes d'État*, il est des *hommes de commune*. Avec Benoît, Idès, Jean-Marc et quelques autres, nous pourrons éprouver la joie de mettre en œuvre notre idéal de service. Nous pourrons susciter aussi des vocations de mandataires, capables d'assumer la belle mission de veiller au bien commun.

Le gouvernement d'une commune s'appuie sur des ressources humaines, en interne et au sein des intercommunales. Avec Jean-Marie à Ellezelles et avec Pierre chez IDETA assistés par leurs équipes, nous avons pu mobiliser intensément moult énergies. Cette période féconde laisse une empreinte indélébile dans ma mémoire. Certes, tout n'a pas été parfait mais la tâche fut tonique et plutôt émouvante. En janvier 2018, le décès soudain et prématuré, à soixante-sept ans, de Jean-Marie, le secrétaire communal que j'ai toujours connu, fera anamnèse de tout ce que je crois avoir reçu, en croisant ces figures locales marquantes. Originaire du même hameau que lui, les Quatre Chemins, le très jeune gamin que j'étais dans les années soixante était impressionné par ce malabar, qui étudie l'expertise automobile, tire à la carabine et élève des lapins. Lui et d’autres m’ont initié au club des jeunes local, *le Paraplu*, et à une certaine démesure dans le festif. Ces guindailles interminables prenaient parfois fin à l'heure du petit-déjeuner, autour d'un plat de frites, le tout avec un sens aigu de la camaraderie et de l'entraide : c’était l'âge d'un vrai vivre-ensemble dans nos villages d'Ellezelles ou de Wodecq, où tout le monde connaît encore presque tout le monde. Très jeune, Jean-Marie deviendra secrétaire communal dans son village, puis dans la commune nouvelle dès la fusion et exercera sa fonction avec beaucoup de sérieux. En fin de carrière, consciemment ou inconsciemment, il se fit plus interventionniste, souhaitant exercer sa responsabilité d’une manière plus ambitieuse. Il admirait beaucoup Marc Duvivier, secrétaire communal, puis bourgmestre, du grand Ath. Son expérience longue et son sens stratégique politique avaient conduit Marc à se déplacer sur le terrain politique, brouillant la limite entre le champ des élus et celui des fonctionnaires. Jean-Marie voulut sans doute ressembler à son modèle. Il travailla donc avec efficacité, mais sur un type de gouvernance plus autoritaire, très différent de celui, davantage symphonique, qui correspondait à ma conception de la collaboration. Je retiens les qualités de celui qui sera resté lui-même jusqu'au bout, dans cette commune qui était, avec sa famille et son attachement à la ruralité, la chose de sa vie. Il ne pouvait sans doute vivre les choses que pleinement, totalement, jusqu'au bout. Aussi son décès brutal et prématuré sera à l'image de la force parfois fragile qui l’habitait. Il m'aura manqué une discussion d'ordre religieux avec Jean-Marie : il avait du mal à harmoniser son éducation catholique stricte d'antan avec la sensibilité spirituelle d'aujourd'hui. Les réponses de jadis ne rejoignaient plus toujours ses questions d'aujourd'hui. Quand Aurore m'a fait part de son souhait que je célèbre ses funérailles au cas où..., j'ai été ému, me disant que, finalement, la complicité de toujours n'est jamais vaine et qu'elle porte du fruit au-delà du visible. Lorsqu'un membre d'un tel attelage disparaît, c'est une part de notre propre vie qui s'estompe. La vie politique nous apprend que les adverbes jamais et toujours y ont rarement leur place. Elle engendre aussi des liens qui demeurent, notamment quand on se surprend à avoir un pincement au cœur, lors d'un changement de majorité dans une commune qu'on a quittée depuis près de quinze ans. Mais je pense aussi que chaque génération, chaque groupe humain, a besoin de périodiques rebattages de cartes, s'il veut évoluer.

Tout ceci en dit long sur l'ancrage tellement particulier que je m'apprêtais à abandonner en 2005. Inévitablement, l'annonce de mon départ vers Montpellier suscita mille et une questions. Les journalistes, régionaux et d'au-delà, vont me les poser en quantité. Certes, je connais bien la presse, par mon métier chez Test-Achats et par mon engagement politique. Toutefois, cette expérience très forte sera vécue avec intensité ; je la connaîtrai une deuxième fois lors de mon ordination presbytérale. Au quotidien, les journalistes sont amenés, vu l'immédiateté de leur travail, à aller vite sans avoir le temps d'approfondir, de confronter ou de prendre du recul : il ne faut toutefois pas généraliser, ni les critiquer aveuglément. Ils pourront, dans le calme de l'été il est vrai, consacrer du temps à apprivoiser un destin singulier. Leur bienveillance est patente et leurs questions interpellantes. Tout se bouscule autour de moi et en moi, au cœur de ce déploiement médiatique. Tout s'emballe et, curieusement, je me retrouve très seul, face au questionnement sur la pertinence et la solidité de mon choix. L'improvisation et l'amateurisme de la préparation de mon entrée dans l'Ordre, dans le chef de l'un ou l'autre de ses responsables, ne me rassurent pas trop. Mais je fais face en partageant beaucoup de temps avec des journalistes et des équipes TV : plusieurs rencontres seront longues et substantielles. Heureusement cette expérience médiatique tous azimuts m'amuse.

Ce temps de regard rétrospectif interroge aussi le sens de mon engagement politique à l'échelle nationale. Juste avant mon départ vers Montpellier, la présidente du cdH*, Joëlle Milquet, m'invita dans un restaurant du centre de Bruxelles : je l'avais croisée au cours de l'assistanat en droit à l'UCL et l'avais retrouvée en politique. Nous avons passé un moment à la fois profond et sympathique, de retour sur nos histoires respectives, mais surtout de réflexion prospective, autour de l'accélération de la transformation de notre société. La tradition sociale-chrétienne, qui nous avait inspirés, reste alors encore une ressource pour la gouvernance de notre pays et de ses composantes, mais son message doit être réimaginé constamment pour être audible : cela se révèlera de plus en plus laborieux avec le temps. En effet, en vingt ou trente ans, nous avions vécu des mutations majeures : à dix-huit ans, j'étais entré en politique, un peu comme en religion, pour défendre et promouvoir un pilier. Le lien entre politique et religion était encore patent. Historiquement, l'Église était intervenue sur le terrain politique *sensu stricto* pour promouvoir sa vision de la société, exprimée notamment dans son enseignement social; elle désirait également faire respecter sa place et celle de ses institutions, dans un contexte politique ressenti comme défavorable ou menaçant. C'est en effet l'Église qui avait organisé, à la fin du XIXe siècle, un courant politique catholique, sur lequel s'appuyer pour relayer ses préoccupations. Dès les années 70, ce schéma fut radicalement remis en cause : je vis la minorisation progressive du pilier. Petit à petit, chaque instance du monde catholique, l'Église, le parti politique de référence chrétienne et les organisations sociales vont prendre leur autonomie ; remarquons que c'est de l'influence de la première que se sont de facto affranchies les autres.

Dès lors, Dieu et César reprennent leur place respective. L'Église peut sans doute s'adresser plus aisément à l'ensemble de la population du pays, puisqu'elle n'est plus perçue comme appartenant à un pilier particulier et rival des autres, eux qui structuraient ensemble la Belgique de jadis. Elle peut désormais exprimer, sans arrière-pensée, ses positions spécifiques dans une société civile pluraliste et dans le respect d'un Etat laïc, sans oublier que servir Dieu ne consiste pas à oublier César. Légitimement, l'Église pourra se montrer vigilante dans des domaines comme la dignité de la vie de chacun, le respect de la vie ou la justice. Je crois que les chrétiens intéressés, et surtout engagés dans le champ politique et sociétal, ont un devoir de vigilance dans la recherche du bien commun. Attentifs aux signes des temps, ils peuvent les déchiffrer, grâce à la riche tradition spirituelle occidentale. C'est dans le dialogue avec d'autres courants religieux ou philosophiques qu'ils peuvent œuvrer à un meilleur vivre-ensemble pour tous les citoyens, de manière ouverte et inclusive. Riche de ces échanges, je pars à Montpellier, imprégné du goût de mon terroir et avec plein d'idées dans la tête. Quelques jours avant mon départ, j'assiste aux funérailles d'une voisine de plus de 90 ans croisée sans cesse depuis mon enfance, et à celles du dernier bourgmestre du village : j'y fais mon ultime discours comme politique. Mon univers familier bascule. Je savoure avec une joie profonde les amitiés vraies, notamment lors des fêtes à la campagne. C'est en cette fin d'été, la saison de la récolte, que le terroir chante la poésie des noms des hameaux tels le Trieu à Staques, le

Quesniau, Camp et Haies, ou la Hoguenne ; ce hameau perdu de Frasnes, découvert au printemps sous un angle particulier avec son paysage à couper le souffle, m'a évoqué le matin de la Résurrection. Je récolte aussi les premiers fruits, avec un pincement de cœur pour mes arbres. J'éprouve un sentiment de rupture, un peu comme si je partais pour toujours. Ai-je vécu ma vie *au bon moment*, longtemps resté dans cette fidélité à mes racines ? Ceux qui ont pu s'extraire plus rapidement de leurs racines pour s'envoler plus radicalement ont-ils eu raison ?

Une année imprévue à Montpellier

«Quitte ton pays, ta parenté et la maison de ton père, et va vers le pays que je te montrerai» (Gn 12, 1).

J'arrive à Montpellier un samedi soir de septembre, quittant pays et parenté comme Abraham, toutes proportions gardées, bien entendu : j'y suis pour un an. De temps à autre, je pourrai remonter quelques jours pour raisons familiales, mais les modalités de mes retours sont restées vagues. Les frères parlent volontiers du nécessaire lâcher-prise du noviciat, ce que je comprends parfaitement. Ce n'est toutefois pas moi qu'il faut ménager, mais une personne de près de 80 ans. Les jours précédant le voyage ont été intenses. Les adieux à la politique, les au revoir chez Test-Achats, à ma famille et à mes amis proches. Début septembre, le tailleur est venu à Froidmont prendre les mesures pour confectionner mon habit dominicain : deux exemplaires plus une chape. Au même moment, je suis en partance pour Rome, car le Conseil d'administration du Groupe Euroconsumers/Test-Achats se réunit là-bas : je dois y présenter un rapport sur l'activité de mon département et sur les modalités de l'organisation des équipes pendant mon crédit-temps. L'hôtel, situé Place de la Minerve, est superbe. Pendant une pause, je discute consumérisme au balcon de ce palace, d'où j'aperçois des frères en habit dominicain, de l'autre côté de la place où se situent la basilique Sopra Minerva et le couvent adjacent, siège de la province dominicaine d'Italie centrale. Étrange expérience de bilocation.

Philippe, un ami de toujours, m'accompagne à Montpellier et va continuer son voyage en train. Ma voiture, c'est ma liberté, slogan apposé sur les voitures ces années-là, m'avait toujours fait sourire. Je vis l'inverse car ma voiture stationnée au garage génère un souci chez l'un ou l'autre, précisément parce qu'elle est un symbole de liberté, incompatible avec le principe de l'abandon de ses affaires au noviciat. Mais l'incident sera de courte durée et mon véhicule sera bien utile pour des apostolats ou autres besoins communautaires : tel est le pragmatisme dominicain. Dès le lendemain matin, je pars en retraite pour quatre jours, à Sainte-Marie des Tourelles, une communauté de sœurs dominicaines apostoliques, installée à Saint-Mathieu-de-Tréviers. Tout se bouscule encore dans ma tête : je suis finalement assez peu familiarisé avec l'Ordre que je rejoins, surtout dans cette région du Sud, où les lieux et les noms sont bien connus de tous, sauf de moi. Certes, j'ai fait de courts séjours aux couvents de Lyon et de Strasbourg, mais c'était insuffisant pour décrypter de l'intérieur un univers tellement particulier. Dans le monde normal, on ne sait pas trop bien ce qu'est la vie religieuse souvent idéalisée, caricaturée ou biaisée, à travers les films ou les livres. Ces images d'Epinal parfois visent ou sonnent juste, parfois éloignent de la réalité. J'avais vécu une sorte d'année sabbatique, comme hôte privilégié au couvent de Froidmont; mais j'avais conscience que le style dominicain belge était insolite, pour le meilleur parfois, vu la grande ouverture et le sentiment de liberté. Toutefois, je déchanterai plus tard au sujet de ce particularisme qui se révèlera à la longue une zone de non-droit, selon l'expression d'un ami dominicain d'une province voisine.

J'avais découvert Montpellier et séjourné dans le couvent dominicain au cours d'un week-end prolongé, début juin. C'était une occasion de répondre à une question triviale, pour qui est dans le monde : que peut vivre et faire une communauté d'une dizaine de frères, de 30 à 75 ans, de trois nationalités différentes, au sein d'un couvent ? Les apostolats sont divers : aumônerie d'étudiants ou de prison, centre culturel Lacordaire, apostolat du Rosaire et ses déclinaisons en équipes ou en célèbre pèlerinage. Intéressante diversité d'une vie conventuelle, qui a son rythme propre et ses codes, qui n'ont vraiment rien à voir avec mes expériences du passé. Je dois donc me familiariser avec ce nouvel univers. Dès mon retour de retraite, je prends l'habit le 28 septembre, jour de la fête de Guillaume Courtet, dominicain né dans l'Hérault en 1590 et martyrisé à Nagasaki, au Japon, quarante-sept ans plus tard, soit à peu près à mon âge. Il est plus pertinent de dire que je reçois l'habit des mains de deux frères, Gilles mon père-maître et le vicaire général belge. La soirée est joyeuse, mêlant Belges et Français. Il s'agit maintenant d'entrer dans le rythme ordinaire de cette année extraordinaire.

La journée est ponctuée par les offices dans l'église conventuelle, située en plein centre-ville, entre la Place de la Comédie et le Musée Fabre. L'espace est joli, mais la décoration soixante-huitarde est obsolète : un tapis plain* défraîchi posé sur un sol humide, des bancs spartiates, quelques tableaux contemporains. Le couvent a été un laboratoire d'Église postconciliaire, habité par des frères aux vues plutôt alternatives, pratiquant des audaces liturgiques surprenantes. Le profil de la communauté est tout en contrastes, mêlant des frères marqués par les décennies antérieures et d'autres plus jeunes et plus classiques. Le cocktail est parfois (d)étonnant. J'hérite d'un père-maître intellectuel parisien, marqué par mai 68 et envoyé longtemps dans l'île d'Haïti. Il n'est pas conventionnel, adepte d'une approche de l'Évangile qui recommande de n'appeler personne ni père, ni maître. Ce frère Gilles avait accepté une mission quelque peu kamikaze, dans la très classique province dominicaine de Toulouse : accompagner un frère belge atypique dans un couvent atypique aussi. Entrer dans le rythme quotidien de la liturgie est neuf pour moi. Depuis quelques années, j'ai acquis les quatre tomes du bréviaire ou liturgie des heures, en l'utilisant avec une fidélité relative, la plupart du temps seul. La liturgie des temps forts de l'année m'est restée familière par le souvenir de l'acolytat de mon enfance et de mon adolescence, ainsi que par ma pratique religieuse. Me familiariser avec la liturgie de chaque jour me prendra un certain temps. Une relative monotonie me rebute quelquefois, tandis que la dose quotidienne de psaumes se révèle, certains jours, indigeste. Au cours de ma vie, je n'ai jamais fait l'effort d'apprendre à chanter juste. L'Ordre tentera d'investir quelque peu pour une amélioration, mais cela restera toujours un réel handicap personnel pour la liturgie. Mon parcours ecclésial à rebonds va m'attacher au rythme nouveau. Plus tard, la liturgie communautaire me manquera. La liturgie des heures est faite pour être partagée. Elle ne s'est pas construite en vue d'un exercice solitaire.

Sacristain suppléant, je prépare ce qu'il faut pour les Laudes à 8 h, l'Eucharistie à 12 h 05, les Vêpres à 19 h, du mardi au samedi et parfois aussi pour les Complies. Le programme est allégé le lundi, traditionnel jour de repos pour beaucoup d'acteurs ecclésiaux. Lentement mais sûrement, je prends mes marques et j'entre serein dans ces moments de rencontre avec Dieu, vécus fraternellement. L'Eucharistie dominicale, précédée des Vêpres, est le moment culminant de la semaine. J'y trouverai vite de la joie, due probablement à ma veine pastorale. Je redécouvre aussi les atmosphères bien typées des grandes fêtes liturgiques, avec des spécificités dominicaines : le triple office des ténèbres au cours de la Semaine Sainte, ainsi que les temps forts propres à notre Ordre. Je m'essaye, progressivement, à l'oraison, un moment de prière personnelle : cela me demande un réel effort car mon tempérament actif ne m'aide pas spontanément à développer la persévérance. Grâce aux conseils reçus et à mes expériences quotidiennes assez fidèles, une maturation se fera sentir. "C'est en forgeant qu'on devient forgeron", dit l'adage populaire.

La lecture personnelle de la Bible, à dose quotidienne raisonnable, me marque beaucoup. Jamais je n'ai passé autant de temps à lire dans une chambre, qui n'a de cellule que le nom. Si l'église et la cellule sont les lieux les plus importants de la vie conventuelle, le couple réfectoire/cuisine est un pôle incontournable. La liturgie de la table n'est pas anodine. À l'époque, la communauté de Montpellier se caractérise par une grande spontanéité ; pas de repas en silence ni de limitation des menus en carême : ce régime libéral me convient bien dans le contexte de transition qui est le mien. Progressivement, je vais découvrir dans la famille dominicaine moult traditions, auxquelles je me soumettrai avec une certaine aisance : les rituels simplifient la vie. Toutefois, y initier les visiteurs est un art. Le passage à table de frères d'autres couvents, de membres de la famille de l'un ou de l'autre, d'amis de la communauté, ouvre des univers plus larges et plus riches que la vie quotidienne ordinaire des familles. Un couvent associe des frères, des familiers, du personnel, des participants aux offices et à la messe. Des chambres sont louées à des étudiants et des chercheurs. La vie conventuelle se déploie donc en associant plusieurs cercles concentriques. Si la communauté, au sens strict, constitue une réalité canonique et prend toutes les décisions, d'autres personnes sont associées à la vie quotidienne du lieu, tant à travers la liturgie qu'au sein de la vie culturelle, générée par la présence d'une communauté religieuse apostolique. Deux ou trois de ces familiers me resteront proches ; il n'est pas banal de vivre une période significative sous le même toit dans un lieu tellement insolite : cela crée des solidarités. L'un deviendra jésuite, un autre pasteur protestant et le plus pieux, père de famille.

L'année de noviciat dominicain est traditionnellement jalonnée par des sessions d'études, consacrées à des thématiques particulières et dispensées par des frères et sœurs de l'Ordre. C'est l'occasion de découvrir des lieux dominicains et des couvents, des monastères ou diverses communautés d'inspiration dominicaine. Avec les novices de la Province de Toulouse, venus du couvent de Marseille et ceux de la Province de France, venus du couvent de Strasbourg, je fais un tour de France de la dominicanité. Le pèlerinage du Rosaire à Lourdes autour du 7 octobre, fête de Notre-Dame du Rosaire (et aussi de saint Serge), constitue traditionnellement la première étape de ce brassage dans la diversité, unifiée par le port d'un même habit. Je resterai toujours attaché à ce signe d'appartenance familiale, au gré des imprévus de mon parcours.

Les sessions proposées sont de qualité et les orateurs souvent passionnants : notamment le talent d'historien et de conteur du frère Elie-Pascal, dans l'Aude et à Toulouse. Il mourra d'un cancer, dans la cinquantaine et repose à Fanjeaux, berceau de la famille dominicaine. Début janvier, l'hiver dans la plaine du Lauragais et à Toulouse reste un souvenir mémorable. Plusieurs familiers de la région m'avertissent que j'aurai froid dans le Sud. Comme je supporte plutôt bien l'hiver, alors que je m'accommode mal de la forte chaleur, cela me faisait sourire. Pourtant, j'aurai vraiment très froid dans les lieux fondateurs de l'Ordre : au Seignadou à Fanjeaux, au monastère de Prouilhe, tout comme à Carcassonne ou à Toulouse. En fait, le Sud n'est pas équipé pour affronter la rigueur hivernale. Comme elle est relativement limitée en intensité et dans la durée, investir dans des appareils de chauffage n'est pas une priorité. La session sur les mystiques rhénans, chez les moniales d'Orbey en Alsace, me met pour la première fois en contact avec des moniales de l'Ordre. Leur ancien couvent de Colmar est devenu le Musée d'Unter der Linden, avec la fameuse crucifixion de Mathias Grünewald, panneau central du triptyque d'Issenheim. Leur monastère actuel est beau et paisible.

Novices, nous faisons moult étapes dans les couvents de frères. Tous ont une structure comparable, mais chacun dégage une atmosphère différente. Arriver comme novice au couvent de Toulouse, avec un peu de retard dû au trafic, et se sentir regardé par une quarantaine de paires d'yeux des frères en chape noire prêts à commencer l'office, c'est inoubliable ! De même que les complies, en fin de soirée, dans la pénombre de lieux qui ne sont inconnus que des novices. La clarté du couvent de Lille, l'austérité de l'Annonciation à Paris, contrastant avec un couvent Saint-Jacques déroutant, m'impressionnent mais ne me séduisent pas toujours. Je préfère les petites communautés, construites en fonction d'un objectif précis visible, tel le défunt couvent de la Tour-Maubourg à Paris avec les éditions du Cerf, la maison en milieu populaire de la Rue Wattignies (remplacée par la rue de Condé) à Lille ou encore Boscodon. Dans de tels lieux, la dimension spirituelle est lisible différemment, du fait de la dimension plus humaine qui se déploie dans un projet bien concret. La rencontre d'une multitude de personnes engagées dans l'Ordre, de styles différents et de tous niveaux de responsabilité, est autant amusante qu'étonnante. Mon entrevue en tête-à-tête au couvent de Montpellier avec le maître de l'Ordre du moment, l'argentin Carlos Alfonso Aspira, en visite canonique dans la Province de Toulouse, reste un souvenir très vif ; de même qu'une discussion très complice, commencée par hasard, avec Dominique Renouard à Prouilhe, numéro deux de l'Ordre des prêcheurs. Celui-ci mourra prématurément, lors d'un chapitre en Colombie, quelque temps après. Cette année-là, j'ai aussi la chance de participer à l'organisation d'un colloque sur les origines de l'Ordre et d'être initié à la personnalité d'Henri de Lacordaire. Je prêche pour la première fois au couvent, en juin, en semaine évidemment. C'est alors que j'apprends à le faire sans papier. Ce printemps-là me conduira vers les Gorges du Tarn ou encore à Sylvanès, découvrant la personnalité d'André Gouzes, un frère extra conventum qui unifie sa Province par le chant et la musique. Je découvrirai également la Sainte-Baume : quatre frères perchés là-haut dans ce paysage magnifique, qui me fait penser aux Météores. Boscodon sera une autre découverte dans les Hautes-Alpes. Ces séjours dans des contrées fraîches me font voyager de Marseille au Queyras : belle épopée !

Mon année à Montpellier sera aussi protestante. En effet, il me reste quelques examens à présenter pour terminer la licence canonique. L'hébreu, parmi les langues anciennes, manque toujours à mon cursus, tandis que je me suis déjà recyclé en grec biblique. L'aventure de l'hébreu, avec les futurs pasteurs protestants, sera une épreuve passionnante grâce au professeur qui est une figure attachante. Etonnamment, il est aussi maréchal-ferrant ! Le déchiffrage de l'hébreu sera le signal déclencheur du port de lunettes pour la lecture. Je me sens comme un poisson dans l'eau à la faculté libre de théologie protestante : c'est un petit monde, rappelant la faculté de théologie de Louvain-la-Neuve. Un continent nouveau s'ouvre à moi, à travers ses références historiques et théologiques, son culte et les figures qui l'habitent. Lors de rencontres théologiques avec la catho de Toulouse, je fais partie de la délégation protestante, ce qui amuse beaucoup les frères thomistes de la Province. Montpellier devient un peu ma ville. J'y découvre la diversité religieuse, ainsi qu'un large éventail de communautés catholiques puisque plusieurs Ordres et congrégations y sont établis, parfois depuis des siècles. Lors de la messe chrismale à Florensac, je prends la mesure de cette heureuse diversité, manifestée par l'éventail des habits religieux. Quelle joie aussi de pouvoir accueillir maman pendant quelques jours à Montpellier, elle qui, en fait de grand voyage, n'avait été qu'à Lourdes ! Quel plaisir de m'y balader avec mes filleuls et d'y sentir la fidélité d'amis proches de passage, lors d'une escapade dans l'Hérault !

Religieux chez Test-Achats

Mon retour en Belgique marque un engagement religieux, évoqué plus loin, mais aussi la reprise du boulot. Je rentre à la rue de Hollande, dans les nouveaux locaux que Test-Achats avait inaugurés, en grande pompe, peu avant le début de ma sabbatique. Nous n'avions connu jusque-là que des locaux modestes, voire vétustes, devenus largement insuffisants. Plusieurs de nos équipes s'étaient installées provisoirement (pour mon département, cela dura huit ans) dans des bureaux loués aux Éditions du Lombard : je passerai une partie importante de ma carrière sous le Tintin de la place Bara (une enseigne représentant le héros de Hergé placée sur le toit du bâtiment), avec moult traversées de la gare du Midi vers la maison-mère. L'inauguration marque donc la fin d'un cycle et du nomadisme allant de pair : c'est le début d'une nouvelle phase de notre histoire, une page qui promet d'être aussi passionnante. Dans une telle atmosphère, ma demande de crédit-temps d'un an avait étonné et paraissait étrange aux yeux de beaucoup de mes collègues : celui qui a constamment le nez dans le guidon peine à comprendre le désir d'une sabbatique. Dans mon milieu d'origine, une telle décision ne pouvait relever que de la lubie insolite, voire de l'inacceptable abandon de poste. De retour, je me rends vite compte de ma chance d'avoir pu saisir l'opportunité de regarder les choses différemment. En observant le fonctionnement de certains collègues au quotidien, je suis convaincu qu'une absence temporaire pourrait être salutaire pour eux et leur équipe, le caractère irremplaçable ou stratégique de leur omniprésence étant profondément relatif.

Depuis Montpellier, j'étais resté en contact régulier avec mon collaborateur en charge de l'intérim et je suivais l'évolution à distance. Beaucoup d'eau coule sous les ponts en douze mois. La technologie avance vite, les dossiers également. Les stratégies personnelles de quelques-uns se déploient, les uns voyant dans votre non-retour possible une occasion de promotion, les autres appréciant la stabilité que peut apporter le retour d'un vieux serviteur : cela se révèlera un beau test de fidélité chez mes différents collègues. Prendre des risques, en vivant une année sabbatique, suscite des appétits et les spéculations de l'un ou l'autre, nourris d'un peu d'intox. Dans tout groupe humain, j'ai pu vérifier que certaines personnes sont plus à l'aise dans l'ombre du jeu des influences que dans la lumière du débat franc. En revanche, je suis activement soutenu par une véritable confraternité, celle de la plupart de mes collègues directs, qui me témoignent une loyauté solide et émouvante. Observer la vérité des attitudes m'a toujours passionné. Je m'étais souvent rendu compte que des gens corrects entre pairs, mais tyranniques avec les subordonnés et carpettes avec les supérieurs, étaient généralement décevants. Je rencontrerai très heureusement, dans mon univers professionnel, des collègues capables de décliner une relation respectueuse, simultanément vis-à-vis de ces trois groupes, ce qui contribue à bâtir et à garder une relation de confiance.

Après un an d'exil volontaire, je reprends donc à bras le corps ma fonction de direction, avec l'ardeur que permet une prise de recul. Dans le domaine professionnel, comme dans la sphère privée d'ailleurs, l'essentiel de l'information m'avait été transmis synthétiquement. Cette expérience m'aide à saisir ce que je pensais incompréhensible : des moines, enfermés dans leur monastère, mais informés de ce qui en vaut vraiment la peine, sont capables de donner un avis lucide sur le monde. Le recul d'un an procure une surprenante sérénité, une froide détermination dans l'action, parce que tout se trouve re-hiérarchisé. Bref, je fais la même chose, mais tout autrement, avec davantage de paix et de détachement. Ce recul sabbatique induit aussi un coup d'œil dans le rétroviseur, notamment sur mes années de comité de direction. L'association belge, que j'avais rejointe vingt ans plus tôt, s'était radicalement transformée au cours des années 90, grâce au développement de ses filiales ou de ses partenariats dans les pays du sud de l'Europe. Le vocabulaire est rarement neutre : l'association est-elle habitée par une forme de néo-colonialisme ou portée par des apôtres du renforcement de la cause consumériste, grâce au tissage de liens efficaces ? Les deux propositions vont se révéler, l'une comme l'autre, partiellement exactes : elles se mélangent dans la tête de certains dirigeants, dans des proportions variables, en fonction de la vision ou de l'éthique de chacun.

L'atmosphère est habitée par une volonté d'expansion qui, dans l'esprit de certains, ne devrait connaître aucune limite. Que voilà des années un peu folles ! Certains dirigeants rêvent même de planter notre drapeau un peu partout, jusqu'en Amérique latine. Il est question de l'Argentine et aussi du Brésil. Dès le milieu des années 90, l'idée d'un retour en France réapparaît, après la première expérience avortée. Les contacts avec nos alter ego français de l'UFC se passent mal, vu les profils des personnalités impliquées au départ. L'échec sera suivi du lancement d'un partenariat avec une petite association, la CLCV (Consommation, Logement et Cadre de Vie). Cet épisode de notre aventure française, avec son impérialisme sous-jacent, avait été mal préparé diplomatiquement par l'un ou l'autre de nos dirigeants : mal reçue par nos associations sœurs des grands pays d'Europe, l'initiative va nous isoler durant un certain temps. Pendant quelques années, je joue un rôle-pivot, sur le plan politique, pour nouer, signer et surtout mettre en œuvre le partenariat avec la CLCV : je vais à Paris chaque mois. Au niveau européen, il faut se refaire des amis, après les tensions avec les collègues du BEUC. Il faut recoller les morceaux, tout en développant notre pôle, ce qui me conduit à nouer et à développer des partenariats ponctuels avec les Irlandais et les Grecs.

Ce contexte international tendu a été généré en bonne partie par les bourdes diplomatiques de certains de nos dirigeants. Même les ingénieurs vont prendre conscience du besoin de stratégie, en politique et en communication, domaines qui restaient à leurs yeux un mal nécessaire. Le management se structure peu à peu. Un département Lobby & Presse, fruit de la fusion entre les équipes que je dirige et les cellules presse, dont la responsable prend sa retraite, y trouvera évidemment sa place. Je deviens directeur de ce nouveau département, en mars 97, et membre du comité de direction, à l'échelle de notre groupe, pour une bonne quinzaine d'années. Chaque membre de la direction a un rôle bien spécifique. Outre le directeur général, le directeur produits (essentiellement des magazines), joue un rôle significatif. En effet, la digitalisation et le développement des services aux membres vont compléter l'information des consommateurs, devenue largement disponible gratuitement sur le marché. Il y a donc un défi important à relever. L'histoire me fera connaître deux titulaires de la fonction : le premier, dont la personnalité passionnée peut s'avérer clivante, a joué un rôle de vigilance créative pendant trois décennies ; son successeur d'un autre style, plus consensuel et apaisant, présentait des qualités qui auraient pu conduire à la direction générale par la suite. Toutefois, ses choix de vie ont été autres et il est devenu un ami. À côté de nos produits, il y a trois autres mots commençant aussi par un p et qui sont l'apanage du directeur commercial : il s'occupe du prix, de la promotion et des places où sont proposés nos services. Ce directeur commercial gère donc un tiers du budget, en recrutant et fidélisant des membres, notamment en proposant des cadeaux alléchants qui attirent parfois plus que le contenu, ce qui peut être décevant. Il est astucieux et c'est un collègue à la fois intelligent et loyal. Je suis le troisième (petit) larron au Lobby & Presse, porteur de la stratégie revendicative, en interaction avec le monde politique et celui des médias ; c'est pour cela que je suis gratifié d'un statut de spécialiste en généralités.

Ce petit monde inclut aussi l'informaticien en charge des projets, une autre personne historique, à la fidélité solide. On y ajoute encore un comptable et un RH, en charge des ressources humaines, un domaine trop longtemps négligé. La composition fut parfois un peu plus large, en fonction des vicissitudes de l'histoire ou des compromis politiques dégagés par le directeur général. Nous vivons une belle croissance, en nous adaptant, avec le pragmatisme qui caractérise notre ADN : une grande prudence qui consiste à ne pas lâcher la proie pour l'ombre et à s'accrocher à des recettes qui ont fait leurs preuves. Les choses se déroulent bien, mais en partie par inertie et par transposition. L'adaptation de nos services à un contexte économique très évolutif ne sera pas facile. Grâce au suivi rigoureux des projets via les fameuses allocations semestrielles de ressources et le yoyo des économies à réaliser dans ce cadre, le paquebot ne prendra pas l'eau. J'ai retenu que les structures sont rarement conscientes qu'elles vieillissent au moins aussi vite que le monde change. L'excellence réside désormais davantage dans la collaboration au sein de projets transversaux, plutôt que dans l'exécution des injonctions des hiérarchies d'antan. Globalement, nous vivons pourtant une success story, celle d'une entreprise originale, à la fois commerciale et ONG (organisation non gouvernementale). Chargé en particulier de cette deuxième, je suis intégré dans un comité de direction qui réunit des profils très différents, mais où je peux mettre en œuvre ma partition spécifique, qui correspond à mes valeurs personnelles profondes. La gestion du quotidien est toutefois pesante. Elle nous réunit pour de très longues heures, chaque vendredi : les séances, parfois interminables, se prolongeant par des repas chez Maria, une adresse bien connue à Anderlecht. Notre bonne santé économique va susciter un certain train de vie dans le chef de la direction et du staff international. Dès les années 2000, le chiffre d'affaires tend vers 200 millions d'euros. Nous dépassons très vite les mille employés, en équivalent temps plein. Les fonctions sont exigeantes, parfois exténuantes et le confort compense un peu ces efforts. Imperceptiblement, mais sûrement, s'installent des habitudes qui contrastent avec l'austérité des premières décennies. La participation aux séminaires internationaux du comité de direction aura désormais un parfum d'exotisme : d'Istanbul à Marrakech, en passant par Naples, Rio, Avignon, Genève ou Prague, sans citer plusieurs villes belges.

L'autre mi-temps d'un directeur est consacré à la visite de ses équipes : à Lisbonne ou Milan, à Madrid ou encore Sao Paulo et Rio. Mes collaborateurs ont un statut particulier. Certes, ils participent à l'œuvre commune, mais font vivre aussi dans leur pays une véritable association nationale, bien intégrée dans la société civile. Lors de mon départ du poste de directeur en 2013, des moments festifs seront des mercis touchants, venant d'équipes engagées, portées par des valeurs que je n'avais eu cesse de promouvoir avec passion. Tous les six mois, une équipe accueille les autres dans une ville de son pays. Beau tour d'Europe en quelques années : de Mons à Milan en passant par Faro, Bruges, Rome, Leuven, Lisbonne, Namur, Ségovie, Malines, Turin, Liège, Porto ou Gand. J'aurai ainsi l'occasion d'approcher de belles cultures, en me débrouillant dans différentes langues, plutôt qu'en les maîtrisant. “Avec le français, on va partout”, avais-je entendu, étant gamin. Lors des études secondaires, j'avais reçu d'excellentes bases en langues modernes. À Louvain-la-Neuve, dix ou quinze ans après la scission, le traumatisme demeure patent. Nous ne parlons pas volontiers le néerlandais. En outre, l'univers de l'UCL, au moins en sciences humaines, est encore quasi exclusivement francophone. Les échanges Erasmus n'existent pas encore. Ainsi, les juristes de l'UCL risquent l'analphabétisme, en ne parlant qu'une seule langue. Test-Achats m'ouvrira à un univers plurilingue. D'abord, il convient de se perfectionner en néerlandais, même s'il faut reconnaître que le français domine, certes pour des raisons historiques, mais aussi vu l'ouverture au Sud, à une époque où cette langue avait encore beaucoup d'importance, du moins dans les milieux cultivés. Dans les instances européennes, le passage à quinze Etats-Membres dans l'Union imposera de facto quasi uniquement l'anglais comme langue véhiculaire. L'arrivée du Brésil dans notre groupe renforcera encore la pratique de l'anglais. Cette belle expérience de la diversité linguistique et culturelle, je la retrouverai par la suite, notamment dans l'Ordre dominicain.

La vie fraternelle : entre image et réalité...

Le Seigneur dit à Caïn : « Où est ton frère Abel ? » Caïn répondit : « Je ne sais pas. Est-ce que je suis, moi, le gardien de mon frère ? » (Gn 4,9)

À la fin de l'été 2006, j'étais rentré définitivement de Montpellier. Le 17 septembre 2006, je fais profession simple : un engagement de trois ans, dans l'Ordre des Prêcheurs. L'événement majeur du jour, à la communauté de Froidmont, c'est la profession solennelle, usque ad mortem, de deux frères qui approchent la trentaine. Froidmont est une communauté novatrice depuis plus de deux décennies. Elle attire un public sociologiquement bien typé, mêlant intellectuels et bourgeois du Brabant wallon, les deux caractéristiques n'étant heureusement pas incompatibles. Je vis plutôt paisiblement dans cet environnement, même si je ne m'y intègrerai pas vraiment : je ne m'y sentirai jamais chez moi. Pour paraphraser l'Évangile, il en est en effet à qui ces places sont volontiers réservées : les frères qui sont issus de cette mouvance. Toutefois, la culture ambiante dominante laisse place à quelque diversité et je peux donc trouver des interlocuteurs. Après les festivités autour des professions, c'est le retour à la vie ordinaire et la reprise de mon travail professionnel à la demande de l'Ordre. Je commence une thèse de doctorat en théologie pastorale ; en outre, je reçois et surtout je lance quelques apostolats. Bref, on me laisse très libre, ce qui me convient. En revanche, cette paix paraît avoir un prix : mieux vaut que je ne pose pas trop de questions, ni que je donne mon avis sur ce qui se passe en interne, à propos de ce qui fonctionne ou dysfonctionne selon moi. Cela marche et il ne convient donc pas d'être trop critique. En effet, la stratégie développée pour le public de Froidmont est bien huilée et l'image en est une composante capitale. Les Eucharisties dominicales attirent beaucoup de monde et - autant que faire se peut - du beau monde, qui vient aussi pour célébrer les évènements familiaux, tels les baptêmes, les mariages ou les funérailles. En Église, quand le recrutement est sociologiquement marqué, ce peut être une communauté sympathique qui se forme, mais qui court le risque d'être une bulle, où d'autres ne sont accueillis ou tolérés qu'à la mesure de leur origine.

Peu avant mon arrivée, la communauté avait élu un prieur âgé, manquant totalement de charisme et d'autorité, mais très à cheval sur ses prérogatives, ce qui va souvent de pair. Les plus habiles et rusés peuvent obtenir l'essentiel de ce qu'ils désirent, en rendant hommage au bon moment, tandis que les réunions communautaires hebdomadaires ne sont ni préparées, ni dirigées. Elles consistent en des questions/réponses autour de points pratiques, sans aucun intérêt la plupart du temps et ce, souvent dans la confusion. Bref, nous vivons au sein d'une communauté plus formelle que réelle. Les thèmes importants de la vie dominicaine ne sont quasi jamais évoqués, que ce soit la liturgie, le respect des règles basiques de la vie commune ou le ressourcement spirituel et intellectuel. De vrais échanges sur notre mission ou sur des visées apostoliques, délibérées dans la franchise et choisies en commun, font défaut. La raison en est simple : il n'y a ni consensus, ni volonté d'en créer un et une peur du vrai débat. Mon souvenir le plus marquant, c'est le suivi de la recommandation d'une réconciliation communautaire, demandée par le supérieur de Belgique francophone, après sa visite canonique dans la communauté. Cette recommandation ne sera jamais mise en œuvre, signe patent de la santé défaillante de la vie du couvent.

En même temps, un projet de réorganisation des dominicains francophones se prépare. Les esprits tendent donc à être ailleurs et la situation sur place se dégrade, au sein d'une communauté désormais appelée à se dissoudre. Au cours des mois qui précèdent la fermeture, désormais programmée pour l'été 2009, il devient difficile d'assumer deux offices quotidiens de vingt minutes, les Laudes et les Vêpres. Si des absences peuvent s'expliquer par les requêtes de l'apostolat, un laisser-aller généralisé s'installe progressivement. Des frères ne sont pas encore levés pour les Laudes. Après avoir quitté Froidmont, je tomberai sur un article de spiritualité écrit par l'un d'eux : il est intitulé la spiritualité du sommeil. Cette façon de prier les Laudes m'avait sans doute échappé. C'est à peine mieux pour les Vêpres : beaucoup sont si affairés en début de soirée qu'ils ne peuvent y assister. Il est toutefois rassurant de les voir réapparaître, peu de temps après, pour se restaurer. Aux yeux de la pensée dominante, tout cela n'est pas trop grave, chuchote-t-on volontiers, pour autant que l'image tienne bon et que le beau monde soit donc au rendez-vous. Le Bottin mondain, consulté fréquemment par quelques-uns, est certes utile pour l'évangélisation : y trouver des donateurs et autres bienfaiteurs s'avère aussi une préoccupation apostolique significative. Je me souviens de cette dame âgée, qui avait fait une très grosse donation à la communauté. Comme plus personne ne lui rendait visite, le vicaire général, de passage à Froidmont, fit remarquer avec raison que ce n'était pas très gentil. Silence gêné, puis un jeune frère glissa : "*Quand c'est donné, c'est donné*". Personne n'a réagi ! Cet épisode m'a profondément blessé et m'a questionné sur ma capacité à vivre à l'aise dans un tel contexte. Pourtant, je poursuis mon travail, dont le fruit alimente la communauté et l'Ordre. Je suis frère hôtelier et je m'occupe de la communication, dans l'effervescence liée au redéploiement. Je me surprends à utiliser des mots démesurés, pour une entité d'une bonne vingtaine de personnes en Belgique francophone.

Mon franc-parler et mon insupportable travers de poser des questions trop simples dérangent. La communauté de Froidmont allant vers sa dissolution, le redéploiement se négocie visiblement entre les uns et les autres, en vue de la formation de petites communautés, à Liège et à Louvain-la-Neuve. Des compromis se dessinent en coulisses. Aucun dialogue en vérité ne se noue quant à mon avenir avec les frères dont je suis sous la responsabilité, vu leurs fonctions institutionnelles. Un vote de la communauté doit intervenir quant à ma profession solennelle et je sais les frères divisés à ce sujet, comme sur tant de choses. Le résultat du débat me sera donné par un appel téléphonique, sur mon GSM, à mon lieu de travail, sans même me rencontrer. Curieuse fraternité en ce 14 mai, où l'Évangile relate le choix de Mathias ! Étais-je Judas ? Entretemps, j'avais été invité à renouveler, pour un an, mon engagement temporaire, au couvent de Bruxelles. Ce projet étant improvisé et sa finalité illisible, je ne lui réserverai guère de suite. Le ressort était cassé et ma confiance institutionnelle anéantie. Au cours de ce temps de tribulations, je perds confiance en moult choses et personnes : je fais l'amère expérience du sentiment de trahison, venant de l'un ou l'autre en qui j'avais mis toute ma confiance. Comme l'écrit le Psalmiste : "Celui qui partageait mon pain m'a frappé du talon". La trahison, comme l'humiliation, laissent des traces durables. Malgré tout, je sens confusément, mais réellement, que le Seigneur ne me laissera pas tomber. C'est au cours de cette période que la prière à Marie a pris une vraie place dans ma vie. Avec le secours de la Providence, il fallait rebondir. J'écris très vite un message à des amis proches, dominicains et autres. Il s'intitule simplement Choisis donc la vie (Dt 30, 19). Ma trajectoire continuera ailleurs et autrement. Quant à savoir exactement où et comment, cela prendra encore un peu de temps pour connaître les réponses. Le paradoxe, c'est que des liens dominicains très forts vont perdurer, après décantation. Je sens que j'ai quitté une entité dominicaine mais que mes liens avec l'Ordre restent intacts : l'avenir le confirmera.

Retour aux sources : un pied dans le sillon…

Les personnes qui suivent des trajectoires rectilignes m'intriguent : comment ont-elles pu choisir une carrière, parfois très tôt et très vite, former un couple et fonder une famille, en s'y tenant fidèlement pendant des décennies ? Embrasser, pour un très long terme, des carrières académiques ou politiques, vivre intensément une vocation d'instituteur ou de profession libérale, ou alors mettre en œuvre son attachement viscéral à la terre dans l'agriculture : voilà des destinées qui m'ont souvent marqué. Mon cheminement fut inverse, puisque trop de choses m'ont spontanément intéressé, en même temps. Aux diverses étapes de ma formation, les résultats constituent un tir groupé de réussites, malgré la diversité des matières. Souvent, mes amis étudiants brillent dans une discipline choisie ou ont maille à partir avec l'une ou l'autre. Mon éclectisme m'a donc conduit à combiner des immersions, généralement pour une période assez longue, dans une série de disciplines étudiées en parallèle. Il en a été de même quant aux univers professionnels et associatifs, entre lesquels j'ai souvent jonglé. À plusieurs reprises, j'ai pu dire au revoir, guilleret et dans la paix, à tel ou tel milieu où j'avais été intensément impliqué. Pour la première fois, en cet été 2009, je ressens un choc dans ma vie, en quittant un univers familier, avec le sentiment de ne pas être en paix avec les autres et avec moi-même. Fondamentalement joyeux de nature, j'expérimente la colère et la tristesse, mais jamais toutefois la peur de ne pas rebondir. J'interpelle ce Dieu qui semble me demander beaucoup… Le début du psaume 56 résonne en moi : “Pitié pour moi, en toi s'abrite mon âme ; à l'ombre de tes ailes je m'abrite tant que soit passé le fléau”. Certes, il faut laisser les morts enterrer les morts. Mais, en pareille circonstance, existe le danger de retour à la case précédente, un peu comme dans le jeu de l'oie, en revenant simplement en exil dans son village. Maman a 83 ans. Elle qui n'avait jamais bien compris - ou accepté - mon entrée dans la vie religieuse, voit mon retour en souriant, parce qu'elle se sent rassurée et je pense tout bas qu'elle a eu raison !

J'avais veillé sur elle, dans la mesure de mes moyens, et je veux continuer à l'assumer, mais en ne cessant pas de regarder l'avenir. La fin du même psaume est davantage tonique : "Je veux te louer chez les peuples, jouer pour toi dans les pays". Il convient donc d'investir dans le vivant et surtout dans le Vivant, discerner que tout cela devait arriver et que c'est bien ainsi. Confusément, j'avais senti venir le changement, en me découvrant téléguidé par autre chose déjà. Dans la confiance, un verset du psaume 90, chanté maintes fois aux complies à Orval, me revient en mémoire, accompagné des sons, des odeurs et des lueurs vespérales, alors que j'étais assis sur un siège en bois un peu rude. Un appel à aller plus loin, à continuer est bien présent. Je dois me (re)poser ; mais tout remettre à plat implique de l'énergie, puisée notamment dans les amitiés de toujours. Lorsque j'avais annoncé mon choix à Jacques, un ami prêtre, il n'avait guère été surpris, pensant que l'amitié dominicaine m'irait comme un gant. Faut-il croire que le chemin de l'amitié doit passer par quelques convulsions ? Plus tard, dans le petit livre de Jean-Paul Vesco, frère de la Province de France devenu évêque d'Oran, je découvrirai une présentation de l'amitié dominicaine, celle qui m'avait inspiré dès le début de l'aventure. Ce fut l'occasion de rendre grâce pour tout ce que j'avais reçu en amitiés, ces liens fidèles, restés solides à travers tous les aléas de ma trajectoire inhabituelle. Les péripéties que je vis vont affecter en profondeur ma vision des choses : je souhaite donner davantage de temps à qui j'apprécie et à qui compte sur moi, répondant mieux à la fidélité et aussi donner, sans retour, à celui qui attend un geste, un signe, une visite. Cette dimension de gratuité sera au cœur d'un combat intérieur car le sens de l'efficacité m'anime spontanément, au détriment parfois de la charité. Toutefois, le goût de transmettre m'habite congénitalement, ce qui est revigorant et stimulant. Je découvre, à mes dépens, que j'ai trop idéalisé l'Église et il m'est même arrivé d'en vouloir à certaines personnalités ecclésiales qui m'ont marqué et orienté sur ce chemin. Orgueilleusement sans doute, je me suis cru immunisé à cet égard, au moment d'entrer dans les ordres : en effet, j'avais une large expérience des rivalités ou des manœuvres des uns et des autres, dans l'univers politique ou encore entrepreneurial. Ma désillusion me conduira à prendre désormais distance avec les sacristies et les cercles cléricaux, souvent bien étroits d'esprit. De même, j'en viens aussi à tordre le cou de ma croyance, selon laquelle ceux qui portent des convictions fortes sont naturellement un peu plus loin que moi dans la découverte de la vérité. Je fuis les cases limitantes et je vis avec bonheur tous les désenclavements. J'ai deux groupes de bons amis à Ellezelles : les uns issus de l'école avec Dieu et les autres de l'école sans Dieu. Nous avons fréquenté des universités historiquement peu compatibles. J'ai eu la double chance de la fidélité des uns et de la découverte des autres. Quelle joie de métisser nos émotions et nos espérances, de dialoguer sur des bases nouvelles ! Pour paraphraser un chant de feu de camp : Pour créer un vrai dialogue, mon Dieu, que c'est long. Souvent, le résultat est à la hauteur de l'effort. Ces vieilles solidarités campagnardes retrouvées me permettent à nouveau de grandir. Elles me font voyager notamment à travers l'Europe, nourri de curiosité et abreuvé de si belles choses. Elles vont générer la joie des retrouvailles au terroir. Je n'avais pas trop pensé à l'avenir de la propriété familiale, dans l'esprit d'itinérance qui me caractérise. Mais l'Ordre m'avait demandé de rédiger mon testament, ce que je trouvais à la fois logique et dérangeant. Cette demande allait avoir des prolongements inattendus.

J'ai été très marqué dans mon terroir rural par les conflits familiaux, dus la plupart du temps aux partages du patrimoine, notamment immobilier. Adolescent, j'avais vu se côtoyer des voisins que je savais frère et sœur : ils cultivaient des champs contigus mais tournaient la tête quand il fallait croiser l'autre. Mon père disait avoir du respect pour les vieux qui, de leur vivant, avaient eu le courage de régler les partages, pour laisser leur descendance unie et dans la sérénité. Que de drames consécutifs à des successions, parce que cela n'a pas été bien réglé du vivant des patriarches ! Personnellement, je n'ai heureusement pas été traumatisé à ce sujet, car j'ai eu la chance de vivre dans des familles restées en paix, sans doute parce que les enjeux étaient modestes. En revanche, je me suis régulièrement senti mal à l'aise avec les successions dans l'orbite ecclésiale : comment être juste dans l'affectation d'un héritage, lorsqu'on est engagé dans une communauté d'Église, religieuse ou diocésaine ? Je sens très vite que je dois honorer ce coin de terre et aussi mes parents. Bref, je veux lui donner une finalité de bien commun, un concept revenu à la mode, mais difficile à définir. L'idée d'une fondation m'est venue, quand j'ai pris conscience que cela n'avait guère de sens de donner quoi que ce soit à des gens peu intéressés par ma campagne natale profonde. Avec quelques amis, je créerai la fondation Quatre Chemins, Patrimoine et Spiritualité en 2010, au cœur de mon passage à vide, ce qui m'apaisera. Même à distance, j'ai toujours aimé garder un pied dans le sillon.

Dans un coin de ma tête, trotte l'envie de restaurer un élément du patrimoine local : un lieu bien précis m'inspire. Durant quarante ans, j'ai vu se dégrader une chapelle néogothique, aux confins de mon village natal. Gamins, nous y passions pour le *Stabat*, les Pâques des acolytes. Nous faisions les chapelles, en différents sens du terme d'ailleurs. Une bonne trentaine de ces petits édifices sont des propriétés privées, bâties sur les terres des agriculteurs ou notables du coin. Très souvent, ces monuments se retrouvent en indivision, abandonnés parfois par leurs propriétaires, partis ailleurs. Cette chapelle dite "à cailloux" était dans la pire situation, divisée entre les héritiers des donateurs d'origine. Éloignée des centres des villages aux alentours, elle n'intéressait plus grand monde, mais elle m'inspirait mystérieusement, parce que les marges peuvent être des traits d'union : c'était pourtant bien avant les périphéries chères au pape François. Il faut rassembler les bonnes volontés, publiques et privées, ainsi que du mécénat autour de l'idée d'une restauration, qui deviendra une reconstruction ou presque : comme c'était impossible, on l'a fait ! Lancer ce projet suscite d'abord un scepticisme certain.

Rassembler quarante-cinq mille euros et surtout motiver un quartier indiquent qu'une certaine idée du beau, dans un cadre qui est communautaire, vaut la peine d'être concrétisée. La chapelle sera bénie le 29 août 2010, la même année que les débuts de la fondation Quatre Chemins, Patrimoine et Spiritualité. Cette étape de ma vie me convaincra encore davantage de la nécessité d'un vrai dialogue en raison avec le monde. Ce n'est guère neuf pour un chrétien. La Constitution pastorale conciliaire Gaudium et Spes, en 1965, suggérait déjà que l'Église pourrait davantage apprendre du monde, tout comme le monde pourrait apprendre de l'Église, en la regardant vivre en communion, dans la diversité de ses composantes et l'unité d'une même foi. L'annonce de Jésus-Christ passe aussi et inévitablement par un dialogue avec le monde, fondé sur la raison. Elle suppose aussi une attitude de fraternité, la communion constituant l'horizon de cette mission. En effet, la communion, qui anime ou devrait animer les chrétiens, est appelée à se dépasser dans une fraternité universelle. En effet, la foi et la raison sont comme les deux ailes qui permettent à l'esprit humain de s'élever vers la contemplation de la vérité, selon les mots très inspirants du pape Jean-Paul II, au début de sa remarquable encyclique Fides et Ratio. De même, la recherche de la communion implique de nourrir un dialogue avec tous les frères humains, bâti par la médiation de la raison. Le pluralisme vécu en Église dans la communion peut soutenir un dialogue fécond dans une société profondément diverse, religieusement et philosophiquement. Cette intuition conciliaire m'habite très fort : je crois en effet que chaque chrétien est invité à prendre en compte le commandement nouveau, la charité qui consiste à traiter autrui comme il souhaite être traité, c'est-à-dire à un niveau que le désir et l'imagination de chacun tend à élever sans cesse.

Dans un beau texte, publié en 2009 par la Congrégation pour la doctrine de la foi, les catholiques invitent d'ailleurs les autres courants religieux et philosophiques à accomplir la démarche du dialogue entre foi et raison : en apportant notre contribution propre à la recherche d'une éthique universelle, et en proposant un fondement rationnellement justifiable, nous souhaitons inviter les experts et les porte-parole des grandes traditions religieuses, sapientielles et philosophiques de l'humanité à procéder à un travail analogue, à partir de leurs propres sources, afin d'aboutir à la reconnaissance commune de normes morales, fondées sur une approche rationnelle de la réalité. Ce travail est nécessaire et urgent. Nous devons parvenir à nous dire, par-delà les divergences de nos convictions religieuses et la diversité de nos présupposés culturels, quelles sont les valeurs fondamentales pour notre commune humanité, de manière à travailler ensemble à promouvoir compréhension, reconnaissance mutuelle et coopération pacifique entre toutes les composantes de la famille humaine. Le Parvis des Gentils (créé à la suggestion du pape Benoît XVI, fin 2009, visant à renouer avec les non-croyants) s'inscrit dans le cadre de ces préoccupations. Organisé depuis lors dans plusieurs villes européennes, il vise à dépasser la symbolique qui le caractérise. Alors qu'à Jérusalem, le Parvis des Gentils permettait la rencontre, mais traçait surtout une ligne de séparation entre Juifs et Goyim*, le Parvis contemporain vise à écouter l'autre, pour partager dans le dialogue, avec la raison comme élément médiateur entre convictions. Il m'arrive de penser que Louvain-la-Neuve constitue un Parvis des Gentils, informel mais bien réel !

Ces initiatives ecclésiales vont m'encourager dans la poursuite du chemin personnel, à la fois à la suite du Christ et aussi dans un dialogue avec tout ce que j'ai pu expérimenter au niveau modeste de mon terroir ou sur un site universitaire. Le cardinal Ravasi, présentant le Parvis, rappelait que l'esprit socratique est à la racine de la culture occidentale. Il se fonde sur la conviction que la vérité se dévoile, dans toute sa richesse, par et dans le dialogue avec la raison. Elle constitue ainsi une continuelle invitation à chercher pour mieux connaître et mieux comprendre. La mort de Socrate enseigne que c'est dans cette recherche de la vérité que l'homme acquiert sa plus grande liberté. Le Parvis des Gentils veut créer un espace de liberté et de dialogue, qui favorise l'émergence des valeurs dont notre société a le plus besoin. Il correspond à la volonté de l'Église de s'impliquer dans les réalités de ce monde, sans pour autant se renier elle-même. L'Église veut affirmer sa place d'acteur, dans la construction d'une société plus juste et elle est consciente de ne pouvoir le faire seule. Je souscris à une telle approche, convaincu que si le doute est un poison pour la conviction, il est un aliment pour la foi. La rencontre et le dialogue avec ceux qui ont d'autres convictions délivrent les chrétiens de la certitude d'être ou de devenir des hommes qui ont réponse à tout. Cela les conduit à de nécessaires moments d'agnosticisme méthodologique, qui peuvent susciter une réelle capacité de silence de l'esprit devant le mystère de Dieu. C'est la recherche de l'ouverture à autrui, dans le même sens que Dieu est d'abord en lui-même, dans la Trinité, Dieu des différences. Nos contemporains peuvent-ils écouter le Dieu de Jésus-Christ si les chrétiens n'écoutent pas les questions des hommes ? Qui n'écoute pas les hommes peut-il vraiment écouter Dieu ? Au cours de son pontificat, le pape François n'aura de cesse d'exploiter ces questionnements, formulés dès le règne précédent.

Une thèse à cinquante ans

«Si vous demeurez fidèles à ma parole, vous êtes vraiment mes disciples ; alors vous connaîtrez la vérité, et la vérité vous rendra libres» (Jn 8, 31-32).

Le dialogue entre foi et raison constitue un axe majeur de la recherche en théologie, puisqu'il s'agit de développer un logos, un discours en raison, sur la Révélation, sur Dieu. Dans le parcours universitaire, le doctorat représente la dernière étape d'un cursus : il vient couronner la formation d'une minorité d'étudiants. Rédiger une thèse est une épreuve généralement longue et redoutable. S'y consacrer suscite plutôt le respect, voire l'émerveillement, mais aussi la compassion de la part de ceux qui font ou ont fait la même expérience. On dit parfois qu'une bonne thèse est une thèse terminée. Le titre de docteur débouche, en principe, sur une activité de recherche, notamment dans les carrières universitaires, mais il faut reconnaître qu'il y a beaucoup d'appelés et peu d'élus, notamment en théologie. Dans ce domaine, le doctorat est une référence symbolique forte, particulièrement dans le cadre ecclésial. Les facultés de théologie accueillent des candidats très divers, quant au cursus, à l'origine géographique ou à l'âge. S'il est rare de commencer une recherche doctorale à cinquante ans, la démarche apparaît moins surprenante dans cette faculté. Je sors d'un parcours de huit années, couvrant les deuxième et troisième cycles en théologie. Parallèlement à mes activités professionnelles, j'ai présenté une bonne cinquantaine d'examens oraux, sur des matières aussi différentes que l'exégèse ou l'éthique théologique, la théologie fondamentale, la patristique ou la liturgie. J'ai aussi écrit un mémoire de fin de troisième cycle, quelque peu autobiographique, *Chrétiens en politique en Belgique francophone : une relation en mutation*. Une belle occasion de récapituler, a posteriori, une action politique vraiment incarnée et l'apport, au moins potentiel, de l'Évangile au monde. En revanche, le thème de ma leçon publique en mai 2006 (une autre épreuve du parcours théologique) est surprenante par sa globalité : Qu'est-ce que croire ? Une question qui appelle une recherche de sept jours, à présenter en une heure. Récapitulation quand tu nous tiens !

Ces expériences, consistant à approfondir des questions précises, me mettent sur le chemin de la thèse de doctorat. Après quelques échanges informels avec un jeune chargé de cours, j'ai trouvé mon promoteur : un Français, venant de Suisse et juste arrivé à Louvain-la-Neuve. Une thèse implique du temps de recherche mais aussi une forme de compagnonnage avec un promoteur. Préciser l'objectif, bien formuler le questionnement, produire de courts papiers puis de plus longs, compléter ou sacrifier ce qui a été écrit, en fonction des remarques ou des objections, bref travailler : voilà la démarche d'un thésard. Le chiffre sept, omniprésent dans la Bible, inspirera mon parcours : l'exercice de leçon publique devait être achevé en sept jours et mon exercice doctoral prendra sept ans, dans l'espace-temps laissé par une activité professionnelle restée substantielle. Cette combinaison insolite sera fructueuse dans mon métier et dans ma foi. La théologie, dans laquelle je me replonge sans cesse, relativise pas mal de tracas au boulot. Avec le recul, je dirais volontiers que les exigences d'une vie autre que celle de doctorant, évitent de trop tourner en rond, dans la recherche et permettent de retrouver sans cesse les investigations en cours avec un regard neuf. Les voyages en train ou en avion, les attentes, dans les aéroports ou ailleurs, permettent des lectures débouchant sur des notes, que je vais assembler très progressivement. La formation doctorale est aussi enrichie de mille et une rencontres, locales ou internationales, avec d'autres chercheurs, d'autres doctorants, ce qui permet de nourrir la réflexion et d'avancer significativement.

Un tel exercice est aussi une expérience de la solitude. Certes, un doctorant reçoit de temps à autre des encouragements et un soutien bienvenu. Mais mon profil peu classique et un emploi du temps bien chargé suscitent des doutes chez l'un ou l'autre, quant à la faisabilité d'une telle entreprise. Un doctorant est confronté à une kyrielle de procédures : aux yeux de certains, ces balises semblent plus importantes que le fond. Voici une anecdote qui l'illustre : lors d'une rencontre annuelle des doctorants avec les membres de leurs comités d'encadrement, j'ai aperçu un enseignant en train de corriger les épreuves d'un bouquin, sans aucune gêne apparente. Il prêtait donc visiblement très peu d'attention à une entrevue, pourtant brève (quinze minutes), particulièrement importante pour celui ou celle qui fait rapport de ses recherches et attend une opinion sur son travail. Personnellement, j'ai

trouvé un réel plaisir à avancer pas à pas, à faire des synthèses de dizaines d'articles et de monographies, à me confronter à d'autres doctorants, lors de sessions ou de rencontres internationales. Tous, nous cheminions dans un même maquis, mais à belle distance, tant la diversité de nos recherches était grande. Vint ensuite le travail austère de rédaction, suivi des remarques du promoteur et enfin celles des bénévoles de la relecture. C'est un exercice exigeant, que j'ai pu offrir en cadeau à quelques amis proches, au cours des années, ce qui me permettra d'apprécier à sa juste valeur le service de relecture. J'ai pu aussi compter sur une secrétaire intelligente, qui dactylographiera tous mes travaux, dans trois disciplines académiques successives.
L'expérience de vivre dans une Église en voie de minorisation, voire de marginalisation, dans la société belge ou européenne, m'a incité à travailler en théologie pastorale ou pratique, notamment sur une interrogation qui habite inexorablement ceux qui se sentent appartenir au très petit reste des disciples du Christ. Au début d'un nouveau millénaire, l'affaiblissement des chiffres des pratiques ecclésiales n'échappe à personne et paraît durable. Dès lors, la question du quasi-anéantissement de la visibilité, voire même de la réalité de l'Église en Occident francophone, est posée. Mon passé politique m'incite à revenir aux chiffres. J'étudie donc la place de l'Église catholique en Belgique, en France, au Québec et en Suisse, c'est-à-dire quatre espaces au moins en partie francophones. J'aborde le sujet selon quelques critères : nombre de rites de passages, pourcentage de pratique ou d'appartenance, évolution du nombre d'ordinations. La réponse à mes investigations va déboucher sur un diagnostic quantitatif, particulièrement pessimiste, mais aussi heureusement, sur des signes d'espérance. Je découvre nombre d'initiatives visant à annoncer la foi, avec la volonté de faire

du neuf, tout en retournant à la source; je constate aussi de nouvelles manières de faire Église, ainsi que des pratiques chrétiennes renouvelées ou inédites. Ce souffle nouveau, généralement de qualité, ne touche évidemment qu'un nombre limité de personnes. À côté de cela, tant de pratiques séculaires, davantage paradigmatiques pour la conscience collective, ne cessent de s'affaiblir voire de s'effacer. Je pense à la dispensation des rites de passage, à une certaine centralité de la paroisse, notamment dans un univers rural, ou encore au maillage urbain d'un territoire, dû aux paroisses ou aux communautés religieuses.

Au-delà du constat, devoir envisager simultanément une pastorale de l'effondrement et la mission d'un prêtre qui porte le souci de la transmission et qui sera ordonné au même moment que la défense de thèse : voilà un paradoxe bien excitant ! J'éprouve aussi la joie de sentir venir du neuf et de voir disparaître certains pans de la culture et de la mentalité du passé, ce que je ne regrette nullement. L'enjeu me paraît être la capacité de l'Église à être envoyée par l'Esprit de Dieu en mission, dans un contexte culturel qui s'est radicalement et définitivement transformé. Transmettre la foi reçue ne peut se faire ni dans la peur du monde, ni dans la suspicion à l'égard de nos contemporains. Bien plus, les communautés chrétiennes ont pour mission de former et d'envoyer des chrétiens réalistes, capables d'accueillir et surtout de soutenir leurs semblables, en tenant debout, dans une société marquée par une grande volatilité. Un paradoxe me taraude : l'appartenance visible à l'Église recule incontestablement et ne concerne plus qu'une proportion sans cesse plus réduite de la population, mais il n'est pas certain que la foi et l'intérêt pour la spiritualité, y compris chrétienne, reculent de façon aussi significative. Le christianisme déborde des espaces ecclésiaux traditionnels, où les plus anciens ont été formés et encadrés. C'est un défi passionnant de repérer la nouveauté qui émerge, car l'Esprit Saint n'est jamais au repos. Sans doute des lieux traditionnels comme les paroisses, cadres classiques de rassemblement des chrétiens, résisteront peut-être, dans les décennies à venir, sous des formes adaptées. En effet, la paroisse n'est pas sans atouts. Étymologiquement, le mot désigne un rassemblement de personnes de passage (*parokoi* grec), notamment dans un contexte urbain, avec la part de précarité et de diversité que cela implique. Rassemblant des personnes de passage, chaque paroisse est un modèle unique : elle est, en principe, ouverte à tous sans discrimination, puisqu'elle ne regroupe pas les personnes selon leur origine ethnique ou sociale. Elle permet la rencontre entre tous et, par sa composition à géométrie variable et évolutive, elle préfigure une dimension eschatologique.

Je pense que cette nouvelle donne sociétale et ecclésiale, faite d'une plus grande diversité et d'un souci d'inclusion, rend improbable la constitution à large échelle de cellules chrétiennes, notamment catholiques, qui se positionneraient contre la culture dominante, dans un isolationnisme contre-culturel. La perspective d'une minorité catholique, potentiellement repliée sur elle-même, peut faire craindre une dérive sectaire, tandis que des cellules fondamentalistes, qui se présentent comme chrétiennes ou catholiques, peuvent engendrer de délicates confusions. En revanche, une Église ouverte, même fragile et minoritaire, peut devenir signe et cet enjeu me passionne : comment penser l'articulation de petites communautés chrétiennes, de confessions diverses, avec l'ensemble de la société ? Quelle sera la capacité des chrétiens à adresser le témoignage d'une tradition particulière à l'universalité des femmes et des hommes d'aujourd'hui ?

C'est un défi qui a traversé l'histoire de l'Église mais qui se pose de manière nouvelle aujourd'hui, comme à chaque époque. Des efforts sont certes déployés pour sensibiliser les chrétiens, par le truchement de leur formation, à cet enjeu essentiel, notamment pour celles et ceux qui seront en responsabilité. Toutefois, une certaine révolution copernicienne tardant en Église, les enjeux sont toujours largement pensés, à partir de l'institution, par ceux qui en sont généralement de purs produits; or, le point de départ de la réflexion devrait aussi résider dans le questionnement de la société. Une Église catholique, davantage minoritaire, sera probablement plus critique et donc plus évangélique, la vocation des communautés chrétiennes étant précisément d'être signes de contradiction. Comme d'autres, je rêve d'une Église catholique annonçant Jésus-Christ, dans un esprit de totale ouverture ; elle serait nourrie de convictions fortes, parce que ré-identifiées à la suite d'un dialogue fraternel, ad extra comme ad intra, inspiré par la Parole de Dieu. La mission de l'Église se doit d'être un service évangélique de l'humain, non seulement en rejoignant le déjà-là des attentes spirituelles de celles et de ceux qui se présentent et à qui l'on propose la foi en Christ, mais aussi en engageant un dialogue évangélique avec les chrétiens du seuil ou du parvis.

Dans la préparation de ma thèse, j'ai relu un certain nombre d'intuitions conciliaires où la thématique du signe est récurrente. De qui et de quoi l'Église est-elle signe et sacrement ? De qui et de quoi chaque chrétien, même ordinaire est-il fondamentalement signe ? Quels sont ces fameux signes des temps du concile Vatican II ? Pour les Pères conciliaires, l'Église est Corps du Christ (dont l'Église est sacrement et donc signe), Peuple de Dieu (dont chaque chrétien est signe) et Temple de l'Esprit (lieu de discernement des signes des temps dans le monde). C'est la communion qui en constitue l'unité : la koinonia/communio évoque à la fois l'amour trinitaire, à la source de l'Église, et le renouvellement de la création; celle-ci se réalise par le partage d'une nouvelle condition commune aux chrétiens, porteurs dans le monde d'un témoignage, qui passe par le service, l'annonce de l'Évangile et la liturgie. C'est particulièrement la participation commune à l'Eucharistie qui rend les chrétiens koinonoï, l'Église se manifestant pleinement dans et par l'Eucharistie.

L'Église se reçoit donc de Dieu, du Christ et de l'Esprit, pour proposer aux hommes d'anticiper ici, imparfaitement mais réellement, la condition nouvelle qui leur est promise en plénitude dans l'éternité. La sacramentalité indique bien que l'Église se trouve en chemin entre sa source, le Christ, et le Royaume, alors que la communion manifeste le lien particulier qui unit tous ceux qui vivent dans l'Esprit, envoyé par le Christ. La présence de l'Autre dans l'Église n'est-elle pas largement manifestée par la lumière de l'Esprit, qui vient éclairer la conscience des hommes, lorsqu'ils recherchent Dieu ? En ce sens, l'Esprit Saint, qui souffle où il veut, contribue à relativiser toutes les identités, y compris celle de l'Église; celle-ci est pleinement, mais seulement, sacrement du salut, signe de ce qui la dépasse, en amont et en aval : le Christ et le Royaume de Dieu. Sa visibilité manifeste, en même temps, sa faiblesse et son incontournabilité : elle est faible, parce qu'elle n'est que signe, un signe marqué par le péché et rappelant que le Christ en plénitude ne se redonnera qu'au terme de l'histoire ; elle est aussi incontournable, car le salut passe directement, mais aussi indirectement, par elle. C'est en étant l'instrument de la grâce de Dieu, qui donne le salut et en incarnant le Christ, imparfaitement mais réellement, qu'elle montre les chemins du Royaume. Je suis convaincu que cette annonce ainsi formulée correspond bien aux aspirations des hommes de notre temps, eux qui se défient des institutions, mais recherchent sans cesse le sens du mystère de la vie. L'Église est un medium, un lieu de circulation de la Parole, entre le Christ qui vit en elle et la récapitulation du monde et de l'Église dans le Royaume de Dieu et ce, notamment dans notre société globalisée et digitale.

De qui et quoi le chrétien, plus individuellement, est-il le signe ? La foi chrétienne postule la transformation potentielle de toute l'humanité en Royaume de Dieu : c'est donc à partir de l'appartenance à ce Royaume qu'il convient d'appréhender l'identité chrétienne. Le baptême ancre directement le baptisé dans le Royaume de Dieu : il est eschatologique et donc beaucoup plus qu'une institution religieuse. Chaque chrétien appartient ainsi à une république invisible. La lettre à Diognète, un très ancien écrit chrétien, l'atteste : les chrétiens répandus, selon qu'il a plu à la Providence, dans des villes grecques ou barbares, se conforment, pour le vêtement, pour la nourriture, pour la manière de vivre, aux usages qu'ils trouvent établis ; mais ils placent sous les yeux de tous l'étonnant spectacle de leur vie tout évangélique et à peine croyable. Ils habitent leurs cités comme étrangers, ils prennent part à tout comme citoyens, ils souffrent tout comme voyageurs. Pour eux, toute région étrangère est une patrie et toute patrie ici-bas est une région étrangère. Comme l'a souligné le dernier concile, c'est en appartenant au Peuple de Dieu que l'on devient signe du Christ. Le baptême, don de l'Esprit, configure au Christ et ouvre la porte du Royaume. Être chrétien consiste à assumer en Christ une existence individuelle. C'est dans l'approfondissement de sa singularité que chaque humain peut se reconnaître aimé de Dieu et se trouver en communion avec d'autres. En Dieu seul se retrouvent tous les chrétiens, marqués par la diversité de leurs trajectoires et de leurs sensibilités. C'est la commune appartenance au Royaume qui fonde la solidarité entre tous les chrétiens, quels que soient leurs charismes ou leurs responsabilités ministérielles : voici donc une manière originale d'être semblable à tous. Dans le chef de l'Église, on peut qualifier cette diversité de native puisque, dès les origines, elle fut un rassemblement réconcilié de groupes de différentes origines. L'Église comporte moult demeures et chapelles, ce qui entraîne une occasion de frictions, mais aussi d'heureuses expériences de la diversité.

C'est à chacun, dans sa singularité, que se pose la question du *télos*, du sens, du salut à l'horizon de toute vie. Ainsi, l'existence humaine précède toujours la démarche de foi. Or, cette existence est aussi le lieu de l'immanence de la transcendance, celui du travail d'incarnation et de re-création de Dieu. Cette démarche ne s'opère pas que dans le singulier. Les sociétés contemporaines, vu leur caractère systémique, permettent la découverte de l'altérité, la rencontre et l'occasion de pratiquer une hospitalité, qui débouche sur l'universalité et donc sur la découverte du Royaume. L'expérience de l'accueil mutuel, entre personnes singulières en capacité de vivre le relationnel et la pluralité, est vectrice de liberté. La diversité et la richesse des liens entre personnes libèrent et révèlent un horizon qui peut consister en un accomplissement, un au-delà de l'histoire. Voici des occasions de dépasser et transcender le quotidien et, dans un cheminement à la suite du Christ, de s'ouvrir à l'universalité chrétienne; celle-ci se déchiffre notamment à partir de la manifestation de la présence de l'Esprit, dans le monde et dans l'histoire. L'universalité se décline aujourd'hui aux accents de la globalisation. Ce champ, essentiellement économique, montre toutefois son incomplétude à rencontrer le rêve de l'humanité. Le champ spirituel peut dès lors être sollicité, comme réservoir de sens et proposition d'une transcendance pour la liberté humaine. L'universalité chrétienne croise donc d'autres universalités. À la différence des idéologies, elle ne peut pas être auto-référentielle, mais elle est au contraire infinie, parce qu'elle est ouverte à l'accueil de l'Autre, notamment à travers les failles de chacun. Ce lien sacramentel se noue dans le concret de l'existence et non pas exclusivement dans un espace sacré, réservé et fermé. L'identité chrétienne réside donc dans une prise de distance, par rapport à une identité originaire, faite de particularismes; ceux-ci enracinent l'homme dans le monde, mais peuvent aussi l'y enfermer, alors qu'il est appelé à un accomplissement d'un autre ordre. En effet, la résurrection insère l'éternité dans le temps et l'Église participe à ce même mouvement.

La perspective eschatologique, très présente dans les textes conciliaires, constitue l'horizon de l'Église et de chaque chrétien, communautairement et individuellement, et s'applique aussi au monde, en y discernant les signes des temps. Cette notion biblique va être mûrie lors des débats conciliaires; elle est aussi présente dans des encycliques majeures de Jean XXIII et Paul VI. En effet, les signes des temps sont eschatologiques, mais déjà à l'œuvre au cœur de la création, donc dans le monde bien concret. Bref, ces signes annoncent le Royaume, mais se vivent dès ici-bas, dans la consistance bien réaliste du monde. Ils expriment des besoins et des aspirations de l'humanité que les chrétiens, ensemble et si possible aussi avec d'autres, discernent comme significatifs. Les événements et les phénomènes, ainsi mis en exergue, doivent rester bien incarnés, dans la réalité terrestre et historique. En ce sens, l'autonomie des réalités terrestres garantit, en quelque sorte, la transcendance de Dieu. Il ne s'agit donc pas de tenter de construire un monde chrétien mais de découvrir la présence du Christ dans le monde tel qu'il se construit. Dans cette perspective, il convient de discerner que ce que le Royaume de Dieu porte en lui, de promesses et de potentialités, s'accomplit déjà dans l'histoire de l'humanité.

L'univers est habité par la grâce de la création et ne peut nullement être appréhendé indépendamment de cette dimension. Parmi les signes des temps, il en est un qui occupe une position singulière : le Christ. Comme homme et comme Dieu, il est à l'œuvre dans la création, mais aussi en tension rédemptrice avec elle. Le monde, touché par l'Incarnation, est aussi habité par l'Esprit. Or, rien ne limite l'action de l'Esprit, parce que rien ne mesure le don de Dieu. En effet, le salut de Jésus est universel, parce que l'Esprit est donné à tous les hommes, tel qu'il l'est aux croyants. Il s'adresse à la liberté de chacun et n'est pas reçu par tous de la même manière. La révélation chrétienne, c'est l'irruption de l'Esprit hors des limites du sacré. “Il ne faut pas mettre l'Esprit en cage”, selon une parole inspirante du pape François. Bref, dans cette démarche, personne n'est étranger et chacun est profondément digne d'être accueilli par Dieu qui relève toujours. Plus d'un demi-siècle plus tard, cette intuition conciliaire originale, que sont les signes des temps, mérite d'être reprise, dans un contexte qui a profondément changé. L'autonomie de chaque homme et celle de la communauté humaine sont devenues cardinales, au point que la place de Dieu apparaît tellement marginale et lointaine que l'articulation semble devenue improbable. En revanche, les questions de sens ou les attentes spirituelles surgissent sans cesse, face aux enjeux de l'avenir du monde et spécialement concernant la part de souffrance et de fragilité qui l'habite. La théologie des signes des temps peut donc très certainement nourrir la pastorale, puisque celle-ci a la vocation de rejoindre le questionnement de nos contemporains, ainsi que les valeurs qui les font vivre humainement au quotidien.

C'est exactement dans cet esprit de discernement des signes des temps que j'ai pu développer une réflexion, basée sur mon expérience de la vie de l'Église, dans le contexte belge, à travers trois thématiques médiatisées à l'échelle du grand public : le lien entre foi et politique, ensuite la question de la signification actuelle de la référence chrétienne (ou catholique) des institutions de services, initiées historiquement par l'Église et enfin le débat de l'avenir du patrimoine religieux à l'interface du cultuel et du culturel. Voilà des thématiques que j'avais pu vivre de l'intérieur au cours des différentes saisons de ma vie. Après sept années de labeur, je connaîtrai enfin la joie de l'achèvement de la dissertation et le plaisir de sa défense orale. Les résultats de ma recherche nourriront l'animation de sessions et aboutiront à des exposés sur le terrain. Le diocèse de Liège me confiera même un cours de théologie pastorale au sein de son Institut. L'offre restera malheureusement limitée, dans le contexte d'un détricotage de la théologie et sans doute aussi de la peur institutionnelle d'une parole trop libre. Heureusement, d'autres défis se présenteront dans des environnements plus ouverts. Je demeure toutefois attristé que trop peu de docteurs en théologie trouvent une place en Église ou ailleurs, pour décliner leur spécialité.

Une ville universitaire, Galilée des Nations ?

Ma vie sera clairement liée à Louvain-la-Neuve. Certes, j'y avais résidé assez peu, avant de m'y installer en 2009 : étudiant puis assistant, j'y ai koté. Ensuite, je m'y suis ressourcé ponctuellement comme professionnel, vu la proposition d'activités scientifiques. C'est mon lieu culturel alors qu'Ellezelles est mon lieu naturel. Je resterai fidèle à ce maillage fantastique de liens qui se sont tissés naguère à l'université et dont une part significative va subsister. Tous les cinq ans, je retourne au bercail pour organiser les retrouvailles de ma promotion. D'autre part, c'est la théologie qui me ramènera dans la jeune ville brabançonne, en constante métamorphose. J'apprécierai aussi l'expérience de vivre en ville, même si j'ai résidé à Leuven et à Bruxelles sans m'y installer durablement. Les vacances vont me permettre d'apprivoiser les villes. Mes premières expéditions d'étudiant sont des installations en camping ou des locations de gîtes au grand air, avec comme objectif de découvrir les villes aux alentours : visiter ce qui est mentionné dans le guide Michelin, mais surtout percevoir l'ambiance du lieu en faisant le marché, en prenant un café au bar du coin, en demandant aux passants la meilleure brasserie ou encore le nom de restaurants locaux, tout en évitant les touristes. Rien ne marche aussi bien que susciter, chez les habitants, le plaisir de faire découvrir leur biotope. Le campagnard que je suis resté est paradoxalement peu attiré par l'isolement, au milieu de la nature, en guise de vacances. Je n'éprouve pas non plus le moindre intérêt pour les plages et la promiscuité qui y règne en été. En revanche, marcher en montagne, à dose et altitude raisonnables ou me balader en bord de mer en hiver, cela m'a toujours paru très ressourçant.

Adopter le régime du kot dans les villes universitaires m'a énormément plu. J'ai beaucoup aimé Leuven, vieille ville très belle et fort attachante. Malheureusement, le climat incitait à ne pas trop s'attacher à cette ville dans laquelle l'UCL n'allait plus demeurer. Je ne m'attarderai pas trop non plus à Louvain-la-Neuve, car j'ai fait le choix, en début de carrière, de ne pas y rester. En effet, je ne me sentais pas être un universitaire spéculatif, comme le disent volontiers ceux qui le sont ou pensent l'être, car je suis plutôt intéressé par l'interface entre l'académique et le monde concret. Je rejoins assez le mot d'Henri Bergson : "agir en homme de pensée et réfléchir en homme d'action". L'idée de préparer une thèse et de tenter une vie académique ne m'attire pas du tout à l'époque. Assez rapidement, la suite de ma carrière me conduira à Bruxelles, la capitale dont je ne connais toutefois que les gares, les axes routiers principaux et quelques lieux emblématiques. Pendant trois décennies, je parcours essentiellement les quartiers où sont installées les institutions qui prennent des décisions ayant trait aux consommateurs, le quartier Arts-Loi pour la Belgique fédérale et le quartier Schuman-Mérode pour la politique européenne. Mon installation à Bruxelles sera surtout fonctionnelle, ma citoyenneté s'exerçant toujours dans ma commune d'origine où je passe la moitié de mon temps. J'aurai, pour un temps, un pied-à-terre sympa, au dernier étage d'une maison familiale, chez de bonnes connaissances de l'université. Me sentant toutefois en camping, je me décide à acheter un studio dans le quartier Louise : le début d'un chez moi à la capitale. Je découvre peu à peu la vie d'un quartier de Bruxelles-Ixelles, bien situé, à hauteur de la Place Fernand Cocq et donc près de Saint-Boniface et de Flagey. C'est un étrange cocktail culturel, mêlant sur quelques centaines de mètres, la Place Stéphanie, les anciennes rues du centre d'Ixelles, des espaces en métamorphose, débouchant vers Matonge* d'un côté et vers des lieux fréquentés par les eurocrates de l'autre. Je vis avec bonheur cette expérience, mais avec la frustration de ne pas pouvoir la vivre vraiment, vu mes fonctions en itinérance. La ville que je finirai par retrouver : une vieille connaissance, Louvain-la-Neuve.

Étudiant, lors de mes visites depuis Leuven, j'avais appris à fréquenter cette ville nouvelle, habitée depuis 1972. Elle offre des visages contrastés selon les saisons : joyeuse et spontanée sous le soleil, grise et sinistre sous la pluie et le froid, mais carrément lunaire un matin de brouillard, quand elle se livre aux grues. La ville est assez petite et j'éprouve vite le sentiment d'en avoir fait le tour. Je choisis de résider quelques années en périphérie, à Blanmont. J'avais eu assez peu de contacts avec les habitants de Louvain-la-Neuve, qui constituent un monde particulier, très lié à l'université. Vu mes origines familiales et géographiques, l'univers ne m'était pas d'emblée accessible. Beaucoup plus tard, en découvrant pastoralement Louvain-la-Neuve, je regretterai les opportunités non saisies ces années-là. Mais on ne peut sans doute pas tout vivre, même si par tempérament, j'éprouve une boulimie d'envies de découvertes. J'expérimente donc cette ville, à distance, mais avec la conscience forte de vivre un temps inédit de (re)commencement. Je la regarde se construire, par phases, comme un puzzle longtemps inachevé, témoin privilégié de l'audace de la terre nouvelle. C'est ainsi que l'évoquaient, avec l'émotion des pionniers, le recteur Edouard Massaux et l'administrateur général Michel Woitrin, dans leurs styles aux antipodes mais complémentaires. Le déploiement architectural de la ville n'a cessé d'étonner les observateurs, tout comme les résidents. Longtemps, la silhouette de la façade de la bibliothèque des sciences a été un logo de référence. Quarante ans plus tard, le bâtiment s'est métamorphosé en Musée L, un espace magnifique. Cela résume Louvain-la-Neuve : du désordre organisé peut surgir l'inattendu. Assister à une défense de thèse, avec un jury de théologiens en toge, dans les couloirs de la faculté d'agronomie (leur ancrage temporaire en attendant leur installation définitive), m'avait beaucoup amusé. Plus stupéfiant encore, l'espace de livres de seconde main du centre Cerfaux-Lefort, logé sous le cyclotron ! Louvain-la-Neuve a hérité de l'UCL multiséculaire le visage d'une Galilée des nations. Au sein des facultés dans lesquelles j'ai étudié, j'ai eu la chance de rencontrer une kyrielle de personnes et de nouer des liens, parfois très durables, dans toutes les disciplines, générations ou origines géographiques. Spontanément, j'aime aller à la rencontre des gens, de leur vie, de leurs projets. J'ai reçu du créateur une sorte de capacité à faire des ponts, même de très improbables. En même temps, l'originalité de mon parcours intrigue et suscite questionnement ou parfois incrédulité. Mon long parcours en théologie m'ouvrira à de nombreux défis, notamment à l'envie de faire le pont entre théologie et réalités politiques, économiques, sociétales ou environnementales. J'y vois des enjeux pastoraux qui m'attirent, autant que le dialogue interconvictionnel me passionne.

Montpellier et le Sud m'ont aussi rendu sensible au dialogue œcuménique, que je retrouverai avec plaisir en Belgique, au gré d'amitiés nouées avec frères et soeurs protestants ou orthodoxes. J'ai la joie de participer à la mise en place de projets œcuméniques inédits, modestes mais porteurs. Se mettre ensemble dans la différence me paraîtra souvent tonifiant. Les années Froidmont m'avaient envoyé en apostolat à Louvain-la-Neuve, pour participer à l'animation du Blackfriars, le bar dominicain, qui annonce la construction d'un couvent quelques années plus tard. Me retrouver en plein vent à Louvain-la-Neuve me convient mieux que dans l'univers de Froidmont. Avec un frère qui est resté un ami, nous pilotons vingt-quatre rencontres chaque année. Dans une liberté totale, nous pratiquons une sorte d'éclectisme, tout en développant un style propre à ces soirées : on y invite des personnalités aussi diverses que Françoise Tulkens, Josef De Kesel, Guy Spitaels, Jean-Marc Ferry ou Vincent Engel. Tout s'arrêtera brutalement, à la fin du printemps 2009. Dans un climat d'ouverture vers le monde et vers l'Église plus lointaine, j'aurai aussi la chance de découvrir Jérusalem à partir de l'école biblique, un moment marquant de découverte d'une mission passionnante de l'Ordre. D'autres trouvailles de même qualité étofferont mon cursus. Redevenu laïc, je continue à nouer des liens pour créer d'autres espaces de dialogue : c'est probablement congénital ! Avec des laïcs volontaires, souvent engagés à l'université et des kots à projet*, nous créerons un groupe de réflexion, la Tiare pour Foi, raison, société et les 24 heures autour de la Bible. Dès mon retour sur le site universitaire, des demandes jailliront du côté des étudiants, avec un éventail de partenariats, vecteurs du vivre-ensemble néolouvaniste. Je me sens comme un poisson dans l'eau au sein de ces projets ouverts, spontanément réoxygénés par le renouvellement des équipes d'étudiants. Louvain-la-Neuve est certainement la ville des carrefours. Le verset biblique, "Voilà que je fais toutes choses nouvelles", m'inspire volontiers de la créativité, plutôt que de la routine. Régulièrement, je vivrai des soirées interminables, en essayant de refaire le monde. La singularité de mon cheminement et la diversité de mes liens me font percevoir comme un électron libre, ce qui suscite l'audace du dialogue avec qui veut rêver et construire.

Mon retour pastoral officiel à Louvain-la-Neuve, en 2016, se fera dans ce contexte. Je me sens un homme profondément libre, vivant son parcours de baptisé au cœur du monde, en plein vent. Je demeure à distance raisonnable de cet appareil ecclésiastique, devenu d'ailleurs largement étrange pour la plupart des gens. Nommé vicaire dominical, puis curé de la jeune paroisse Notre-Dame d'Espérance, je vis une sorte de résumé de vie. Qui aurait pu croire qu'après tous ces détours, j'allais me retrouver là, dans cette ville ? "Tout récapituler dans le Christ", comme l'écrit Paul aux chrétiens d'Ephèse, c'est ce que j'avais écrit dans ma lettre de demande pour entrer dans l'Ordre. Jamais personne n'avait échangé avec moi sur cette phrase centrale. La Providence l'a réalisée, même si l'Esprit peut prendre son temps. Ma mission pastorale me conduira à côtoyer toutes les générations et notamment celle des pionniers. Me voilà comme un chat qui aurait rattrapé sa queue !

Des trajectoires brisées, des vies abîmées

« Ils se levèrent, poussèrent Jésus hors de la ville, et le menèrent jusqu'à un escarpement de la colline où leur ville est construite, pour le précipiter en bas. Mais lui, passant au milieu d'eux, allait son chemin » (Lc 4, 29-30).

Récapituler m'amène à revenir un peu en arrière sur les expériences pastorales, secouées par quelques tribulations vécues en Église, en amont de mon retour à Louvain-la-Neuve. En effet, les trois années passées au sein de l'Ordre en Belgique m'avaient conduit à des engagements, qualifiés d'apostolats en langage interne. J'avais donc reçu ma part de prédication, au sein de la paroisse Saint- Etienne de Froidmont que des frères avaient en charge. Je m'implique aussi dans l'offre de réflexion, proposée par le couvent à son public. Toutefois, dans un climat communautaire peu en mesure de susciter un dialogue vrai, je ne me sens jamais totalement à l'aise, conscient que les initiatives que je prends suscitent de la rivalité et peuvent même se retourner contre moi. Je ne suis en effet qu'un simple frère, profès temporaire, avant une éventuelle profession solennelle trois ans plus tard et une possible ordination par la suite. Je vis une situation d'entre deux, plutôt inconfortable. Mais je me sens prêcheur et cette conviction ne me quittera d'ailleurs jamais. J'avais choisi cet Ordre pour son attention aux marges en tout genre, que le pape François appellera plus tard les périphéries. Ce choix se confirme à l'occasion de demandes ponctuelles de célébrations, à la requête de personnes croisées dans la vie quotidienne, et là où une relation de confiance s'est nouée. C'est une sollicitation du tout-venant, en langage de théologie pastorale. Il m'est heureusement permis de prêcher, mais évidemment en duo avec un prêtre, dès que la demande est sacramentelle. Je n'oublierai jamais la rencontre de certaines de ces personnes dans la vraie vie : c'est inestimable la confiance que vous témoigne une épouse anéantie par le décès de son mari âgé de 39 ans, ou encore l'estime des familles brisées par la mort violente de l'un des leurs. Sont aussi marquantes les rencontres avec des amis proches, qui demandent de les accompagner lorsqu'ils perdent leur maman ou leur papa. Ces appels sont pour moi, le signe d'un *sensus fidelium*, cette notion ecclésiale qui suggère que le peuple peut aussi exprimer du vrai : voilà des moments de vérité, comme en creux, au sein d'une trajectoire qui reste incertaine. Cet attrait pour la pastorale, je pourrai continuer à le vivre, après mon départ de Froidmont, en accompagnant quelques cellules de réflexion : une association de cadres chrétiens du Brabant wallon ou encore une équipe Notre-Dame à Liège. C'est une forme de prédication certes, mais, étant redevenu laïc, je souffrirai de ne plus pouvoir accompagner les familles, notamment lors de funérailles d'amis proches, trop tôt disparus. De ma dernière prédication dominicaine, lors de la fête de l'Assomption, juste avant mon arrivée à Louvain-la-Neuve, je retrouverai quelques notes, dans une poche de mon habit dominicain, lorsque, quatre ou cinq ans plus tard, à Montpellier, je le revêtirai à nouveau. Dès ma remise du pied à l'étrier, au cours du chemin vers l'ordination presbytérale, je prêcherai pour les funérailles de mon instituteur, en qualité de séminariste !

En quittant définitivement Froidmont, je reste à peu près certain que Dieu m'envoie en mission : je me demande toutefois où, comment, avec qui ? Je consulte quelques sages, dont un moine connu apparemment pour son discernement, chez qui m'envoie un ami. Leurs paroles sont plus qu'encourageantes : il me reste à trouver le chemin. Quand vous sortez d'une cellule ecclésiale, tout comme quand vous pensez éventuellement y entrer, trouver des interlocuteurs qui vous coachent vraiment n'est pas chose aisée. Poser des actes concrets, pour aider au discernement, semble ressenti par certains comme un risque, que la vertu de prudence pousse à différer ou plutôt à éviter. Comme par magie, l'expérience d'une rupture institutionnelle rapproche celles et ceux qui vivent des situations comparables. De tels liens permettent heureusement de partager ses réflexions et de s'encourager l'un l'autre, évitant de trop s'enfermer dans la rancœur, la nostalgie ou le scepticisme morbide. Cette solidarité est salvatrice car les blessures, les hontes ou des peurs peuvent paralyser et empêcher de rebondir. C'est donc une bénédiction que le soutien mutuel de ceux qui sont confrontés à des épreuves similaires. Sur les chemins de l'itinérance, mes liens avec Bruno, Michel, Fabien, Antonin et quelques autres vont grandir en solidité. De balades à Oostduinkerke, cité balnéaire de la côte belge, à des séjours en abbaye, en passant, année après année, par un tour de France culturel et spirituel, je découvre des merveilles : tant dans la richesse de belles rencontres que dans le langage des vieilles pierres, de la Bretagne au Pays basque, de la Savoie aux Deux-

Sèvres ; sans oublier la Baltique ou même New York. Que voilà un rayon de soleil qui réchauffe et fait du bien !

Pourtant, en comparant mes mondes familiers, le professionnel, le politique ou l'ecclésial, je crois pouvoir dire que c'est en Église que j'ai vécu le pire. Certes, j'avais fait l'expérience de la compétition maladive, du manque de correction, des comportements sournois ou de l'appât du gain dans mes autres vies. Objectivement, les dérives en Église ne sont sans doute pas objectivement plus graves que d'autres. J'avais pensé, en toute bonne foi, que je ne devais pas faire fonctionner trop mes radars, dans un univers qui, bien qu'imparfait, ne pouvait congénitalement qu'être bienveillant. Je ne cache pas que découvrir m'être trompé sera fort perturbant. Tout ne fut pourtant pas sombre. Beaucoup d'amis m'ont soutenu grâce à leur prière discrète. Mais un contexte perturbé, et parfois délétère, ne pousse pas à la sérénité. Les raisons de ruptures en Église restent le plus souvent floues, contenues dans des formules vagues, qui permettent de déculpabiliser largement, de dissoudre les énormes responsabilités d'une communauté de disciples du Christ, dans un anonymat aussi lâche que prétendument protecteur de l'institution. Pourtant, aider une sœur ou un frère implique d'endosser précisément une responsabilité, permettant à la partie faible du moment de rebondir, après un travail lucide sur les causes d'une cassure, fussent-elles peu honorables. Les débats sincères et honnêtes sur l'avenir de la planète, suggérés par le pape François dans *Laudato si'* et menés dans la transparence, devraient aussi inspirer le vivre-ensemble ecclésial. L'Église reste plombée par cette fameuse culture du secret, censée protéger les plus vulnérables, mais qui se transforme souvent en occultation des responsabilités ou des manœuvres des plus rusées. C'est l'esprit clérical qui prétend, en partie de bonne foi, cacher les failles de l'institution. Le silence autour du drame de la pédophilie trouve son origine dans ce type d'attitude. De même que le fait de prendre scrupuleusement note de ce que vous estimez devoir confier, sans que la moindre suite ne soit donnée à cette parole écrite.

L'Église m'a donc étonné par son manque de professionnalisme, dans l'accompagnement de celles et de ceux dont elle devrait prendre soin, en s'inspirant de la parabole du jugement dernier au chapitre vingt-cinq de l'Évangile de Matthieu. Les poncifs sont étonnants. "On te rend ta liberté", disait un père-maître au novice qu'il était en train de renvoyer. "Ah, je l'avais perdue ?" répondit-il. Alors que la même autorité lui avait déclaré, un peu auparavant, qu'il avait choisi un chemin de grande liberté : ces dichotomies interpellent. Je pense notamment à ce frère idéaliste et rempli de bonnes intentions, toujours prêt à dénoncer l'injustice partout, mais qui se taisait dans toutes les langues, vis-à-vis des injustices en interne. Bref, il est souvent plus facile de déclarer, de proclamer que de poser des gestes fraternels concrets. Je reste étonné aussi par ces formateurs, parfois peu préparés à l'accompagnement et aux enjeux de leur fonction, dont il faut évidemment reconnaître la complexité. Je me souviens de personnalités bien attentives à leur plan de carrière, tant les filières du *cursus honorum* sont tracées et tenaces au sein de l'institution choisie. Ils peuvent se permettre aussi de délibérer, dans le secret, de la vie et de l'avenir d'individus, sans dialogue réel, sur base d'informations courageusement anonymes. Ils font volontiers référence à leurs dossiers, sans droit d'accès et de rectification dans le chef des personnes concernées, au mépris de l'esprit des lois contemporaines. Que voilà des pratiques d'un autre âge, dangereuses lorsqu'elles sont le fait de ceux dont l'ambition est plus forte que la sagesse !

D'où vient cette peur de dire les choses dans la franchise ? Cette aphasie institutionnelle est malsaine. Certains diront qu'elle traduit la fragilité de l'institution et ce n'est pas totalement faux. Je crois que l'Église se débat aujourd'hui dans un cercle vicieux, entre un accompagnement de plus en plus exigeant des entrants, aux parcours de plus en plus diversifiés, et un tarissement de cadres bien formés, dotés d'une autorité et d'une liberté suffisantes pour entourer ces recrues. De plus, il me semble exister une frange de hauts responsables craintifs, qui s'entourent de personnalités faibles ou carriéristes ; on peut parfois se dire, en les voyant évoluer qu'ils sont en train de monter haut, tellement ils sont légers. C'est le danger de la formation de nombreux cadres ecclésiaux, dans un climat de cléricalisme exacerbé, ce qui les éloigne du terrain et de ses attentes, au sein d'univers trop fermés : des plantes élevées en serre sont fragiles, alors que l'époque les envoie en plein vent. J'ai vite pris conscience de ma chance d'avoir vécu l'expérience du travail en entreprise : j'ai évité le risque d'être "affairé sans rien faire", comme l'écrivait saint Paul aux Thessaloniciens.

Le présent de l'Église, dans notre pays et ailleurs, appelle des changements de cap radicaux. On rencontre sans doute trop de fonctionnaires de Dieu et pas assez de frères en humanité, qui relèvent et soutiennent. Cela rappelle la posture des grands-prêtres dans les Évangiles, mais précisément pas celle de Jésus, le grand-prêtre dont on a besoin dans l'Église, pour éclairer tant de trajectoires blessées et de souffrances occultes. Je porte dans ma prière et dans ma vigilance ecclésiale tous celles et ceux qu'on a pu casser, parfois au dernier moment, ou qui ont fait les frais de règlements de compte entre leurs supérieurs. C'est tout cela qui m'a décidé à suivre une formation en coaching, vu le grand besoin d'innovation, de pragmatisme et de charité, en Église et ailleurs. J'essaye de mettre en œuvre ce souci d'accompagner les personnes. Je demande volontiers à l'Esprit d'inspirer l'Église à accueillir les vocations d'aujourd'hui, plutôt que de demander des vocations de manière générale et abstraite. Le tableau que je dresse est certes très noir ; il laisse heureusement passer de la lumière, celle qui rayonne de nombreux disciples qui vivent intensément l'Évangile : je peux témoigner de tant de fruits d'amour, de confiance et de charité. Nous savons que la forêt qui pousse fait moins de bruit que quelques arbres qu'on abat. Je rends grâce d'avoir pu être bien accompagné par de vrais amis, dont l'un ou l'autre prêtre. C'est d'ailleurs l'un d'eux qui me convaincra d'oser rencontrer le nouvel archevêque de Malines-Bruxelles et initiera un rendez-vous avec Mgr Léonard, lequel me recevra cordialement à Malines. Pendant trois petits quarts d'heure, nous dialoguons avec franchise : il lance des pistes et me propose un temps de réflexion. À la sortie de son bureau, je regarde ma montre : il est 11 h 42, ce 10 mars 2010. Je me sens profondément heureux, léger, relevé, rempli de confiance, celle de l'archevêque et la mienne. Le 25 mars, j'achète le petit bouquin de Jean-Marc de Terwagne intitulé *Ta vie peut refleurir* et je le lis d'une traite. Ce prêtre de Malines-Bruxelles a vécu le pire et il a été relevé, un autre 25 mars. J'ouvre mon ordinateur et j'écris à l'archevêque : ma décision est prise, c'est oui !

Je rencontrerai l'archevêque, en tête-à-tête, cinq ou six fois jusqu'à l'ordination presbytérale. Je serai témoin de son rayonnement et de son souci de chercher avec ceux qu'il accompagne : il propose volontiers un chemin adapté, qui me paraît souvent juste. Les apôtres n'étaient-ils pas tous très différents, à l'opposé d'un néo-conservatisme qui rêve d'uniformiser ? Son respect de la parole donnée m'a frappé, faisant ce qu'il avait dit et disant ce qu'il avait fait. Plus tard, quand les langues se délieront, je pourrai prendre l'exacte mesure de ce qu'avait dû lui coûter la confiance accordée à ceux qu'il avait accompagnés. Un temps, son enthousiasme m'avait semblé résister aux chausse-trapes de l'appareil ecclésiastique. En effet, un match se jouait à Malines-Bruxelles, à visage couvert. L'arrivée un peu imprévue d'André Léonard à Malines en avait chagriné plus d'un. Visiblement, les coups tordus ne vont pas tarder. Quelques-uns fomentent en coulisses une contre-offensive souterraine. Mais l'archevêque est un fonceur et bouscule certains codes. Il a sa sensibilité spirituelle propre, que je ne partage qu'en partie, mais franchement, une Église incapable d'intégrer et de vivre la diversité est bien malade.

Répondant au choix personnel de l'archevêque, me demandant de devenir prêtre, j'avance loyalement, mais mon parcours sera parsemé de quelques peaux de bananes de l'entourage. De quoi vérifier que si l'homme est un loup pour l'homme, le clerc est comparativement un loup plus féroce pour l'autre clerc. *Homo homini lupus, Clerus clero lupior.* Je n'oublierai jamais une salle d'attente frigorifique, triste et mal entretenue, de l'avenue Brugmann à Bruxelles. L'un des effets de la grâce de l'ordination, c'est que les tracasseries s'évaporent le jour même : dans la soirée, j'effacerai de mon téléphone les numéros de quelques personnes qui avaient été chargées de s'occuper de moi, pour mon bien évidemment. La fin de la mission de l'archevêque sera difficile, à mon avis injustement. Je n'ai jamais compris pourquoi il y eut tellement de blessures, brisant notamment les trajectoires de jeunes ou moins jeunes en recherche, porteurs d'un idéal ou d'une vocation. Plusieurs seront victimes de règlements de compte peu chrétiens au sein de la hiérarchie. J'ai la faiblesse de penser que la confiance en l'Esprit, qui souffle où il veut, combinée à une gestion intelligente des ressources humaines, aurait pu déboucher sur davantage de beaux fruits.

Un directeur resté consultant

Mon changement de cap sur le plan ecclésial, pendant l'été 2009, va coïncider avec un changement de directeur général sur le plan professionnel, chez Test-Achats. Après le long règne (près de vingt ans) du directeur général prenant sa retraite, une succession est souvent une opportunité et un risque. D'un côté, elle permet un apport de sang neuf et une occasion de redistribution des cartes. De l'autre, la réussite de la greffe peut être incertaine : un consultant, apprécié par son client, ne devient pas forcément un directeur suivi par ses collègues. Le boulot au service des consommateurs m'a toujours permis de vivre des valeurs importantes : le sérieux et la continuité, un cadre rationnel partagé, le souci de la formation continue et, last but not least, une capacité à déployer des projets ensemble, dans un climat de solidarité, souvent imaginé difficile en entreprise. Dans le contexte qui est le mien, plus que d'autres sans doute, j'ai envie de faire confiance à ce nouveau directeur général, même si le processus de sa désignation n'a pas été fait en accord avec ce que je crois être la bonne gouvernance d'une organisation de consommateurs. Notre nouveau chef a été imposé par son prédécesseur, devenu trésorier du groupe, et qui contrôle largement de facto le conseil d'administration. Ce fut une sorte d'adoption, car le poste n'a jamais été déclaré vacant et il n'y a eu aucun appel à candidature. Je connais donc le successeur depuis près de dix ans : il était le consultant du directeur général précédent. Doté de réelles qualités, cet homme sérieux travaille énormément. Il semble vouloir s'attaquer à la nécessaire modernisation de notre organisation, tout comme à la gouvernance et peut-être même à une forme de transparence. N'étant pas du sérail, il paraît être libre, mais il n'a sans doute pas le pouvoir de l'être tout à fait. D'autre part, comme chaque être humain, il a aussi de sérieuses limites, que plusieurs d'entre nous avaient progressivement cernées. Sans nul doute, il a été un étudiant travailleur, voire bûcheur, mais il est resté un technicien, avec une culture sociétale très limitée, une compétence indispensable pour piloter une association importante de la société civile belge et européenne. La gestion des ressources humaines est son autre point faible : il la voit comme un enjeu simplement technique. En outre, son manque d'empathie naturelle est évident, même s'il fait de gros efforts pour laisser transparaître l'inverse.

Très vite, il met le nez dans les détails : c'est pour apprendre à connaître, pense-t-on. En effet, partir de faits précis, pour aborder des questions de management, peut s'avérer intéressant. Mais un manque criant d'esprit de synthèse et d'intelligence émotionnelle, s'ajoutant à quelques maladresses dans les relations humaines, vont très vite l'empêcher de fédérer sur l'essentiel. Les relations vont se tendre à l'intérieur du comité de direction et au sein du management international d'une structure qui emploie environ mille quatre cents personnes. Si la vie continue, un malaise profond s'installe et va s'amplifier progressivement. Quand un chef ne se sent ni compris ni reconnu, ce doit être une épreuve terrible et il tente donc de compenser. L'accent va notamment être mis sur le symbolique et sur le décorum, avec une volonté de ressembler, dans sa posture, à certains CEO célèbres. Les corporate seminars, réunissant le staff international, le présenteront dans le costume à paillettes de Monsieur Loyal, dans l'ancienne villa de Mobutu à Uccle, alors qu'il avait arboré sa casquette de golf lors de l'édition précédente. Grand voyageur dans sa fonction, il entraîne le comité de direction vers des destinations exotiques, pour les séminaires semestriels. Ce train de vie est mal perçu par les équipes, surtout dans un climat tendu : on vit donc le choc des cultures de management, alors que leur métissage aurait été fécond. Consultant de métier, il fait volontiers appel à d'autres consultants, une pléthore d'indépendants à la facturation facile : ceux-ci débarquent pour tenter de résoudre tantôt de vrais problèmes, tantôt des malaises, consécutifs au manque de clairvoyance de celui qui commande ces missions. L'exemple le plus extrême fut d'envoyer les directeurs à un coaching de communication, puisqu'aucun d'entre nous ne semblait comprendre ce qu'il voulait lui transmettre : une très grosse poutre cachant une forêt de pailles. Mon expérience sabbatique a davantage renforcé mon indépendance et ma liberté de parole. Je sens l'équipage se diviser, les rapports se durcir et la paralysie arriver. Pour ma part, je crois avoir reçu une belle dose de ce bon sens terrien, que l'on reconnaissait à mon père : cela confère notamment un recul très utile pour regarder un peu au-delà du quotidien. Je me mets à douter de l'avenir de notre maison. Cependant, nous fêtons joyeusement, fin 2011, les vingt-cinq ans du département Lobby & Presse. Je constate alors que mes équipes ne ressentent pas encore trop l'atmosphère pesante, tandis qu'à la direction, je sens un découragement palpable. Le temps est à l'orage et l'impatience de son éclatement est tangible, comme si un cycle s'achevait. Avec le sentiment du devoir accompli, je sens qu'une page va se tourner, tant pour l'équipe que pour moi. L'ordination presbytérale approche et annonce donc la fin de ma mission de directeur.

En 2013, je demande à exercer désormais une mission à temps partiel, une transition qui me paraît indispensable entre deux vies. Je souhaite travailler encore dans cette maison qui m'a beaucoup donné et m'investir dans quelques dossiers concrets qui me paraissent utiles. Très vite, je reçois une mission du directeur général : comme les tensions sont vives, mais aussi sournoises, au sein de l'équipe de direction, il me demande de l'aider à y voir clair. Je vais donc travailler avec lui personnellement, et avec mes anciens collègues du comité de direction, sur l'évolution de notre gouvernance entre les pays et la structure faîtière. Intellectuellement, cela fonctionne plutôt bien. Mais, sur le plan de la confiance mutuelle, je suis vite confronté à une dérive des continents, entre la plupart des directeurs et le CEO entouré de quelques supporters et de ses consultants. Un match est en train de se jouer pour le pouvoir dans le futur. Qui va tenir le plus longtemps ? Un directeur qui ne peut être heureux, même si sa carence en intelligence émotionnelle le persuade qu'il a raison ? Ou encore le noyau du comité de direction ? Que va faire le conseil qui l'a choisi et qui a du mal à se déjuger ? *Errare humanum est, perseverare diabolicum.* Cette extrême tension va déboucher sur un clash, en automne 2015. Le conseil qui avait imposé ce directeur finit donc par le limoger, près de sept ans plus tard, en une journée ; le conseil reprend le pouvoir, sans état d'âme, personne n'endossant les erreurs commises. Le dauphin va donc payer pour tout le monde, mais il part avec un portefeuille bien rempli. Bref, tout le monde semble gagnant, sauf les gens de terrain. Toutefois, quelques leçons seront retenues : humilier finit par se payer ; un seul homme qui n'est pas à sa place peut pourrir une ambiance ; le leadership, c'est surtout celui d'une équipe ; se croire dépositaire d'une mission, sans avoir le charisme suffisant, conduit au chaos. Pourtant, j'ai trouvé peu sympathique de faire d'une seule personne le bouc émissaire et de voir se manifester une lâcheté quasi frénétique. Je reste en effet convaincu qu'une crise arrive rarement par hasard, mais qu'elle est plutôt consécutive à l'estompement de quelques normes cardinales, présentes dans l'ADN de notre organisation.

Depuis le milieu des années 80, des risques majeurs ont été pris par Test-Achats pour réussir dans ses partenariats méditerranéens puis latino-américains, avec évidemment quelques échecs, mais avec surtout des résultats remarquables. Nous étions condamnés à réussir, en étant pourtant confrontés à des intérêts puissants que l'action de nos associations dérange. Il faut de la stabilité, et donc un pouvoir concentré pendant des décennies entre les mains de quelques-uns, à la tête de structures de contrôle, dont la complexité génère inévitablement l'opacité. Avoir des sièges à Luxembourg, Rotterdam et Hong-Kong est difficile à expliquer, surtout de la part du département que je dirige, en interaction constante avec les médias et le monde politique. Je me suis souvent posé la question éthique : la fin justifie-t-elle les moyens ? C'est l'efficacité au quotidien qui faisait généralement reculer l'échéance de ce questionnement en interne. L'exercice du pouvoir peut croiser celui de l'argent fou. Certes, il peut paraître absurde de payer des impôts, lorsqu'on est une association de consommateurs et qu'on défend donc l'intérêt général. Il est sans doute assez légitime de rechercher la voie fiscale la moins imposée. Mais cela s'arrête où ? Quand ? Et qui régule ? Ce défi interroge directement l'éthique de nos affaires. Le développement spectaculaire du groupe va conduire à un gigantesque brassage d'argent, dès les années 90. La success story va incontestablement servir les consommateurs et générer de magnifiques services. Mais à quel prix et pour qui ?

Par exemple, développer à Hong Kong une succursale, destinée à fournir des gadgets à de futurs membres, au tarif le plus compétitif possible, pourrait se justifier, à condition que cela se fasse dans la transparence. Découvrir que des collègues ou - heureusement - ex-collègues impliqués dans cette succursale, sont cités dans les Offshore Leaks des Panama Papers, en surprend plus d'un. D'autant plus quand on sait que des signes antérieurs de dérives n'avaient pas donné lieu à une explication crédible, au sein d'un comité de direction. L'estompement de la norme opère parfois en silence.

Chaque médaille a donc son revers et des contradictions peuvent alors se dessiner vis-à-vis du projet fondateur. Test-Achats a été lancé par une poignée de Belges, alliant un certain idéal et beaucoup de pragmatisme ; des personnalités fondatrices comme Louis Darms, Jacques Neyrinck et Willy Vanryckeghem m'ont marqué durablement et suscité en moi une véritable résonance. Les débats d'idées, le plus souvent sur des sujets controversés, se passaient dans un grand respect mutuel. Je ne peux oublier Gilbert Castelain, entouré de son conseil, doté d'une véritable hauteur de vues. Seuls les sages ont la clairvoyance et l'envergure pour se faire entourer de gens libres, alors que d'autres préfèrent constituer des réseaux dans l'ombre et tirer les ficelles. Des personnalités, venues de pays où nos équipes travaillent, seront intégrées, mais sur un mode très minoritaire. Cette expérience m'a appris une fois encore que les groupes humains, qui ne se renouvellent pas à temps, rendent un très mauvais service à l'institution qu'ils sont censés conduire : le repli sur les certitudes ne peut que rendre de plus en plus myope. La suite sera donc moins stimulante, beaucoup d'administrateurs étant plutôt ternes, avant tout au service du contrôle de la constellation des structures du groupe, à partir de la Belgique : un groupe vieillissant qui aura de la peine à se renouveler. Je n'oublierai jamais mon dernier passage au conseil comme directeur. C'était en début d'après-midi, après un déjeuner copieux et une soirée festive bien arrosée la veille. J'avais à peine commencé mon exposé que tous dormaient : je pensais avoir subitement perdu tout talent pédagogique ! Les trop longs règnes sont souvent nocifs : des dirigeants habiles peuvent avoir un appareil à leur service, dans la durée, s'ils sont en mesure d'en garder tactiquement le contrôle.

Un parcours mené à son terme malgré tout...

«Confiance, lève-toi ; il t'appelle.» (Mc 10, 49).

Le parcours préparatoire aux ordinations diaconale et presbytérale me fait découvrir l'Église qui est à Malines-Bruxelles. Par tempérament, je suis porté à voir le verre à moitié plein, plutôt qu'à moitié vide. Mais en observant davantage de l'intérieur la vie de l'Église, je prends de plus en plus conscience des bouleversements majeurs qui vont l'affecter, dans les années qui viennent. Ce constat ne me décourage pas, me sentant appelé à m'engager sur le chemin qui m'a été proposé. Face à l'Église qui n'est pas moins que le corps du Christ, je reste convaincu que le défi en vaut la peine. Toutefois, il m'arrive de me sentir confronté à un fonctionnement ecclésial d'un autre âge, d'une autre culture, auquel je ne peux plus vraiment croire. Parfois même, je m'y sens totalement étranger et donc rebelle. Où reste donc ce nécessaire renouveau ecclésial, à vivre dans la simplicité ? Sur la face visible de l'institution, j'observe des pratiques, des postures, un vocabulaire, qui me paraissent être des écrans occultant les vrais enjeux. Heureusement, parmi les chrétiens en responsabilité ou en formation, je croise quelques compagnons et compagnes avec qui je peux faire un bout de chemin, échanger, percevoir la confiance, espérer, tenir le cap, dans un climat tantôt motivant, tantôt pesant. Jamais je n'ai autant rendu grâce d'avoir expérimenté la fidélité en amitié. Prêtres ou laïcs, ils sont vecteurs de foi, d'espérance et de charité ; ils me paraissent des témoins crédibles de la mission que nous portons ensemble. Bref, le chemin, parfois cabossé et tortueux, est heureusement doté d'oasis rafraîchissantes. Ces témoins, je les rencontre aussi dans les livres : ceux de Joseph Moingt, de Bernard Sesboüé ou de Christoph Théobald. À côté de cette inspiration très jésuite, "Homme et prêtre" de Michel-Marie Zanotti-Sorkine m'interroge et suscitera mon désir d'écrire mon propre récit de vie. D'autres témoignages du même genre littéraire me réconfortent : notre Église vit donc encore !

Au sein du diocèse, mon programme inclut une insertion paroissiale. Je vis depuis quelques mois à Louvain-la-Neuve et j'y renoue très discrètement des liens, que ce soit à la paroisse Notre-Dame d'Espérance (à deux pas de chez moi) ou au monastère bénédictin de Clerlande. Sans le dire explicitement, l'archevêque pense que c'est dans cette ville que je dois retrouver mon équilibre et ma sérénité. Je me souviens d'une anecdote significative : l'archevêque me demande un jour si j'aime beaucoup mon Église. Je réponds par l'affirmative, ajoutant qu'elle doit être un mystère. Satisfaction de mon interlocuteur et sourire, lorsque j'ajoute que si Test-Achats était géré de la sorte, la faillite serait inévitable. Oui, mystère. Par un processus décisionnel opaque, dont l'Église a le secret, je suis subitement envoyé dans une grosse paroisse du centre du Brabant wallon. Ma rencontre avec l'autorité locale est quelque peu surprenante.

Sans aucun doute, je décèle une volonté de bien faire et un sens du devoir, mais l'approche pastorale reproduit un modèle dépassé, une forme de management top down, dans une culture contemporaine déclinant le bottom up. Plus généralement, je suis attristé par la dérive, lente et continue, de ces continents que sont l'Église et le monde. Certes, l'Église n'est heureusement pas du monde, sinon, elle ne serait plus l'Église. Mais, dans sa vie concrète, je pense qu'elle devrait s'inspirer davantage de ce que les sciences humaines ont découvert. Je suis toutefois confronté à la nécessité, par obéissance, de conforter un modèle davantage reproductif qu'innovant. Pourquoi diable l'Église se croit-elle un devoir de maintenir, parfois coûte que coûte, tant de structures, tant de procédures, venues d'un passé à jamais révolu ? Incontestablement, il y a la question difficile de la pérennité d'un intéressant patrimoine religieux : elle ne se résoudra que dans une démarche alliant imagination, audace et ouverture. Un autre enjeu réside dans les services et associations à référence chrétienne qui gardent du sens, en s'adaptant précisément aux requêtes évolutives contemporaines. L'offre pastorale devrait se laisser davantage interroger par la demande de celles et ceux qui s'adressent à l'Église. Je reconnais volontiers qu'un critère tiré de la théorie économique n'est pas transposable à une institution qui n'est pas du monde, mais il ne faudrait pas oublier qu'elle est aussi dans le monde, en interaction avec une création, dont l'humanité habitée par l'Esprit.

Devant les incertitudes du temps, le danger est de se rabattre sur ce qui est censé fonctionner parce que cela a réussi naguère. Cela peut rassurer mais ce n'est, au fond, qu'une croyance et pas encore une démarche de foi, qui implique de prendre des risques. Faire du néo est sans doute réconfortant pour un temps, au sein de groupes restreints, à l'identité forte. Ces cellules bien typées attirent aussi bien des jeunes en recherche, que des nostalgiques de temps révolus. S'y développent sans doute des sensibilités spirituelles propres et originales. Mais fréquemment c'est le fait d'un groupe et surtout d'un style sociologique qui attire, tout en se démarquant implicitement d'une heureuse diversité. Innover demande de l'énergie ; prendre des chemins inédits s'avère souvent plus risqué. La rencontre du tout-venant est pourtant au centre du message de Jésus. Le baptême de l'eunuque par Philippe, dans les Actes des Apôtres, est l'un de mes textes préférés. "Qu'est-ce qui empêche que je sois baptisé ?" demande-t-il. C'est une question qui n'est pas rare aujourd'hui. Dès la publication de *Evangelii Gaudium* (la Joie de l'Évangile), au début de son pontificat, le pape François invitera à ne pas se positionner en douanier. J'ai envie d'ajouter qu'il est peu opportun de multiplier les péages tandis que, en ces temps postmodernes, un accompagnement effectif est plus nécessaire qu'il y a cinquante ans. Celles et ceux qui frappent aujourd'hui à la porte sortent des normes, des traditions ou des habitudes familières aux générations précédentes. Parfois même l'originalité de leur parcours dérange. Je crois que l'institution manque de confiance en l'Esprit qu'elle a reçu parce que, souvent inconsciemment, elle se sent trop fragile, voire malade, pour accueillir. Pourquoi tant de suspicion face aux rameaux sauvages, volontiers considérés comme dangereux ? Jésus nous a pourtant prévenus d'une nécessaire transgression des modèles, des castes, fussent-elles de grands-prêtres qu'il n'a cessé de dénoncer. Le pape François aime rappeler que c'est Dieu qui donne la foi, mais que les chrétiens ont la responsabilité première de créer entre eux des liens vrais en humanité. Que penser d'acteurs de la formation qui se préoccupent tellement d'une prétendue spiritualité qu'ils ne donnent pas assez de place à l'humanité ?

Tandis que je suis confronté à ces troublants questionnements, ma route vers les ordinations se poursuit. Je vivrai toutes ces étapes, avec une grande sérénité intérieure, persuadé sans cesse davantage que la Providence veille, que Dieu est à l'œuvre et qu'Il ne me laissera jamais tomber. Le 2 septembre 2011, de très grand matin, je suis admis au séminaire, dans la chapelle de l'archevêché, à Malines, en compagnie d'autres séminaristes aux parcours divers. Cette étape d'admission me fait sourire intérieurement, vu mon âge et l'expérience ecclésiale antérieure. D'ailleurs, d'autres font de même, avec quelque complicité. Comme le dit un évêque que je connais personnellement, au sujet de certains rites, formalités ou contraintes : "on ne sait plus très bien à quoi ça sert, mais il faut le faire, car cela a toujours été comme cela et puis, Rome le demande". Au-delà du moment, le symbole d'une appartenance à ce qui vous dépasse vous configure à ce qu'il vous est demandé d'être ou de devenir. Quelques mois plus tard, un dimanche matin de janvier 2012, je suis institué lecteur en l'église du Sacré-Cœur à Etterbeek, lorsque Henri, veuf et séminariste, est ordonné diacre. C'est une belle cérémonie, naturellement centrée sur l'ordination diaconale. Comme il réunit sa famille après l'Eucharistie, c'est immédiatement la dispersion des fidèles et je rentre seul chez moi. Je ferai plusieurs fois cette expérience : une célébration vivante qui n'est suivie d'aucun espace/temps pour se parler. Voilà des occasions manquées de tisser ces liens qui font vivre la foi. Un samedi après-midi, à la fin février, je suis institué acolyte, moi qui le fus jusqu'à dix-huit ans et ce lors de l'ordination diaconale de deux futurs prêtres du chemin néocatéchuménal. Je fais l'expérience d'une assemblée en l'église Notre-Dame du Sablon comble, et où je ne connais strictement personne, à part Michel, un ami français de passage, dont la présence me permettra de prolonger la célébration eucharistique, en partageant du temps avec quelqu'un.

Ce cursus particulièrement ésotérique, hormis pour un cercle clérical lilliputien, va déboucher sur mon ordination diaconale, à l'église Saint-François de Louvain-la-Neuve, une église que j'avais vu construire, lorsque j'étais bien jeune : c'est donc une forme de bouclage de boucle ! Cette célébration fut œcuménique dans plusieurs sens, associant des personnes venues de tous horizons (des laïcs, des prêtres et des diacres) de Louvain-la-Neuve et de tous les lieux fréquentés au cours de ma vie jusqu'alors. On y rencontrait des catholiques mais aussi des protestants, des orthodoxes, des agnostiques et même des athées ! J'ai vécu ce moment dans une joie intense, partagée, dans une église bondée. Beaucoup de futurs confrères et d'amis se sont mobilisés pour que la liturgie soit belle, mais aussi pour que soit réussie l'autre fête qui suivra. Après quelques années de relative traversée du désert, je renoue avec une atmosphère qui me correspond vraiment. Je suis ordonné diacre en vue du presbytérat, au contraire des diacres dits permanents qui sont généralement mariés. La dernière étape prévue est dans six mois, au plus tôt. Elle n'est généralement pas beaucoup plus longue, pour la plupart des futurs prêtres ; cette étape se vit généralement dans la paix, les discussions se situant avant l'ordination diaconale. Dans mon cas, cela se passera différemment. L'opposition de l'appareil à l'archevêque s'amplifie, devient plus incisive, tout en demeurant sournoise. Certains membres de son entourage trouvent moult prétextes pour en découdre avec lui. Lors d'une retraite pour les séminaristes à Rhode-Sainte-Genèse, je dois différer de quelques heures mon arrivée : les soucis de santé de maman, sortant de clinique, la conduisent à entrer en maison de repos, ce samedi matin-là. J'apprendrai plus tard, médusé, que ce contretemps avait été instrumentalisé par un membre de la curie diocésaine, qui suggérait que ce retard démontrait mon souhait d'arrêter ma formation !

Face à ces cabales, l'archevêque tiendra bon, malgré quelques derniers coups tordus, maquillés en sourires. À la cathédrale des Saints-Michel-et-Gudule, nous sommes cinq à être ordonnés le 23 juin 2013 : un beau nombre pour un diocèse belge. Je serai présenté à l'ordination par une dame, prénommée Catherine, avec laquelle je collaborais en théologie pastorale, à l'université et au sein du diocèse. Cela avait un sens puisqu'elle m'avait réellement côtoyé : "les chrétiens qui le connaissent ont été consultés...". Ce fut une journée extraordinaire dans une cathédrale comble, où je repère des centaines de visages connus. Pendant la procession d'entrée, je revois défiler toute ma vie. La célébration est poignante ; dès l'arrivée à l'autel, je me sens dans l'intimité malgré la foule, habité par une présence très forte : ce doit être cela le don de l'Esprit ! Je suis envoyé en mission dans un enthousiasme général, trois mois après l'élection du pape François. Autour de l'évènement, je suis amené à donner une douzaine d'interviews, à différents médias, en néerlandais et en français. Dieu sait à quel point les relations avec la presse n'ont pas été faciles, autour notamment de l'affaire Vangheluwe, l'évêque de Bruges écarté, et ce qui s'en est suivi. Je reste serein face à ces questions et je bénéficierai d'une bienveillance exceptionnelle de la part des journalistes, sans aucune exception. L'élection du pape François est déjà en train de changer l'image de l'Église et transforme progressivement la perception de l'institution dans l'opinion publique. L'étrangeté de mon parcours semble aussi les intriguer ou même les amuser : les journalistes aiment dénicher du non-conventionnel. La part médiatique de mon ordination sera pourtant paisible, tout comme la chaleur de la célébration, dissipant quelques ombres et tensions au sein de l'appareil ecclésiastique.

Le dimanche suivant, le 30 juin, je célèbre une première messe dite "de prémices" dans ma paroisse d'origine : le mot prémices a des origines très anciennes. Il désignait, dans l'Antiquité, les premiers fruits de la terre, les premiers nés d'un troupeau, destinés aux offrandes religieuses. C'est la première messe du prêtre ordonné. Il en célèbre parfois plusieurs, dans différentes églises en lien avec des communautés qu'il connaît ou a pu côtoyer. La cérémonie a donc lieu en l'église Saint-Quentin à Wodecq, dans l'entité d'Ellezelles et le pays des Collines : une autre boucle qui se referme. Nous sommes une douzaine de concélébrants dans une église pleine et surtout joyeuse : quelle magnifique fête avec tous les métissages imaginables ! Maman, venue de sa maison de repos où elle passera les derniers mois de sa vie, a heureusement pu être présente : ce sera sa dernière sortie. Quelques jours plus tard, le 7 juillet, aura lieu ma seconde messe de prémices en l'église Saint-François, à Louvain-la-Neuve, avec une tout autre assemblée, reflet d'autres facettes de ma vie. Le clergé du lieu étant absent, nous serons une dizaine à célébrer : Bénédictins, Dominicains, Franciscains et Jésuites, bref la réunion des ordres religieux locaux. Ce métissage-là ne s'arrêtera jamais non plus. De vraies solidarités expliquent, sans doute, ma surprise de découvrir la sérénité qui m'a habité, pendant ce parcours semé d'embûches, mais mystérieusement porté par une bienveillance venue d'ailleurs.

Le coaching, ressource inattendue

Après mon ordination presbytérale, la question de savoir ce que je vais être est plutôt résolue. Quant à ce que je vais faire, la réponse n'est pas dans mes mains. Certes, j'ai eu la chance de recevoir une formation approfondie dans plusieurs domaines et mon curriculum vitae reflète une expérience professionnelle multiforme, généralement dans des fonctions à responsabilité. Mais que va-t-on me demander ? Que pourrais-je donner ? Sans être angoissante, la question ne peut que tarauder un tempérament actif et entreprenant tel que le mien. De plus, ce changement de vie, comme disent les gens qui vous interrogent, doit s'opérer dans les deux pôles de mon existence, celle d'un prêtre et celle d'un prêtre au travail. Le monde de l'entreprise, au sens large, est un univers passionnant par les enjeux à redéfinir sans cesse et par l'innovation galopante : chaque entité économique est souvent menacée, et parfois fragilisée, tant par la vitesse de transformation des demandes de la société que par la concurrence tous azimuts. Dans ce contexte, les ressources humaines sont souvent vues à l'aune de ce qu'elles font et non de ce qu'elles sont : elles sont des outils, plus ou moins interchangeables et en tout cas jetables. Gare à celles et ceux qui lâchent prise. Les business plans des directions de ressources humaines contiennent une kyrielle d'outils, de tools (c'est toujours mieux en anglais !) pour augmenter les performances (et le plus vite possible) et parfois pour venir au secours de ceux qui sont largués (jusqu'à un certain point évidemment). Je resterai le témoin de cette réalité, puisque je reste engagé dans la défense des consommateurs mais à temps partiel, et pour une durée qui sera définie en cours de route, en fonction des charges que me demandera Notre Mère la Sainte Église.

À l'avenir, je lui appartiens, avant tout. Elle est héritière d'une belle tradition séculaire avec la sagesse réelle que lui lègue sa longue histoire spirituelle : une ressource immense qui nourrit la mission. Sa fragilité se manifeste quant à la manière d'affronter l'avenir car elle se révèle largement décramponnée, par rapport à une société qui évolue beaucoup plus vite qu'elle. Beaucoup sentent les défis et essayent parfois d'y répondre, avec pas mal de bonne volonté. Dans le domaine de la formation, pourtant essentiel quant à l'avenir de l'Église, la pauvreté de la réflexion et le déficit d'imagination sont étonnants, notamment chez des cadres, appelés à préparer les générations montantes. L'incompétence est toutefois largement inconsciente, presque sympathique, quand elle rime avec naïveté ; en revanche, elle est insupportable quand elle se drape dans la suffisance ou l'arrogance de ceux qui savent, avec ce mélange de sourire et de gravité censés convaincre les non-initiés. En résumé, la conjugaison de mon expérience dans le monde de l'entreprise en profonde mutation et de ma rencontre de l'Église avec ses rouages et sa gestion parfois calamiteuse des ressources humaines, me conduisent à m'intéresser au coaching. Respecter les personnes, les souhaiter épanouies et heureuses, à travers les diverses facettes de la vie, surtout lorsque chacun peut devenir davantage acteur de sa propre trajectoire : voilà des enjeux qui me touchent. En effet, dans une démarche de coaching, chacun est aidé à fixer ses objectifs, en vue d'une vie plus accomplie à partir du déchiffrement de ce qu'il vit aujourd'hui. Mon tempérament ne me porte pas à surfer systématiquement sur ce qui est à la mode ; je suis simplement convaincu que ce domaine n'est pas en plein essor par hasard, mais parce qu'il vise juste, en s'appuyant sur d'intéressantes et heureuses découvertes en sciences humaines. J'entame donc une formation de coach, avec une dimension d'accompagnement individuel, puis de Trainer coach, pour les groupes. Le BAO (Bouche à Oreille), situé à Etterbeek, m'avait attiré d'emblée. Je connaissais le lieu d'y avoir été lors d'une fête du personnel de Test-Achats et, quand j'y retourne, l'atmosphère m'inspire immédiatement. Au contraire d'autres instituts de coaching, BAO laisse une place au non-marchand. La rencontre de l'un ou l'autre formateur va rapidement me convaincre. Me voilà parti dans trois aventures en enfilade, Explorer puis Discoverer et enfin Expert, soit deux jours par mois, pendant près de trois ans.

L'immersion dans un univers tout nouveau pour moi, très différent par son esprit et par ses méthodes de mon environnement habituel, m'intrigue dans un premier temps, pour rapidement m'enthousiasmer. Un public majoritairement féminin, généralement bienveillant, très hétéroclite vu les parcours des uns et des autres, ce n'est pas si fréquent. Se faire coacher au sein d'un groupe d'une petite vingtaine d'individus où l'on ne connaît personne, peut déstabiliser au départ, mais permet une grande liberté. Est-ce par hasard que les paroisses avaient recours naguère à des confesseurs étrangers pour le sacrement de réconciliation ?
Si on devient forgeron en forgeant, on peut devenir très progressivement coach certifié en se faisant coacher. Je passe deux certifications en une bonne année : la première comme coach et la seconde comme trainer coach, avec la capacité éprouvée de piloter un groupe. Le cadre théorique est léger, ce qui déroute les habitués du monde académique. Au passage, chacun reçoit simplement des outils, dont il peut remplir sa boîte et ce à l'infini. L'essentiel réside dans la pratique, à travers l'accompagnement de mes premiers coachés, qui arriveront souvent un peu par hasard, provenant de mon

entourage, plus ou moins proche, car l'expérience de terrain est un préalable à la certification.

Au cours de la dernière étape de ma formation, le lien entre coaching et foi m'interpelle de manière croissante. Entre le verset d'Ezéchiel proclamant “Je mettrai en vous un esprit nouveau”, d'une part et le je à l'écoute de son moi profond dans une démarche de coaching, d'autre part, n'y a-t-il pas des passerelles ? Prêtre et coach en formation, j'observe que les deux galaxies, l'ecclésiale et celle du développement personnel, se croisent peu alors qu'elles pourraient s'enrichir mutuellement. La Bonne Nouvelle de Jésus-Christ, Fils de Dieu, ne peut-elle pas être une ressource par excellence, venant nourrir notre accompagnement de l'humain ? Pour l'épreuve de certification, je choisis comme thème : L'Évangile, ressource surprenante en coaching ? Le sujet reçoit l'aval de qui de droit, mais non sans susciter quelque débat sur l'étrangeté et l'opportunité de ce thème. Toutefois, on me fera très vite confiance. J'ai été abreuvé, pendant près de trois ans, de techniques dérivées de la spiritualité orientale ; c'est pourquoi je trouve intéressant que le recours à la tradition biblique suscite quelques émois, mais aussi de la curiosité bienveillante. Développement personnel et Évangile, voilà donc une rencontre insolite mais dynamique. Je suis dès lors convaincu que la Bonne Nouvelle de Jésus-Christ, Fils de Dieu, peut constituer une source nourrissante en développement personnel, au moment où l'Église paraît globalement hors-jeu, alors que ses trésors de spiritualité méritent une redécouverte.

Il est banal de relever que l'Église souffre, comme d'autres institutions, de la méfiance quasi spontanée de la majorité de nos contemporains. Même si elle reste respectée par une frange significative de la population, son message apparaît généralement vieilli : il est pourtant pertinent sur de nombreuses thématiques, mais le plus souvent en décalage par rapport au vécu concret des gens. Quant aux croyants, ils sont convaincus, à raison sans doute, de la pertinence de leur héritage et plutôt sceptiques face à la perspective des techniques de développement personnel. Bref, le dialogue n'est pas spontané. Faire interagir foi chrétienne et démarche de développement personnel représente donc un beau défi mais exigeant. Ces deux dimensions peuvent s'enrichir, si elles sont vécues sur le mode de la complémentarité. En effet, la pastorale ecclésiale peut s'inspirer avec bonheur des acquis des sciences humaines : elle éviterait ainsi de proposer trop abruptement la réponse de la foi à des situations humaines mal éclaircies, sans partir de ce que vivent les personnes et de leurs questionnements. Lors du décès d'une parente, ses proches m'ont rapporté ce que lui aurait dit le prêtre, en charge des funérailles de son mari, mort prématurément, une cinquantaine d'années auparavant. Sans doute de très bonne foi mais incontestablement mal inspiré, il lui aurait dit que Dieu éprouve ceux qu'Il aime. Cinq décennies plus tard, elle quittait ce monde, dans un lien devenu confus avec l'Église : sans cesse, elle fut profondément troublée par cette remarque d'un bien-pensant. Il arrive encore trop souvent que l'un ou l'autre pasteur conforte naïvement la personne dans son problème, en lui proposant des remèdes spirituels, sans la rejoindre d'abord dans ce qu'elle vit. Partir du décodage des questions qui se présentent, en y répondant par un partage de nos propres questionnements, n'est-ce pas plutôt cela évangéliser et aussi se laisser évangéliser ?

Pour illustrer la fécondité d'un tel dialogue, j'aime recourir à la Bible en relisant le premier chapitre du plus court des quatre Évangiles. Ce texte de Marc peut-il inspirer la pratique du coaching et, inversement, les enjeux et les questionnements de cette pratique peuvent-ils interroger les vieux textes bibliques ? L'Évangile de Marc s'ouvre abruptement, par un titre lapidaire "Commencement de l'Évangile de Jésus, Christ, Fils de Dieu". Ce titre puissant interroge d'emblée le lecteur, confronté à la foi en la Bonne Nouvelle d'une personne hors normes. Entre directement en scène Jean-Baptiste, l'annonciateur de la venue du Seigneur entrevu dès l'ancienne alliance. Il proclame un baptême nouveau, que proposera celui qu'il annonce et qui est plus grand que lui : un baptême dans l'Esprit. C'est après son baptême dans l'eau du Jourdain, que Jésus voit l'Esprit se manifester : d'un déchirement des cieux, il descend comme une colombe. Jean le Baptiste est donc un passeur. Pour accueillir l'Esprit Saint, il suggère la nécessité d'une préparation à sa venue, un ajustement à une dimension autre. Relire sa vie en conscience, tenter d'y faire la vérité, rechercher plus d'authenticité dans sa propre existence : voilà une étape déterminante pour accueillir ce qui dépasse la quotidienneté et se trouve déjà en semence chez chacun. C'est après son baptême que Jésus voit le ciel s'ouvrir : c'est donc de l'intérieur que s'opère l'accueil de l'Esprit. La démarche de coaching postule généralement un impératif de changement, ainsi que la fixation d'objectifs en vue de sortir ou tenter de sortir d'une situation de vie, ressentie comme insatisfaisante. Elle doit permettre au coaché d'avancer, en apprenant à mieux se connaître d'abord et en découvrant progressivement ses croyances limitantes ou ses blessures insoupçonnées. Apprendre à se recevoir tel qu'on est, tout en écoutant les signaux de son corps, peut contribuer à devenir davantage ce que l'on est, en déployant plus pleinement son humanité. Jésus, le Christ, était Fils de Dieu, venu partager notre humanité. Son histoire suggère la mission qu'il doit accomplir, pour ouvrir l'humanité aux prodiges de l'Esprit. En ce sens, contempler son mystère peut être éclairant, afin de nourrir l'accompagnement de personnes engagées dans une démarche de coaching.

Chez Marc, le début de la mission de Jésus est relaté dans un récit d'une simplicité et d'une exigence redoutables : “Le temps est accompli et le Règne de Dieu s'est approché : convertissez-vous et croyez à l'Évangile”. La proximité spatio-temporelle du Royaume implique une *metanoia*, une conversion, un retournement très concret dans la vie des destinataires de l'Évangile : l'humanité entière ! Les versets suivants rapportent l'appel des quatre premiers disciples en vue de porter la mission : deux paires de frères, Simon et André, Jacques et Jean. L'immédiateté de la décision à suivre le Christ frappe, avec la prise de distance de leurs activités quotidiennes : l'autorité de Jésus est manifeste. Il s'agit donc de le suivre, mais dans une liberté réciproque : “je vous ferai devenir pêcheurs d'hommes”. Faire devenir implique donc du temps et une adhésion progressive et libre. Ce départ en mission constitue un important changement de cap, induit par une rencontre décisive. Les vies humaines se déroulent certes sur le mode linéaire du temps et de la répétitivité, mais elles sont heureusement entrecoupées par des moments clefs, vécus plus intensément et dont le souvenir s'inscrit dans la durée. Ces *kairoi*, ces moments, sont particulièrement féconds pour les personnes ouvertes à la nouveauté d'une Parole qui libère. Ne dit-on pas, avec raison, que la fécondité d'une vie s'appuie, notamment, sur la rencontre des bonnes personnes au bon moment ? La démarche de coaching implique une prise de distance par rapport à ce qui est habituel : l'alchimie de la rencontre et la perspective de devenir, pour d'autres, éveilleur d'une humanité plus authentique. Un récit ancien d'appel des disciples du Christ reste, à mon avis, bien inspirant pour la recherche d'ajustements humains, supportés par un coach. L'évangéliste Marc relate ensuite que Jésus se met à enseigner dans la synagogue avec autorité, mais qu'il ne se contente pas d'annoncer le Royaume ; il pose des actes en faisant, par exemple, sortir l'esprit impur d'un homme possédé. S'il est dit, dès le début du passage, qu'il n'enseigne pas comme les scribes, le passage aux actes permet aux auditeurs de constater la nouveauté de son enseignement. Suivre loyalement une tradition éprouvée vaut certes son pesant d'or, mais s'ouvrir à la nouveauté avec audace, à la confrontation de cette tradition avec un contexte différent, peut en révéler la véritable richesse. Relayer une tradition consiste idéalement à transmettre la flamme, plutôt que les cendres. Spontanément, les habitudes, la routine, bref la zone de confort de chaque humain, risquent de l'enfermer dans l'environnement confiné de ses certitudes. Chacun est habité par des croyances, le plus souvent inconsciemment. En prendre conscience, c'est retrouver une liberté accrue et élargir la palette des voies de développement possibles. La foi, née de la confiance au Christ, n'est-elle pas une ressource de nature à relativiser nos croyances souvent si limitantes ? Le texte enchaîne avec des récits de guérisons. Jésus relève la belle-mère de Simon, en la prenant par la main. C'est donc par un contact physique, incongru selon les règles juives, que revient la santé de la femme. Là aussi, la Parole se fait geste. Corollairement, elle entre au service de Jésus et de ses premiers disciples. La suite du récit montre Jésus guérissant toutes sortes de maux et chassant les démons. L'éventail des formes de souffrances apparaît large, à l'image des blessures qui alourdissent les vies humaines. Il convient de les identifier (ou de les ré-identifier) pour les surmonter, ce qui est la tâche de chaque coaché. Les ressources de la spiritualité chrétienne peuvent, sans aucun doute, soutenir ce difficile travail sur soi. Même si le mot est largement démodé, la grâce, au sens de l'Esprit à l'œuvre dans le monde, ne peut-elle pas soutenir et prolonger l'œuvre humaine ?

Plus loin, Jésus part prier dans un lieu désert, à distance. Il se rapproche ainsi de son Père et s'éloigne de ses disciples, pour se préparer à aller ailleurs. Dans les versets qui suivent, Jésus guérit une nouvelle fois car la demande très forte et remplie de foi du lépreux suscite chez lui une émotion profonde. La rencontre se prolonge encore par un geste concret : Jésus étendit la main et le toucha. Cette proximité débouchera toutefois sur une prise de distance. Rompant le contrat enjoignant la discrétion, le lépreux parle tellement de sa guérison que Jésus doit à nouveau se retirer dans un endroit désert. Pour un chrétien, cette histoire me semble particulièrement inspirante dans la pratique du développement personnel. D'abord, les récits de guérison dévoilent l'existence, au préalable, d'une forte relation de confiance entre Jésus et celle ou celui qu'il relève. Ensuite, Jésus veille à la réhabilitation dans sa dignité de la personne qu'il rencontre. Ainsi, il envoie le lépreux guéri chez le prêtre, pour qu'il réintègre le groupe social. Enfin, Jésus pratique avec subtilité le dosage de la proximité et de la distance. Il se ressource constamment auprès de son Père, dont tout l'Évangile dessine le visage. La confiance au Père lui permet d'aller vers l'humanité et de veiller à rendre chacun plus autonome, dans la bienveillance et la confiance au Créateur.

Le premier chapitre de l'Évangile de Marc fait découvrir les attitudes bien concrètes de Jésus. Au contraire des grands-prêtres, il relève, il rend la dignité, il manifeste sa vulnérabilité et se révèle être un coach accompli et inspirant. Cette dimension de coaching, nouvelle pour moi, me passionne et je trouve insensé de ne pas l'avoir approchée vingt ou trente ans plus tôt. Je me suis donc mis au travail, sous l'égide de Bartimée. En effet, le début de ma pratique de coaching m'a fait rencontrer des personnes parfois blessées, ayant la détermination de se remettre en cause, de chercher, de passer à autre chose, à un mieux. Pour les rejoindre, cette recherche des besoins et des ressources devait avoir un nom. Pourquoi pas Bartimée ? Et son cri : "Jésus, fils de David, aie pitié de moi !". Bartimée sera mon ange gardien en coaching. Faisons connaissance : à la fin du chapitre 10 de l'Évangile de Marc, nous trouvons l'histoire de l'aveugle de Jéricho, Bartimée. C'est la première (et unique) fois, avant l'arrivée à Jérusalem, que Jésus est directement confronté à une personne ne faisant pas partie du cercle des disciples. Vu son handicap, Bartimée est un marginal. Spontanément, la foule pro-Jésus le chasse, pour ne pas importuner le Maître. Mais Bartimée fait preuve de ténacité et d'une réelle confiance en Jésus, teintée de familiarité. Il l'appelle Rabbouni (littéralement : mon mien Seigneur), comme Marie-Madeleine dira quand il lui apparaîtra. Jésus répond à la démarche de l'aveugle, remplie de confiance, par un geste concret, sans explication théologique ou canonique : il le relève tout simplement en le guérissant. Bartimée se met tout bonnement à suivre Jésus qui a donc transformé un élan vital en un élan de communion. Dernier signe avant l'arrivée à Jérusalem, où les controverses théologiques vont se multiplier à l'envi et occuper le devant de la scène.

Dire à Bartimée, le marginal : "Confiance, lève-toi, il t'appelle", est une révolution. Son cri reste actuel : tant de gens, issus des milieux les plus divers, viennent aujourd'hui chercher quelque chose dans ou autour de nos églises, sanctuaires ou autres lieux de pèlerinage. Significativement, nos rassemblements dominicaux de chrétiens portent le visage de la diversité : y figurent des personnes de toutes langues, peuples et nations. Les cadres traditionnels de la catholicité s'estompent dans un pays historiquement attaché à la foi chrétienne mais des bourgeonnements, parfois surprenants, surgissent çà et là. Des demandes de célébrations sont adressées à l'Église, lors d'évènements heureux ou malheureux vécus par des amis et connaissances au cours de leur existence : des naissances, des décès, des mariages ou encore des remariages. Très souvent, les situations sont inédites, débordant des cadres décrits dans les enseignements dispensés séculairement par l'Église ; ses lieux de formation classiques sont encore trop souvent enfermés dans des schémas tridentins devenus obsolètes. Partir de ce que vivent les individus, de là où ils sont, rejoint au contraire l'histoire de Bartimée. Cet épisode suscite le courage de dire aux personnes qui font une démarche, malgré les inévitables complications institutionnelles : "confiance, lève-toi, le Seigneur t'appelle !" J'aime ces célébrations qui sont des rassemblements bigarrés, représentatifs d'un large éventail de convictions : l'accueil de l'agora dans le temple ! N'est-ce pas alors que l'Église peut se mettre, liturgiquement et pastoralement, en position de préfiguration du Royaume ?

Des liens humains, et même ecclésiaux, se créent sur les réseaux sociaux, ces agoras virtuelles qui peuvent pourtant susciter tant de rencontres bien réelles. Un compte Facebook n'est-il pas en quelque sorte une paroisse ? Certes, c'est une paroisse sans clocher et sans sacrements, mais ne peut-elle pas, à sa manière, être aussi vivante que certains clochers répertoriés dans les annuaires ? Nous sommes invités à reconnaître Dieu dans les méandres des requêtes de nos contemporains. Ces laboratoires sont des ateliers Bartimée, où peut s'exprimer la créativité des enfants de Dieu. Ces lignes avaient été écrites, lors de ma nomination à Notre-Dame d'Espérance, il y a quelques années. L'année 2020 est passée par là, les actualisant de manière étonnante. J'y reviendrai.

Retrouver l'Ordre au Sud ?

«Comme il est bon, comme il est doux pour des frères de vivre ensemble et d'être unis !» (Ps 132, 1).

La période aussi inconfortable qu'agitée, entre mon départ de Froidmont et la perspective offerte par le nouvel archevêque de Malines-Bruxelles, a inévitablement laissé des traces ; toutefois, Dieu m'a heureusement doté d'une belle capacité à rebondir et à aller de l'avant, malgré tant de vents contraires. Certes, je suis maintenant bien engagé sur le chemin diocésain avec la perspective d'une prochaine ordination diaconale. Mais l'amitié dominicaine, celle qui rayonne et qui unit, me manque beaucoup. Le passage en Belgique du Frère Bruno, nouveau maître de l'Ordre, pour une visite canonique, va déboucher sur une piste inattendue. Prenant de mes nouvelles auprès de l'un ou l'autre frère, il évoque les fraternités sacerdotales : c'est un chemin que je pourrais emprunter au sein de l'Ordre. Pour faire bref : c'est une branche de la famille dominicaine, qui se compose de fraternités de prêtres diocésains intégrés dans l'Ordre ; ceux qui font une profession solennelle, c'est-à-dire un engagement définitif, sont engagés dans l'Ordre usque ad mortem. Dès mon ordination diaconale en 2012, je suis invité à entrer en contact avec les fraternités en province de France (le Nord) et en province de Toulouse (le Sud). Pour mon rattachement, Paris semble être une solution pragmatique. Je rencontre deux membres de la fraternité Saint-Augustin, mais le rural que je suis n'est guère emballé, face à une atmosphère assez parisienne. En revanche, mon lien avec la communauté de Montpellier subsiste toujours et je songe donc à la fraternité Bienheureux Bertrand de Garrigues que j'ai côtoyée là-bas. J'avais vécu un noviciat heureux dans cette province de Toulouse et je sens immédiatement que la Providence m'offre la perspective de me retrouver en famille, en ce lieu. Rien ne sera décidément simple dans mon parcours ; cet ancrage, même s'il est lointain, je le sens de tout mon être.

Certes, je n'étais resté à Montpellier qu'un an, une courte étape de mon parcours. Mais cette année a induit de belles fidélités, de Toulouse à la Sainte-Baume ou à Marseille. Mon expatriation, quelque peu inattendue et déstabilisante tant pour moi que pour mes proches, avait finalement généré de très beaux fruits. Mon noviciat avait été l'occasion d'un Tour de France dominicain. Lors de mon retour en Belgique, j'avais ensuite eu l'occasion d'expérimenter la dimension internationale de l'Ordre, à travers l'Europe et le monde, de Vilnius à Sao Paulo. Au couvent de Bruxelles, l'ouverture aux questions européennes m'avait fait découvrir, à travers une modeste association (Espaces), le réseau dominicain actif dans ce créneau. Cette organisation se déploie de Berlin à Pistoia (en Toscane) en passant par Strasbourg ou Mondorf (au Luxembourg). Comme il y a une internationale des consommateurs, il y a une universalité dominicaine. Cet Ordre est donc resté ma boussole. Je me sens comme le cours d'eau, dont on a contrarié artificiellement la trajectoire et qui finit par retrouver son lit, quelque temps plus tard. Dès lors, début 2013, je reprends le chemin de Montpellier.

Sortir de la gare de Montpellier Saint-Roch, quand on a quitté l'Europe du Nord cinq heures plus tôt et sentir le printemps dès que s'ouvrent les portières du train, c'est un choc, avec un mélange d'étrangeté et de familiarité retrouvée. Je grimpe la rue Maguelone vers la Place de la Comédie. Montpellier vit, flâne, traîne en terrasse, parle, rit. Puis vient la rue de la Loge et l'enchevêtrement des petites rues, empruntées naguère pour rejoindre la Faculté de Théologie protestante. Ensuite, j'emprunte la rue Jacques Cœur (avec sa chapelle dite des pénitents blancs), puis la rue Fabre (celle du Musée) et enfin j'arrive au couvent. Que dire de la force des retrouvailles ? C'est comme si c'était hier : tout a changé et tout est comme avant. Au gré des assignations, plus de la moitié de la communauté que j'avais connue est partie ailleurs. D'autres, que j'avais généralement déjà rencontrés auparavant, sont arrivés. Étonnamment, tout est devenu plus propre, plus net : les traces du soixante-huitardisme dominicain montpelliérain s'estompent, mais la fraternité est la même. Quelque chose de la spontanéité chaotique de naguère subsiste aussi. Bref, les frères du couvent m'accueillent … comme un frère.

La fraternité sacerdotale Bienheureux Bertrand de Garrigues est assez modeste, mais elle a bien sa place dans la famille dominicaine et s'inscrit dans un petit réseau de fraternités comparables. J'apprécie d'emblée le partage des expériences de prêtres, venus de diocèses très différents, ce qui m'amène à regarder plus loin, à m'ouvrir au Sud. Je découvre ici un monde plus contrasté et passionné, à l'opposé d'un certain consensus mou, à la belge, aimant privilégier ce qui ne fait pas de vagues. Me voici redevenu regardant, puis postulant : c'est la succession des expériences initiatiques au sein des ordres religieux, ce vocabulaire est volontiers associé à la jeunesse et, plutôt étrange, à l'âge de la maturité. Il m'arrive de me dire, à tête froide, que je suis cinglé de reprendre ce nouveau chemin fait d'évaluations, d'étapes et de votes. Toutefois, la confiance prend le pas sur le doute. Je vivrai, heureux, à Montpellier, mes professions : la temporaire d'abord puis la solennelle. J'ai pleuré à ces occasions, alors que cela ne s'était pas produit lors de mes ordinations diaconale et presbytérale. Pourquoi ? Mystère, c'est que ce devait être important. C'est à Prouilhe, le premier monastère de l'Ordre, que je reçois une croix dominicaine. Je ne cesserai de la porter, puisque me voilà engagé *usque ad mortem*. Devenir profès au sein d'un Ordre, c'est aussi une occasion de renouvellement, surtout si cela arrive à un âge de (grande) maturité. Je redécouvre la devise de l'Ordre, *Laudare Benedicere Praedicare*, en prenant le temps de la méditer et d'essayer de la vivre. Il s'agit donc de louer, de bénir et de prêcher et c'est sans doute louer qui m'est le plus difficile. Comme prêtres diocésains, nous nous sommes engagés à prier la liturgie des heures, notamment les Laudes et les Vêpres. Vivre seul cette prière est difficile, surtout quand on a eu la chance de connaître la prière communautaire antérieurement. En outre, le chant n'est pas mon fort. Toutefois, j'apprécie le répertoire du frère dominicain André Gouzes qui, soit dit en passant, a contribué à créer un esprit d'unité dans sa province. Dès lors, être ensemble aux offices, avec une liturgie aux accents Gouziens, me réjouit et me donne du courage pour les vivre seul, en communion avec l'Ordre et toute l'Église, entre les temps forts vécus en fraternité. Bénir, c'est aller chercher le bien en Dieu et, selon ma perception et ma conviction, en être le relais : je crois que la bienveillance est une attitude fondamentale envers l'humanité. Prêcher, c'est une œuvre individuelle, mais aussi communautaire ou en tout cas commune, basée notamment sur l'étude. Se retrouver ensemble pour prier, dialoguer en y apportant de la bienveillance, prêcher, notamment au tout-venant, en investissant dans l'étude, sont les ingrédients de la dominicanité que je vis, seul très régulièrement, avec d'autres le plus souvent possible.

Nos rencontres fraternelles aux couvents de Montpellier, de Marseille ou de Saint-Maximin-la-Sainte-Baume sont aussi, à leur manière, des déclinaisons de la devise de l'Ordre. Elles ressemblent à ces réunions de famille que l'on attend avec impatience, parce qu'elles ressourcent et nourrissent l'amitié. Les couvents sont, chacun dans leur style, des laboratoires de l'esprit dominicain. Le plus souvent, ils forment des îlots très particuliers au cœur des villes, des microcosmes singuliers aux particularismes parfois étonnants. Ils sont aussi des interfaces avec moult réalités, entre autres l'ouverture à tant de cultures, personnes et métissages. L'Ordre constitue une famille qui comporte plusieurs branches : les frères, les moniales, les laïcs, les religieuses apostoliques (sans doute la composante la plus nombreuse) et les fraternités sacerdotales. Traditionnellement, les moniales, nos sœurs contemplatives, accueillent les frères avec beaucoup de bienveillance. Les fraternités sacerdotales séjournent volontiers chez elles pour des rencontres et des temps de retraite. Je suis toujours ému par leur sollicitude discrète et souriante. Elles prient beaucoup pour nous, y intégrant magnifiquement chacun, avec son chemin particulier, sa personnalité, ses apostolats. Dès mes premiers contacts avec l'Ordre, l'univers des moniales, dont j'ignorais jusqu'alors l'existence, m'intrigue et me séduit. Mon premier contact, grâce à un frère, sera à Orbey en Alsace : un monastère d'abord situé à Colmar et devenu par la suite le musée Unterlinden. C'est lors d'un séjour au couvent de Strasbourg, que se noue mon premier vrai contact avec l'Ordre en France et que je découvrirai les mystiques rhénans. Je connaîtrai par la suite les monastères de Prouilhe, Taulignan, Saint-Maximin et quelques autres, pour des sessions et des retraites.

Le Jubilé des 800 ans de l'Ordre, en 2016, sera une occasion exceptionnelle de vivre de grandes célébrations et de nouer de nombreux liens. La célébration de la Pentecôte 2015, aux Cordeliers à Toulouse, marquera l'ouverture du Jubilé : je garde le souvenir d'un très beau moment. De même la rencontre à Rome des fraternités sacerdotales, issues des cinq continents, voulue par le maître de l'Ordre, reste gravée dans ma mémoire. Nous lancerons le projet de journées d'études des deux provinces françaises de nos fraternités, nous retrouvant chaque année : de Paris à Toulouse, en passant par Bruxelles ou Marseille. La vie m'avait éloigné de Lourdes et je reprendrai avec bonheur le tablier de service, au pèlerinage du Rosaire, début octobre. C'est un fantastique lieu de brassage, de prière, de vie liturgique et de solidarité. Plus de vingt mille pèlerins sont rassemblés, avec un déploiement de générosité de milliers de bénévoles, parfois très jeunes. Chaque année, j'attends avec joie ces moments intenses que sont les Eucharisties sur l'Esplanade, l'Onction des malades, la Réconciliation : plus de cent prêtres confessent quelques milliers de pèlerins et cela se termine en vivant, spontanément, le sacrement entre frères. Volontiers rebelle au monde de la santé et aux lieux d'accueil des malades, j'accepte pourtant un apostolat d'aumônier d'hospitalité, pour le Languedoc-Roussillon, évidemment : ce doit être le miracle de Lourdes ! Un autre clin d'œil, de l'Esprit ou de la Vierge, sera ma nomination, comme assistant religieux des équipes du Rosaire en Belgique. Décidément, dans cet Ordre, rien ne se passe jamais comme prévu. Tout cela serait-il grâce ?

Chez Test-Achats, à distance...

Être prêtre implique la disponibilité pour remplir les missions confiées par l'évêque. Dans la perspective de mon ordination presbytérale, je démissionne donc de ma fonction de directeur chez Test-Achats. Je me sens libéré, car une page est résolument tournée : je pousse un ouf de soulagement à l'idée de voyager moins, d'éviter les réunions sans fin, notamment ces comités de direction interminables, plombés par le climat des dernières années. D'autre part, la galaxie Test-Achats représente beaucoup pour moi, vu mon attachement à sa mission, à ses valeurs et aux liens tissés avec des collègues, dont quelques-uns sont devenus de vrais amis. Pendant toute ma vie professionnelle, j'ai eu besoin de l'adrénaline qui donne des ailes et du punch : dès lors, je ne pourrai sans doute jamais vivre sans projets mobilisateurs, ni sans passions.

Vivre une part de mon temps dans cette continuité, afin de collaborer à des enjeux qui me tiennent à cœur, me plaît bien. Ce que je vis en Église m'y incite. Certes, je suis un jeune prêtre heureux, conscient que c'est le Seigneur qui envoie son Esprit, pour piloter la mission de l'Église. Toutefois, la quasi-absence de vision, d'objectifs partagés avec d'autres, de sillons innovants, à tracer au sein de notre culture contemporaine en Église, tout cela me manque cruellement. Le Christ m'envoie en mission et je lui obéis dans la confiance. Evidemment, il faut un peu de temps pour trouver sa place, marquer ses repères. Sur le court terme, je crains une forme de sous-menage, une de ces maladies ecclésiastiques aussi fréquentes que le surmenage. Bref, je suis perplexe. À ce moment, j'aurais pu fredonner le célèbre refrain : *"et maintenant, que vais-je faire ?"* En tout cas, garder un pied dans la vie professionnelle me paraît sage comme transition.

Si le management des dernières années m'avait quelque peu soûlé, je reste habité par des causes consuméristes éthiques et aussi par l'évolution du rôle de l'organisation dans la société du futur. J'aurai l'opportunité de travailler sur une mise à plat de nos valeurs cardinales comme l'indépendance, l'expertise et la proximité, en pilotant un travail passionnant. Mes centres d'intérêt tournent autour de questions contemporaines trop peu investies à mon avis : la mobilité, le développement durable ou la fragilisation de la position des consommateurs citoyens, par rapport aux intérêts économiques internationaux gigantesques. Je retrouve un dossier bien concret, à l'image de ceux sur lesquels je planchais en début de carrière : celui de la mobilité, appréhendé en réseau avec des associations de terrain. La boucle est donc, là aussi, bouclée et ce, pour mon grand plaisir.

Ce changement de situation au boulot sera aussi une belle expérience pratique, tandis que je commence ma formation en coaching. Je me sens devenir sage en entreprise, gagnant en discernement et en sérénité, deux vertus qu'une activité opérationnelle, davantage stressante au quotidien, ne permet pas de développer. Je vis ces quelques années en part-time, avec détachement et humour, tantôt en prenant des initiatives avec une grande liberté, tantôt en répondant loyalement aux sollicitations. J'avais souffert naguère de voir des collègues, en fin de carrière, déprimer dans un placard doré ou devenir courtisan. Ni l'un ni l'autre n'étant mon genre, je préfère regarder le verre à moitié plein, tout ce que la vie m'apporte de bon, de vrai, de beau. Je continue donc de recevoir beaucoup de satisfactions, en proposant parfois une vue différente, nourrie par le recul de l'histoire et de l'indépendance, vu ma prise de distance. Un peu de méta, ce préfixe grec qui invite au second degré, comme la métaphysique, ne fait pas de tort dans la culture d'une organisation. Cependant, il faut emprunter un chemin d'humilité lorsqu'on ne pèse plus autant dans la gouvernance d'une organisation, et c'est très bien ainsi. Toutefois, il convient aussi de pouvoir partir à temps.

Le successeur à la direction de mon département a été désigné juste à temps, avant mon ordination, après une compétition marquée par le suspense. Le directeur général, dont on ne cerne jamais très bien ce qu'il a dans la tête, avait suscité moult candidatures. C'est mon voisin de bureau pendant près de vingt ans qui est choisi, lui qui dirigeait l'équipe nationale belge. Nous savons presque tout l'un de l'autre, nos défauts et nos qualités, ce qui rend le relais facile. Nous passons l'automne 2013 à rencontrer les équipes, de Bruxelles à Sao Paulo, en passant par Madrid, Milan et Lisbonne : nous y vivons de joyeuses entrées et sorties, souvent émouvantes. Mine de rien, c'est un kairos, un moment insolite : l'occasion d'une prise de conscience de l'importance des liens noués, pendant des années, avec des centaines de personnes. Je m'aperçois aussi des relations vécues avec les vingt ou trente collaborateurs stables, que j'avais engagés en vingt-cinq ans : les compagnes et les compagnons d'une belle aventure ! Faire vivre des projets ensemble, parfois à travers des tensions, mais aussi avec tant de passion, sur le plan professionnel et peut-être surtout sur le plan humain, construit évidemment des liens forts. J'avais partagé avec eux tous tant de joies familiales, tout comme des échecs, tant de défis avec leurs enfants, mais aussi les revers et les peines personnelles. L'attention aux personnes (aux ressources humaines, dit-on, sur le plan professionnel) constitue un ingrédient majeur de la fonction d'un directeur. Spontanément, j'y ai toujours été sensible, y compris dans les négociations collectives. En juin 2001, je resterai enfermé, pendant près de 24 h, avec une délégation de la direction en raison d'un conflit avec les syndicats, causé par un licenciement contesté dans un département voisin : une expérience inoubliable ! Je m'inspirerai toujours volontiers de l'exemple du premier directeur de Test-Achats, même si je ne l'ai connu en fonction que trois ou quatre ans. Ce selfmademan allait à la rencontre des personnes du terrain pour sentir ce qui s'y vivait. La multiplication du personnel par dix rendra cette démarche plus difficile pour un directeur. Il n'en restera pas moins vrai que les rencontres spontanées, au quotidien, permettent souvent de cerner les attentes ou les frustrations, aussi bien que les critiques constructives ou les idées nouvelles.

Heureusement, la très ancienne culture de la maison va perdurer, les moments festifs de retrouvailles du personnel, lors d'une journée annuelle au vert ou lors d'évènements marquants : sont-ils un reste de paternalisme (versant positif) qui cache un manque de transparence (versant négatif) ? Ma réponse est nuancée. Quoi qu'il en soit, les recettes trouvées par certains apprentis-sorciers des ressources humaines, dans de célèbres bouquins édités outre-Atlantique, ne remplaceront heureusement jamais les vraies rencontres personnelles. Je vivrai à distance, mais avec tristesse, la dernière crise sociale lors d'un licenciement collectif, une procédure Renault. Dans un contexte interne délétère, il faut répondre au tassement du membership et à des perspectives financières sombres. Sans en être un spécialiste, j'aime les chiffres, mais depuis trois décennies, la situation financière exacte de Test-Achats et de sa galaxie restera pour moi un mystère. Elle me fait penser à l'histoire du directeur général, qui demande à des statisticiens et à des mathématiciens combien font un plus un. Il obtient des réponses entre 1,99999999 et 2 plus quelques poussières. Il se tourne alors vers le comptable, pour lui poser la même question et s'entendre chuchoter à l'oreille : combien veux-tu que cela fasse ? La procédure Renault entraîne vingt-sept départs, fin 2017. Certes, l'évolution des métiers demandait un ajustement des équipes. Mais un triste climat de morosité règne lorsqu'un contingent substantiel, fait notamment de vieux serviteurs, quitte la maison. Après avoir travaillé, pendant trente ans, dans un groupe globalement toujours en expansion, je vis ces évènements avec une vraie amertume, surtout en pensant à tant d'argent brassé. Je veux parler ici de consultants, recrutés au prix très fort, pour venir expliquer ce que chacun connaissait déjà très bien, mais que personne n'osait régler, tandis que tant de talents de collègues, dotés d'expertise et d'expérience, étaient laissés en jachère. Décidément, en gestion des ressources humaines, on n'a pas toujours été performants ! Ma déception, par rapport à cette casse, vient précisément de mon attachement à la mission que nous avons bâtie, déployée et que je sentais menacée. Heureusement, des relais de qualité continuent aujourd'hui cette mission.

Plus que jamais, je crois que des contre-pouvoirs sont indispensables dans notre monde économique globalisé et digitalisé. Je garde la fierté d'avoir mené tant de combats, dans des dossiers concrets, au jour le jour, pour aboutir à plus de justice dans la société. Quelques campagnes ont davantage été emblématiques par l'énormité des défis : la sécurité alimentaire (la viande aux hormones, la maladie de la vache folle et les dioxines), ou encore la biologie clinique, la crise financière de 2008, la régulation du marché qui permet davantage de concurrence, la libéralisation des services d'intérêt général et le service universel, l'obsolescence programmée ; tout comme le droit effectif à voir le dommage réparé (en cas de service ou de produit déficient), le respect de la vie privée, les fraudes à la pollution dans la construction des voitures. Les défis ne manqueront pas demain. Les citoyens consommateurs auront toujours besoin d'exercer leur sens critique et de disposer de relais pour l'exécuter. Une société réellement inclusive aura besoin d'ONG pour soutenir cette vigilance. La planète demandera des sentinelles, qui fédèrent les consommateurs et inspirent le sens de la responsabilité de tous. Se trouvera-t-il assez de citoyens pour financer ces objectifs majeurs ? Telle est la question qui s'adresse aussi aux pouvoirs publics. Une politique fiscale innovante ne peut-elle donner un coup de pouce, pour que les citoyens contribuent à cette nécessité d'apporter toujours une nouvelle fraîcheur au vivre-ensemble de nos sociétés ? J'ose croire en cette utopie.

Le temps de la transmission

«Alors, il fallait placer mon argent à la banque ; et, à mon retour, je l'aurais retrouvé avec les intérêts» (Mt 25, 27).

Docteur en théologie et installé à Louvain-la-Neuve, j'entretiens évidemment un lien particulier avec l'université. Le C de l'UCLouvain* justifie toujours des particularités dans le cursus universitaire, dont la participation obligatoire, au sein de chaque faculté, à un cours de Questions de sciences religieuses, rebaptisé par la suite Sociétés, Cultures et Religions. Les étudiants peuvent choisir l'un des trois cours proposés : textes bibliques, questions humaines fondamentales ou éthique. Cette dernière discipline me captive beaucoup et je suis pressenti pour donner ce cours, en faculté des sciences économiques, politiques et sociales et de communication, ainsi qu'aux bacheliers ingénieurs de gestion qui se destinent à la Louvain School of Management. Je ressens une vraie joie de pouvoir à nouveau enseigner, un excellent souvenir de mon début de parcours. En outre, je me sens passionné par plusieurs enjeux éthiques, auxquels je suis familiarisé par mon engagement consumériste. Ne pas jouer uniquement le rôle de théologien de service, mais pouvoir faire le pont avec ce que je connais en profondeur, professionnellement, me paraît judicieux. Je ne serai jamais déçu, car l'actualité éthique ainsi que le renouvellement annuel des cohortes d'étudiants relanceront sans cesse des questions nouvelles. Je serai chargé de ce cours également en faculté de droit, chez les futurs psychologues et auprès des étudiants en philo & lettres.

La diaconie reste pour moi une dimension importante de la mission d'un prêtre. Il arrive que l'un ou l'autre confrère prêtre s'en étonne, vu que nous faisons partie d'une autre catégorie de ministres ordonnés, les prêtres. Un jour, l'un d'eux m'avait fait part, avec une pointe de condescendance, de sa surprise face à mon insistance sur cette dimension de notre ministère. Avant que je n'aie pu réagir, un prêtre, particulièrement classique et bon connaisseur des traditions, rappela ceci : dans l'ancien rite, pour son sacre, l'évêque revêtait successivement les ornements du diacre, puis du prêtre avant d'être vêtu comme un évêque. J'étais rassuré ! La diaconie explicite des réalités économiques et sociales s'est marginalisée, vu l'essoufflement de l'action catholique et la sécularisation pragmatique des acteurs sociaux, issus du pilier chrétien ; toutefois, je constate que cela ne les empêche pas de développer quelque vigilance à cet égard. Dans le milieu académique, il est des centres de recherches ou des chaires (comme la célèbre Hoover) qui illustrent aussi une volonté de contrepoids, dans un monde largement dominé par l'économie. Certes, donner un cours d'éthique, dans le cadre de facultés tournées essentiellement vers le business, peut faire sourire. La diaconie de l'économie ne relève-t-elle pas de la naïveté ? Existe-t-il une éthique en économie ? Chez mes collègues de Test-Achats, par exemple, je décodais surtout du scepticisme, notamment chez les économistes de formation. Il est vrai que les ressources bibliques ne sont pas directement utiles pour fournir des outils éthiques, servant à accompagner le développement d'une entreprise, à constituer des fonds de pensions ou à piloter des fusions/acquisitions. Mais peuvent-elles inspirer ? Le questionnement éthique ne laisse certainement pas les étudiants indifférents. Apporter la ressource d'une tradition spirituelle, pour éclairer des débats sensibles de société, est plutôt bien accueilli. À partir de son enracinement historique et théologique ainsi que de sa visée eschatologique, l'Évangile et le décentrement radical qu'il représente surprennent et posent question. Une soif diffuse de valeurs est perceptible, même si les plus nombreux se disent agnostiques suivis tantôt des athées, tantôt des catholiques, selon un mini-sondage anonyme effectué chaque année. Si un bon tiers croit et un bon tiers doute, les autres se disent athées.

La Bible et l'Église ne sont donc pas totalement étrangères aux préoccupations de la société, d'autant plus que les crises financières, notamment celle de 2008, ont profondément marqué les esprits. Pour avoir piloté, chez Test-Achats, la cellule de monitoring de cette grave crise internationale aux enjeux énormes, j'ai éprouvé le sérieux du malaise. Tout cela m'a convaincu que les ressources spirituelles (chrétiennes ou autres) restent inspiratrices, même si la vision chrétienne du monde économique et financier paraît généralement bien naïve. En effet, l'argent ne paraît pas avoir bonne presse dans la Bible. Tout le monde n'a-t-il pas retenu que l'on ne peut servir deux maîtres à la fois, Dieu et l'argent ? Pourtant, l'argent est le nerf de la guerre, dit-on, mais plus simplement, il est nécessaire à la vie en commun. En manquer conduit à l'exclusion et à la misère. Paradoxalement, cet enjeu universel est peu abordé dans la vie ecclésiale. Les prédicateurs sont généralement discrets sur ce point, sans doute par prudence à l'égard d'une question sensible et certainement par crainte de se sentir incompétents, face à un domaine techniquement complexe. Pourtant, la Bible fourmille de vocabulaire financier, décliné en richesse, profit, commerce et même trafic. L'argent est en effet un marqueur important de la vie sociale, depuis des millénaires. Tout avait pourtant bien commencé, si j'ose dire. Dans l'Ancien Testament, la richesse est en effet un signe de bénédiction, puisqu'elle vient de Dieu : c'est en effet de la bonté divine que l'humanité a tout reçu. La richesse gagne en légitimité, si elle va de pair avec la sagesse, notamment chez Salomon, un roi emblématique, capable de réconcilier harmonieusement les deux pôles d'un couple en tension : le roi Salomon devint le plus grand des rois de la terre par la richesse et la sagesse (2 Ch 9, 22). La richesse est un don de Dieu, la garder jalousement et en jouir en tant qu'humains s'avère fragile et transitoire. Le psalmiste nous rappelle que l'homme opulent est comme le bétail qu'on abat (Ps 48, 21). Sournoisement, les richesses ne cessent d'attirer. Les prophètes, en observant l'agir bien concret de l'humanité, dénoncent très souvent les dérives de l'esprit de lucre, manifesté par l'accumulation et la boulimie de richesses. Ce péché touche la société entière. La répartition, forcément inégale, des richesses opprime inévitablement les pauvres. Le pape François est devenu le chantre de cette préoccupation, relayant tant de belles figures de l'Église, depuis des siècles. Régulièrement, dans la Bible, le souci des plus faibles est exigé par Dieu, pour que l'humanité puisse continuer à bénéficier de ses bienfaits. Un oracle du prophète Amos contre Israël exprime cette vigilance : "*le Seigneur ne révoque pas son arrêt*", écrit-il, "*parce qu'ils ont vendu le juste pour de l'argent et le pauvre pour une paire de sandales, parce qu'ils sont avides de voir la poussière du sol sur la tête des indigents et qu'ils détournent les ressources des humbles" (Am 2, 6-7).*

Le Nouveau Testament parle moins directement d'argent, mais suggère des visées contrastées quant à sa légitimité. Deux histoires antinomiques l'illustrent : la parabole des talents, qui prône un devoir de placement bancaire, tandis que l'argent dans les mains de Judas est qualifié de trompeur. La parabole des talents peut choquer, au premier abord. En effet, donner le double à celui qui a le plus et enlever ce qu'il a à celui qui avait reçu le moins, apparaît en contrepoint de la morale du Premier Testament. Mais la visée est ailleurs : c'est un appel à la responsabilité, à la maîtrise bien comprise de la création et une invitation à la générosité, dans une finalité de bien commun. Il ne peut être question d'avoir l'argent comme maître, car on ne peut servir Dieu et l'argent en même temps (Lc 16, 13-14). L'épisode des marchands du temple (Mt 21, 12-13) met en scène la colère de Jésus, face à un comportement mercantile, aux abords du temple. *Vade retro satanas*, pourrait-on résumer. À travers son enseignement social, l'Église suggère que l'humanité est vouée à coopérer au développement de la création, par le travail et l'économie. Ces activités sont guidées par des impératifs, tels la solidarité et la participation de tous, le respect de la dignité de chacun en vue du bien commun, sans oublier la destination universelle des richesses de la création complétées par l'histoire de l'humanité. En revanche, l'Église manifeste traditionnellement

une grande méfiance vis-à-vis de la spéculation et, historiquement, s'est opposée au prêt à intérêt.
L'Évangile de Luc rappelle le principe, en l'universalisant avec bonheur : *"et si vous prêtez à ceux dont vous espérez qu'ils vous rendent, quelle reconnaissance en a-t-on ? Même des pécheurs prêtent aux pécheurs pour qu'on leur rende l'équivalent. Mais aimez vos ennemis, faites du bien et prêtez sans rien espérer en retour" (Lc 6, 34-35).*

L'enseignement social de l'Église est venu régulièrement baliser et nourrir l'éthique économique et financière. Dans ce domaine, comme dans beaucoup d'autres, l'enseignement du pape Benoît fut novateur et audacieux. En 2009, dans l'encyclique Caritas in Veritate (l'amour dans la vérité), il a rappelé ainsi sa philosophie : il faut éviter que le motif de l'emploi des ressources financières soit spéculatif et cède à la tentation de rechercher seulement un profit à court terme. Il s'agit de rechercher aussi la continuité de l'entreprise à long terme, son service précis à l'économie réelle et son attention à la promotion, de façon juste et convenable, d'initiatives économiques y compris dans les pays qui ont besoin de développement. Il ne faut pas nier que, lorsque la délocalisation comporte des investissements et offre de la ormation, elle peut être bénéfique aux populations des pays d'accueil. Le travail et la connaissance technique sont un besoin universel. Cependant, il n'est pas licite de délocaliser, seulement pour jouir de faveurs particulières ou pire, pour exploiter la société locale, sans lui apporter une véritable contribution à la mise en place d'un système productif et social solide, facteur incontournable d'un développement stable. Voilà un pape qui pose un caillou dans la chaussure des financiers chrétiens ! Bref, la sagesse biblique peut donc éclairer une question difficile. Appelée à être la gardienne d'une création destinée à tous, l'humanité a la responsabilité d'y susciter la solidarité, œuvre de justice et de charité. À travers son histoire, l'Église a généré tant d'initiatives dans le non-marchand, en y ménageant des lieux de gratuité. Plus globalement, c'est l'ensemble des réalités terrestres qu'il s'agit d'habiter, en plaidant pour des structures économiques justes et pour la conversion des cœurs : c'est là une ligne rouge du magistère. Cinq siècles après la publication de l'Utopie de Thomas More à Leuven, le pape François publie l'encyclique *Laudato si'* qui va déconcerter, notamment par son fameux appel à une conversion écologique globale. Par son style et par son vocabulaire, il va surprendre le monde occidental qui ne sera jamais plus comme avant, marqué par les défis des migrations, par la menace des attentats ou encore par les crises sanitaires.

Une université catholique honore sa tradition, en proposant encore cette dimension, qui contribue à donner du recul et à nourrir prudentiellement la réflexion. J'en suis un acteur modeste, mais convaincu et engagé. Dans le cadre des cours d'éthique, avec les étudiants de cercles facultaires ou des kots-à-projets (notamment le Kot Citoyen), nous organisons régulièrement des débats sur les défis éthiques contemporains. Les sujets sont nombreux : de la finance à l'écologie, de la transformation du marché de travail à l'éthique de la vie, de l'identité européenne aux migrations… Nous invitons des acteurs de terrain, pointus dans leur domaine et connus pour leur engagement. C'est une très belle aventure de mettre cela sur pied, étudiants et académiques ensemble, avec une attention à la qualité du débat et le souci de réunir un public très demandeur de ces rencontres. Lors de la préparation de ces évènements, les étudiants me donnent une solide énergie positive. L'adrénaline évidente du groupe, ainsi que la sensation de vivre à chaque fois une expérience singulière, avec de belles complicités dans la confiance, sont de petites tranches de vie aussi passionnantes que passionnées.

Un lieu de ressourcement

Ma campagne, comme j'aime à le dire, c'est ce coin de terre où je vais chercher une part de mon ressourcement. Quand les couples ou les familles se disloquent et que les épreuves s'accumulent, le lieu de l'enfance est souvent un refuge, s'il existe encore et s'il est habité. Maman avait rejoint la maison de repos, alors que je vivais de grands changements. La maison est donc vide. Le havre de paix peut se transformer très rapidement en nid à problèmes et en perte d'énergie, s'il ne reçoit pas un avenir durable. La nature est volontiers envahissante et le bâti s'abîme, à la mesure de l'absence d'entretien et de vigilance. L'état de santé de maman va se dégrader rapidement : la battante qu'elle fut n'a plus trop envie de manger, ni de vivre. Sa fin de vie est pénible : je ressens un mélange de tristesse réelle et de libération d'un poids, lors de la préparation de ses funérailles. Très souvent, j'éprouve ces deux réalités dans mon intériorité, lorsque j'accompagne les familles en deuil. Après les funérailles de maman, j'ai aussi la sensation d'un certain vide, puisque je me retrouve en première ligne, après avoir pris congé des générations précédentes. Le célibat, y compris religieux, laisse entrevoir, comme l'exprime le père Luc dans le film *Des hommes et des dieux* (sur l'assassinat des moines de Tibhirine) que plus personne ne vous attendra vraiment. D'autre part, j'ai toujours connu une mère préoccupée et inquiète, qui contrôlait si j'étais bien rentré. Elle réclamait une présence et formulait un grand nombre de requêtes, vu sa situation de dépendance au cours des dernières années. Je ressens donc aussi la disparition de cette pression qui est comme un front en moins et j'éprouve le désir de regarder l'avenir librement.

Ce moment d'existence me réinterroge sur la question du célibat : il ne faut pas cacher la dimension de solitude et de manque qu'il implique. Je considère qu'il est indécent de s'en plaindre, dès lors qu'on l'a choisi de son plein gré. Découvrir la liberté et la disponibilité qu'il procure pour servir Dieu, ainsi que tous ses enfants, nos sœurs et nos frères, prend du temps, mais apporte un apaisement qui m'habite largement. La question de savoir si le célibat n'engendrait pas une solitude insupportable m'avait été posée régulièrement par des proches, bien avant mon choix ecclésial. La réponse est assez simple : je ne crois sincèrement pas avoir décidé un jour de rester célibataire ou de ne pas me marier. Ma vie s'est déroulée, en tissant spontanément une multitude de liens, que j'aime appeler féconds. Si Dieu m'avait donné le don du dessin, je tracerais, pour évoquer mon réseau proche, plusieurs cercles concentriques, en partant du plus grand, que le pape François appelle l'amitié sociale, et en le complétant à l'intérieur par l'évocation de mes réseaux d'amitiés fidèles. Le centre du dessin évoquerait les liens d'amitié et de complicité les plus forts : ceux qui résistent à l'épreuve du temps. J'ai pu expérimenter qu'en général, ils ne sont pas légion : j'ai pourtant conscience d'avoir été très gâté en fidélité(s). Dans la création, l'humain est comme inachevé : c'est sa grandeur (il est libre et co-créateur) mais c'est aussi sa fragilité (il est habité par de multiples failles). Aucun homme n'a jamais fini de se connaître : deux expériences, le développement personnel et le retour régulier vers mes racines vont m'aider à mieux me connaître.

La concordance de temps entre mon cheminement en coaching et la réflexion sur le grand chambardement, nécessaire pour faire vivre les Quatre Chemins, sera salutaire. Les deux démarches pointent vers un pourquoi ? Qu'est-ce qui m'anime pour mettre en œuvre ma mission de prêtre, dans une dimension de service à la société, complémentairement à une charge pastorale classique, consistant à célébrer l'Eucharistie et les autres sacrements et à animer l'une ou l'autre communauté paroissiale ? Le coaching m'éclairera beaucoup sur moi-même et suggérera une route qui me correspond. Elle consiste notamment à innover à partir de mes racines. La fondation créée pour faire vivre le lieu de mon enfance était un outil encore théorique. Mes parents avaient pris soin de leur domaine, qui était à la fois leur résidence et leur instrument de travail : une exploitation qui leur avait notamment permis de me financer, au cours de longues années. Ils n'aimaient pas le gaspillage, car ils avaient travaillé dur. Je me souviens que, lorsque j'étais gamin, les générations ayant connu la guerre faisaient des provisions en cas de tensions internationales. J'hérite donc d'un patrimoine qui, par nostalgie, pourrait m'empêcher d'avancer. Comme Bartimée, je dois me défaire de mon vieux manteau, trouver l'énergie pour me désencombrer car, à la campagne, tout est souvenir. Je compte aussi sur des proches pour trier, en objectivant ce qui en vaut la peine, par le truchement des autres. Outre l'efficacité, c'est l'apport d'un détachement, face au lien viscéral qui peut lier à ce que l'on possède. Dans les tribulations de la fin de vie de maman, ses quelques bijoux auxquels elle tenait beaucoup s'étaient volatilisés, peut-être égarés vu sa confusion. Lorsque je me suis rendu compte de cette disparition, je me suis mis à chercher, comme beaucoup d'autres le feraient. Puis, avec le recul, je me suis dit que c'était une bénédiction, un signe peut-être qu'un ancien monde s'en était allé et que l'essentiel est désormais ailleurs et devant moi.

La restauration de la fermette, composée désormais de trois logements, est une belle aventure. Les chantiers successifs, avec l'implication d'une dizaine d'entreprises, me ramèneront au temps des réunions hebdomadaires de chantiers, lors de l'échevinat des travaux. Le parfum du terroir, ce sont aussi mes arbres auxquels mon attachement historique était relatif. Papa me considérait comme un homme du dehors, qui ne s'intéressait pas vraiment à son métier d'horticulteur. Il respectait ce choix et il sourit sans doute aujourd'hui, quand je me laisse conseiller par ceux qu'il a lui-même initiés à la taille, au rythme des travaux saisonniers et de leurs contraintes : le gel et la protection, le soleil et l'arrosage. Ces arbres de vie sont aussi ceux de la connaissance du bien et du mal, si je peux me permettre cette métaphore biblique : ils sont en effet vecteurs de sagesse, notamment à travers leur coexistence en dialogue mutuel. Je célébrerai la fin des chantiers en invitant famille et amis, ainsi que tous ceux et celles qui, depuis des décennies, avaient travaillé au 15, Quatre Chemins. L'été 2016 touche à sa fin. Quelques mois auparavant était publiée l'encyclique *Laudato si'* du pape François : je ne peux que me réjouir d'une telle concordance. Ce beau texte a été reçu avec enthousiasme par de nombreux catholiques, mais aussi par des cercles plus larges au sein de la société civile et notamment dans le milieu associatif. Il ne relève sans doute pas du hasard que cet écrit majeur porte la date de la solennité de Pentecôte. L'envoi mystérieux de l'Esprit aux apôtres dans leur diversité, pour une mission vécue dans l'unité, ne constitue-t-il pas un paradigme inspirant pour écrire sur l'avenir de la planète ? Le pape veut en effet s'adresser à tous, pour aborder un sujet grave : l'avenir de la terre, notre maison commune, pour employer un vocabulaire bergoglien. La perspective de situer notre micro-projet de fondation dans l'esprit de l'encyclique m'enthousiasme évidemment. Aussi, je ne résiste pas à la joie de présenter et diffuser largement ce texte, pour donner à chacun la chance de le découvrir.

Par son style et son approche, *Laudato si'* tranche sur le genre littéraire habituel des textes romains. Le pape construit son exposé de manière inductive, partant de l'observation concrète du réel, qu'il confronte à l'enseignement de la Bible, pour déboucher sur des lignes d'action. Nous retrouvons là une méthode célèbre dans l'action catholique, inspirée par le cardinal Joseph Cardijn, qui avait lancé la JOC* et influencé Jean XXIII pour son encyclique *Mater et Magistra* (mère et maîtresse). C'est en effet la méthode *voir-juger-agir*, trois verbes qui conduisent à observer le réel, avant de l'apprécier de façon critique, pour déboucher enfin sur un avenir, inspiré par l'Évangile de l'Incarnation. Dans ce document, tout comme dans d'autres textes publiés au cours de son pontificat, le pape utilise un style simple et interpellant, très personnel, qui rejoint le lecteur dans ses questionnements quotidiens. Son discours se distingue également par une tonalité familière, qui ouvre au dialogue avec ses interlocuteurs : il fait volontiers référence à des personnalités spirituelles, que ce soit François d'Assise ou le patriarche de Constantinople Bartholomée. Il aime aussi recourir aux réflexions des Églises locales, issues du monde entier, ou encore aux apports de la science et de la philosophie, ce qui induit de toniques synergies pour construire ensemble. Le pape François place ses préoccupations ecclésiales à la portée de tous, aussi bien dans la réflexion que dans l'agir : que voilà une démarche qui me séduit !

Ensuite, le pape devient très concret, en faisant le point sur l'état de notre maison commune : il réserve d'emblée une place importante au réchauffement climatique, à la pollution et aux atteintes à l'environnement. Animé par le souci d'une humanité profondément solidaire, il développe amplement ses préoccupations au sujet de la question sociale, au sens le plus large. "Tout est lié", martèle-t-il au fil des pages de son texte rafraîchissant, qui vient rejoindre tant de débats actuels à propos du vivre-ensemble. Comme dans ses autres textes, il évite la langue de bois, en ne craignant pas de partir du réel, en posant des constats qui interpellent (le respect de la diversité des espèces ou de l'accès à l'eau), avec un accent particulier sur la culture du déchet : il désigne ainsi les pratiques qui privilégient le court terme et négligent la dignité de la création en général et de l'humanité en particulier. Le ton de l'encyclique est scientifique et factuel : elle rejoint ainsi le plus grand nombre sur des analyses qui n'impliquent pas a priori le partage d'une même foi.

Le pape nous invite aussi à un intéressant voyage à travers les textes bibliques, mettant en exergue les ressources de la Parole de Dieu qui nourrissent sa proposition écologique. De la Genèse à l'Apocalypse, les textes choisis résonnent comme une grammaire de l'histoire de l'humanité et ils offrent des clefs de compréhension du mystère de l'univers. La Genèse occupe évidemment une place particulière et majeure : retourner aux origines permet de contempler un horizon qui rassemble, au-delà de toutes les barrières confessionnelles, religieuses ou convictionnelles. Dans la perspective choisie par le pape François pour s'adresser à l'humanité entière, l'Ancien Testament, et tout spécialement le Pentateuque, constitue un vecteur plus universel que le Nouveau. Dans l'encyclique, est abordée l'interprétation du mandat donné par Dieu à l'homme, évoqué à plusieurs reprises dans la Genèse. Que signifient dominer, cultiver ou encore garder la terre ? L'esprit du texte met en exergue le respect et la louange exercés par toutes les créatures. L'humanité est invitée à veiller, avec amour, sur la création en la faisant fructifier pour tous. Si retourner aux grands et moins grands textes de la Bible paraît quelquefois désuet à nos contemporains, les approcher en les partageant et en les méditant déçoit rarement qui tente la démarche.

L'attention aux autres est au cœur de cette encyclique qui veut réveiller les consciences individuelles. En effet, la culture urbaine éloigne les personnes de la nature et de son rythme, en suscitant un risque de déshumanisation. Au contraire, retrouver l'harmonie de la création permet de vivre les changements plus sereinement. En effet, la donne technologique est uniformisante et le marché tend à conditionner chacun à produire et évoluer de plus en plus vite : c'est la rapidacion. Le pape pointe aussi la globalisation, qui devient avilissante si elle n'est pas tempérée par un esprit d'échanges, dans la complémentarité. Dans le domaine des nouvelles technologies, la question des limites revient régulièrement, tant dans l'organisation du commerce mondial que dans les biotechnologies. La parole du pape François est forte et jamais arrogante. Elle souffle plutôt comme une brise légère (1R 19,12), respectueuse des autres convictions et elle apporte une douceur rafraîchissante. Solidement documentée, l'encyclique ne fait l'impasse sur aucun défi contemporain. À l'heure du bio et notamment du pain intégral, l'écologie du pape se veut aussi intégrale, déclinant l'écologie tous azimuts, en débordant largement du créneau écologique classique de la préoccupation pour l'environnement. Le chapitre central manifeste sans doute le mieux le caractère transversal et interdisciplinaire du texte. Cette conjugaison des écologies manifeste bien l'humanisme, traditionnellement porté par la théologie, la philosophie et, plus globalement, par la culture chrétienne. Le pape François développe aussi le lien entre ses intuitions et les principes fondamentaux de l'enseignement de l'Église. L'écologie intégrale reprend, en les réactualisant, des paradigmes aussi fondamentaux que le bien commun, la destination universelle des biens, la subsidiarité, la participation, la solidarité ou encore la dignité inaliénable de chaque personne. Quelques paragraphes sont consacrés à la justice, aussi bien intergénérationnelle qu'intragénérationnelle, vertu cardinale qui appelle volontiers aussi en renfort sa consoeur théologale, la charité.

En outre, le pape François développe d'intéressantes intuitions politiques, aussi bien sur le terrain de la démocratie participative que représentative. Illustrant ainsi que tout est inéluctablement lié, le pape suggère que, pour sauvegarder notre maison commune, une action politique efficace doit se déployer à tous les étages : du microlocal à la gouvernance de la mondialisation. Ce dernier thème avait été courageusement abordé par le pape Benoît XVI dans son encyclique Caritas in Veritate (l'amour dans la vérité). L'encyclique *Laudato si'* revient sur cette question brûlante, en l'amplifiant et en pointant d'autres : la transparence des décisions ou le nécessaire primat du politique sur l'économique. L'approche n'est pas idéologique et l'économie de marché n'est pas mise en cause comme telle, mais le danger d'une régulation insuffisante n'est pas esquivé. Le pape exprime, avec beaucoup de lucidité, les dérives dans le champ politique ou économique qui affectent nos sociétés, notamment en Occident. Il nous invite à ouvrir les yeux sur les maladies de nos démocraties, aussi bien à l'échelle des nations qu'au plan européen ou intercontinental. Le souci du dialogue s'exprime également dans une fructueuse interaction entre les sciences et les religions. L'éthique en est le cœur, sise aux confins de la raison et de la spiritualité, entre requêtes du terrain concret et ressources de la sagesse. À l'heure où nos systèmes politiques paraissent essoufflés, l'oxygène bergoglienne réveille l'idéal pour la gestion de la cité, qui n'a cessé de m'habiter, avant et après des engagements politiques concrets.

Nous sommes donc invités à changer nos mentalités, une voie qu'il qualifie de conversion écologique globale. Cette expression forte exprime la dimension éthique fondamentale qui traverse le texte. La règle d'or inversée, inspirée de Mt 7, 12 : "tout ce que vous voulez que les hommes fassent pour vous, faites-le vous-mêmes pour eux" peut incontestablement se décliner, tant au niveau le plus global que dans le concret des choix de styles de vie. Mais, comme ailleurs, le pape part du très concret en invitant à miser sur un autre style de vie. L'encyclique soutient résolument le nécessaire discernement dans la consommation : il convient de l'orienter dans le sens d'un développement durable. Cette approche rejoint un mouvement novateur dans nos sociétés, certes minoritaire mais significatif, qui privilégie le partage plutôt que l'achat, qui promeut l'économie collaborative ou encore circulaire et qui choisit la qualité de la vie, plutôt que la consommation effrénée. Le pape François propose aussi de vivre l'écologie intégrale en Église, à travers la liturgie comme la diaconie, le service à la société. Des courants significatifs, au sein des générations Y ou Z (les plus jeunes de notre société), portent ces différentes préoccupations et demandent du concret. Les communautés chrétiennes, notamment les paroisses, peuvent devenir des laboratoires, pour contribuer à mettre en œuvre la voie proposée par l'encyclique : il s'agit de vivre ce chemin en actes et en vérité, plutôt que (seulement) dans les paroles et les discours. La préoccupation écologique était latente, mais lisible, dans les documents du Magistère depuis quelques décennies. Le pape François l'a rendue patente, par un texte puissant et résolument ouvert au dialogue, que chacun peut relayer sur le terrain au quotidien. Encore faut-il le faire, si on veut éviter que l'intuition ne se flétrisse. Un film tel "Demain", propose de nouvelles manières d'habiter ou de consommer, tout comme d'heureuses initiatives associatives qui viennent concrétiser le défi lancé par le pape actuel.

J'ai rêvé, avec d'autres, que le lieu de mon enfance devienne une cellule de ce genre, un havre de ressourcement et de paix, un endroit de retour à une forme de simplicité volontaire : bref, un espace d'amitié ou de développement personnel, au sens large. Pour faire vivre ce lieu, l'harmonie entre les habitants constitue un préalable. En habitat groupé, chacun doit se sentir heureux, respecté dans sa vie privée, sa privacy, tout en restant attentif au bien commun. Les trois chats, qui empêchent la présence de l'un ou l'autre animal nuisible, engendrent cet équilibre à leur façon. Au rythme des saisons, l'entretien de l'arboretum, du verger, des jardins, des parterres ou de la serre implique beaucoup d'acteurs. Dans certains cas, ce sont des professionnels, dans d'autres, des personnes motivées pour venir donner un coup de main (depuis l'époque de mes parents pour certains). L'esprit de la fondation attire aussi des visiteurs occasionnels : une balade de quelques centaines de mètres permet de visiter l'arboretum, en passant par les jardins et vergers. Un parcours gourmand relie les arbres fruitiers. Leur grande diversité, selon les espèces et selon les saisons, peut être appréhendée par la symphonie de nos cinq sens, ce qui ravit évidemment les plus jeunes. Deux univers, celui des arbres fruitiers et la collection des arbres forestiers et ornementaux cohabitent, avec leurs différences radicales. Les premiers se font chouchouter au fil des saisons, recevant en hiver la taille requise, selon leur forme et leur espèce. Chaque variété de poirier offre à son tour sa production, de semaine en semaine, de fin août à la Toussaint. Quant aux arbres forestiers, ils représentent ce que les chats sont en comparaison avec les chiens : indépendants. Leur palette de vert tendre, au printemps, et l'éventail de leurs couleurs, en automne, sont naturellement épatants. Chacun a sa personnalité et se laisse adopter par tel ou tel visiteur. Le tout constitue un ensemble vivant, dans lequel les individus se développent, mais parfois meurent. Mes visites hivernales aux pépinières ramènent de la sève neuve. Les arbres ressemblent aux humains : ils sont vieux ou jeunes, discrets ou massifs, avec des formes arrondies ou allongées, droits ou tordus. Leurs voisins sont tantôt en harmonie, tantôt en concurrence ou en conflit. "Tout est lié", martèle le pape François. Franchement, aux Quatre Chemins, le naturel, l'humain et le spirituel font très bon ménage !

La fin d'un monde ou l'aporie du néo

«Et qui est mon prochain ?» (Lc 10, 29).

Flash-back : le mercredi 13 mars 2013, j'officie comme diacre (étole violette en bandoulière, puisque c'est le Carême) lors de l'Eucharistie des étudiants à Louvain-la-Neuve. Le conclave pour l'élection du successeur de Benoît XVI est en cours. Vers la fin de la messe, un étudiant se dirige vers l'autel, brandissant son smartphone : la fumée est blanche. Nous vivrons une soirée François, habitée par une sorte d'électrochoc, mais surtout par une formidable espérance : nous sentons très vite que quelque chose est en train de se passer. Les attentes sont sans doute à la mesure des pesanteurs ressenties auparavant, tant l'atmosphère semblait lourde, à Rome, à la fin du pontificat du pape Benoît XVI. Curieux hasard du calendrier, le lendemain matin, je proclame l'Évangile, dans la chapelle du couvent des Zusters van Barmachtigheid, les Soeurs de la Miséricorde, à Sancta Maria, comme nous disons familièrement dans ma région. On y célèbre les funérailles du curé de mon enfance : il vient de mourir à près de 90 ans et a souhaité une stricte intimité. Ce rebelle à toute institution le restera donc jusqu'au bout. Sa trajectoire se termine, tandis que pour moi, la boucle est bouclée. D'une part, parce que je suis né à deux pas d'ici, dans la clinique que cette même congrégation a fondée et où plusieurs membres de ma famille ont rendu leur dernier souffle. D'autre part, parce que dans notre campagne, le curé représentait une véritable autorité morale ; le caractère bien trempé de cette personnalité me l'avait fait choisir comme un de mes guides de référence, mais j'éprouvais aussi pour lui une sorte de crainte révérentielle. La disparition d'un père, biologique ou spirituel, rend triste mais engendre l'étrange sentiment de pouvoir (enfin) penser par soi-même tout à fait librement. Il me semble que le départ de personnalités fortes, qui ont marqué en profondeur, peut aussi libérer des potentialités chez leurs disciples, qui éprouvent généralement une infinie gratitude à leur égard. En rentrant à Louvain-la-Neuve, j'écoute la radio : l'actualité est en mode François. Je me sens profondément heureux. Je suis devenu séminariste, en septembre 2010, dans une Église belge meurtrie par le scandale de la pédophilie, l'affaire Vangheluwe. Peu imaginaient sans doute le tsunami que cette affaire et tant d'autres allaient provoquer. L'Église universelle paraissait être à la peine à la fin du pontificat de Benoît XVI. Sans aucun doute, il a été un pape remarquable, qui a renouvelé le message de l'Église notamment à travers de magnifiques encycliques. Quelle chance d'avoir eu un théologien de son envergure, ayant connu le Concile : il pourra le relire et le prolonger une quarantaine d'années plus tard. Mais l'ampleur intellectuelle du pape Benoît ne pouvait plus occulter qu'il perdait progressivement le contrôle de certains pans de l'institution, une tendance déjà perceptible à la fin du pontificat de Jean-Paul II. Outre la gouvernance visiblement chaotique qu'il fallait revoir, les attentes du peuple de Dieu concernaient aussi un changement de style. La nouvelle approche du pape François va s'imposer d'emblée, dès le soir de l'élection, mais surtout elle va durer.

Trois ans plus tôt, un changement de style venait aussi de s'opérer au diocèse de Malines-Bruxelles. Après plus de trente ans à la tête de l'archevêché, le cardinal Danneels passait la main à l'évêque de Namur, André-Mutien Léonard, qui devenait l'archevêque André-Joseph. Son arrivée est perçue comme le choix de son ami Benoît : iIs ont travaillé ensemble à la commission théologique internationale et, visiblement, ils s'apprécient. Le nouvel archevêque veut provoquer un souffle neuf, susciter des vocations de prêtres et de diacres et aller sur le terrain parler aux fidèles, en visitant les doyennés. À sa manière, il est une figure familière pour ceux qui sont loin, une tonalité nouvelle qui attire, même si sa personnalité non-conventionnelle ne fait pas l'unanimité, surtout dans le sérail. Il est parfois opportun de se demander pourquoi certains recueillent une large adhésion auprès des fidèles. Le souci des vocations de ministres ordonnés a marqué sa vie : il en appellera donc beaucoup. Son audace permet un rayonnement et un certain succès, mais en même temps une hostilité croissante. C'est sans doute son talon d'Achille, que certains viendront mordre en temps opportun et qui expliquera en grande partie sa déstabilisation, à la fin de son archiépiscopat. Comme le pape Benoît, il perd aussi le contrôle de la structure, en faisant naïvement confiance à un entourage hérité de son prédécesseur. Il donne la curieuse impression de ne pas prendre la mesure de ce que la loyauté ne caractérise pas l'agir de certains de ses collaborateurs haut placés. Dans cette atmosphère mitigée, le souffle venu de Rome vient bouleverser les choses, encourager le mouvement et, en quelque sorte, rendre plus simple la mission pastorale. C'est donc dans ce contexte que je vis mes premières célébrations. Le consumérisme m'a appris que les valeurs perçues sont tellement différentes des valeurs réelles et que c'est à partir des premières que beaucoup de choses se jouent, la plupart du temps. Toutefois, tant le pape que l'archevêque sont des réalistes, qui renouvellent le style de la mission de l'Église.

Ordonné prêtre quelques semaines après l'élection du pape François, je célèbre avec enthousiasme et spontanéité. Mon fil rouge sera de souligner sans cesse le lien entre l'Évangile et la vie, rejoignant le vécu des personnes, plutôt que de rappeler des principes qui ne sont plus familiers. Inspiré par le style François, je vais volontiers vers les périphéries pour accueillir le tout-venant : ceux qui ne sont pas tout à fait en règle, mais demandent une intention de prière, une bénédiction, ou encore un sacrement. J'aime rencontrer les familles comme elles sont : vivre une soirée en partageant un repas, une bouteille de vin ou quelques bières ; tout cela avec beaucoup d'eau pétillante dont je raffole. Je suis frappé par l'énorme bienveillance des personnes, car la plupart portent une recherche de sens, diffuse mais bien réelle. En même temps, ils sont plutôt étrangers à une Église que, généralement, ils ne connaissent plus. Je prends vraiment conscience de ce contexte, comprenant mieux la remarque de mes amis, si souvent entendue tandis que je cheminais vers l'ordination : "Que vas-tu faire dans cette galère ?" Autrement dit, comment vas-tu t'accommoder de ce décalage (qui ne te ressemble pas) entre une société qui bouge et une Église qui stagne ? Selon moi, c'est là que se dessine un enjeu majeur : comment combler cet écart grandissant entre les cultures, la contemporaine (telle qu'elle est) et l'ecclésiale ? L'Église, "experte en humanité" selon la formule de Paul VI, me paraît ne pas être restée telle au fil des ans. La raréfaction des ministres ordonnés conduit à organiser une décroissance institutionnelle, dans un contexte extrêmement mouvant, là où la demande, de plus en plus diversifiée, impliquerait un traitement sur mesure. Comparons à la fabrication et au commerce de vêtements : les tailleurs ont disparu et le prêt-à-porter s'est imposé. L'Église qui a pu offrir naguère du sur mesure, n'a plus de tailleurs, du moins dans son cadre traditionnel. Il s'agit désormais de trouver les mots de la transmission, avec un vocabulaire inclusif, dans le cadre d'un prêt-à-porter.

En Église, je suis volontiers qualifié d'électron libre, aussi je reçois une charge d'électron libre. Autrement dit, je reçois au départ peu de missions, et - détail amusant - aucune dans les domaines dans lesquels j'avais acquis de l'expertise, dans ma vie antérieure. Je suis nommé vicaire dominical à Ottignies, dans une paroisse plutôt sinistrée, où personne ne semble m'attendre vraiment. Tout cela n'est pas réjouissant, en début de ministère, mais je ne m'étais pas fait beaucoup d'illusions, ce qui évite d'être déçu ! Je le vis très vite comme une bénédiction, car je serai davantage disponible pour l'accueil du tout-venant. Très heureusement, les demandes affluent, à Louvain-la-Neuve et ailleurs, pour préparer des baptêmes, des mariages, des funérailles, accompagner des personnes ou des groupes. Ma première vraie paroisse, ce sera mon compte Facebook grâce auquel se nouent des liens pastoraux. Je garde un souvenir ému de mes premiers baptêmes (celui de Gabriel à Louvain-la-Neuve et celui de Lucile à Wodecq), de mon premier mariage (celui de Aïcha et Cyrille au Pays des Collines) et de mes premières funérailles (celles d'Alix à Uccle). Cet apostolat ne fera que s'amplifier, à ma grande joie. Les moments passés avec les familles, souvent jeunes, lorsqu'on prépare baptêmes et mariages, ou intergénérationnelles pour les funérailles, sont des cadeaux. En revanche, le contexte institutionnel me laisse perplexe.

Arrivé dans un contexte particulier, au sein de ce que le jargon ecclésiastique appelle *presbyterium*, compte tenu de mon parcours, je vais souvent me sentir à distance, subissant à l'occasion quelques coups de griffe de la part de cette culture cléricale que le pape François ne cesse de dénoncer ; une culture faite de hiérarchie, et parfois de suffisance, totalement en décalage avec la manière d'être d'aujourd'hui : celle des échanges, des réseaux, de la recherche ensemble de ce qu'il convient de faire, au sein de réalités nouvelles. En outre, mon approche personnelle est inévitablement restée quelque peu entrepreneuriale, tournée vers le monde réel : cette façon de voir dérange par nature l'institution en tant que telle. Une gestion professionnelle des ressources humaines valorise les compétences et les expériences des gens. Il m'arrive de penser que certains responsables sont conscients de ces besoins nouveaux, mais sont rétifs à oser impliquer des personnes qui voudraient innover. La formation, qu'ils ont reçue, à une autre époque et dans un autre contexte, ne les aide pas à prendre des risques. Je vis aussi des expériences plus motivantes, y compris dans des cercles ecclésiaux plus institutionnels, mais cela ne me fait pas oublier l'impression de gâchis que j'ai parfois ressentie. Pendant les premières années de ma mission de prêtre, mon rapport au diocèse a été comparable au lien unissant le citoyen lambda à sa commune : de temps à autre un bulletin d'infos, parfois des circulaires ou peut-être une facture, le tout assorti d'une réunion d'informations, afin de prendre le pouls de la population. Bref, ce n'est pas un projet commun dans lequel je me sens spontanément intégré, avec une poussée d'adrénaline à la clef : voilà le manque que je ressens. La pastorale territoriale, dans le Brabant wallon, est quadrillée par 150 confrères pour 400 000 habitants. Très majoritairement, ces prêtres viennent d'ailleurs, d'Afrique ou de Pologne mais aussi du Liban ou de France. Toutes les cases de l'organigramme sont remplies, les objectifs du projet commun étant de facto peu partagés. La diversité est certes une richesse et elle signifie notamment l'universalité de l'Église. Toutefois, le déséquilibre culturel interne du presbyterium, tout comme le décalage culturel entre une partie du clergé et les citoyens du cru, pose question dans plusieurs diocèses belges. Deux figures d'Église coexistent : d'une part, la pastorale territoriale (un modèle largement exténué vu la chute vertigineuse des pratiques régulières) et, d'autre part, des communautés d'élection (des paroisses ressenties comme dynamiques ou animées par des communautés religieuses). Il est vrai que l'existence de différents modèles enrichit la mission de l'Église. Je pense au rôle transversal des abbayes et des couvents, qui drainent un public différent, particulièrement des personnes en recherche, souvent plus à l'aise dans ce cadre : voilà des poumons pour l'ensemble du corps, surtout quand les interactions sont favorisées. Comme le pape François dénonce régulièrement les maladies de la curie, en proposant même des remèdes, on pourrait s'interroger aussi davantage sur les défis des Églises diocésaines. Le premier risque me paraît être celui de la marginalisation. En effet, les assemblées qui devraient être, a priori, à l'image de la société sont des assemblages de minorités (quelques jeunes en catéchèse, une écrasante majorité de seniors, des chrétiens venus d'ailleurs, ...). En même temps, le monde adulte, la génération au travail dans la société, a quasi disparu des assemblées, en maints endroits. C'est une tendance affirmée en Europe et cette absence d'occasion de confrontation au réel ne peut qu'affaiblir une institution. Pire, elle risque de se complaire dans sa spécificité ou son isolement et ronronner. Je suis étonné que certains prêtres disposent encore, de facto, d'une garde rapprochée composée de familiers, employés d'église ou bénévoles. La plupart sont animés de bonnes intentions et veulent bien faire, mais ces noyaux peuvent former un écran, par rapport à la réalité qui se vit en société, ou pire, conforter le prêtre dans une vision tronquée de la réalité.

J'ai trop peu côtoyé la joie et l'espérance, lors de rencontres entre prêtres qui pourraient être des lieux de partage : cela arrive mais seulement occasionnellement. Une sorte de fatalisme se vit, que d'aucuns dénomment thérapies occupationnelles. Tout le monde disparaît dès que possible, parfois même avant la fin des réunions. Il me semble parfois difficile d'être sincère ou de bousculer un peu : tout cela est généralement très ennuyeux. Des questions sont discutées, le plus souvent superficiellement, avec peu de dialogue prospectif et une peur diffuse d'affronter le réel en face. Cela me fait songer aux salles de profs, où l'on raconte les gaffes des pires élèves. Se rend-on compte que les pratiquants occasionnels ont oublié leur grammaire et qu'ils ont simplement besoin d'une remise à niveau proposée avec un peu de talent pédagogique ? Quant à certains responsables, ils me semblent trop souvent agir comme des plombiers de la pastorale. Pourraient-ils faire autrement ? Probablement, car le moral des troupes n'est pas au top niveau. Les enquêtes relatives à la vie des prêtres interpellent. Le clergé oscille entre burn-out et bore-out, entre surmenage et ennui, confronté à des situations de terrain, auxquelles leur formation ne les a généralement pas assez préparés. Les séminaires sont quasi vides. Hérités du Concile de Trente (au 16e siècle), leur structure et leur fonctionnement sont-ils encore adaptés pour la formation des pasteurs d'aujourd'hui ? Je me permets d'en douter, mais il reste difficile de parler franchement et sereinement de ces épineuses questions. Certains responsables se donnent un devoir d'assumer la survie du modèle existant, bref de reproduire le passé, en serrant de plus en plus fort leur pinceau alors que l'échelle est en train de tomber !

Les diacres, animateurs pastoraux ou autres laïcs en responsabilité peuvent former une intéressante interface entre prêtres et laïcs ; mais les synergies sont difficiles à inventer. Les diacres ont un rôle peu clair dans la pratique de l'Église. La corporation se renouvelle peu, alors que les besoins dans leur créneau sont énormes. En effet, la diaconie et la pastorale des rites de passage, à l'échelon très local, relèvent de leur domaine. À l'inverse, il y a pléthore d'animateurs pastoraux dans beaucoup de diocèses, notamment en Belgique (vu la manne venant du SPF Justice pour financer les traitements des ministres du culte). Leur situation n'est pourtant pas enviable non plus : pères ou mères de famille, ils sont plutôt mal payés et parfois peu encadrés. Plus grave encore, le virus du cléricalisme peut les atteindre par contagion et il peut être bien pire que le virus originel. Un certain nombre d'experts ou de consultants (là, l'Église copie ce qui est à la mode dans l'entreprise ou la politique) peuvent être champions à ce point de vue.

Les débuts de mon immersion pastorale en Brabant wallon m'ont interrogé sur la recherche de l'harmonie entre la culture ecclésiale et celle de la vie quotidienne des personnes que je rencontrais. Nous héritons en effet d'une Église pyramidale, territoriale et englobante, alors que nous sommes confrontés à une demande expérientielle, affinitaire et à géométrie variable : bref du soft versus du hard. L'appareil ecclésiastique est donc devenu largement désuet. Prenons un exemple anecdotique : qui peut comprendre que le responsable de notre vicariat du Brabant wallon est évêque d'Apt, un diocèse disparu du Vaucluse (Sud de la France), alors qu'il est installé à Wavre comme évêque auxiliaire de l'évêque qui réside à Malines ? Quel jeune peut concevoir qu'il faut l'appeler comme le prince Laurent, c'est-à-dire Monseigneur ? Tout cela relève évidemment de traditions ancestrales, devenues insolites, ce qui - heureusement - n'empêche nullement les personnes en place de bien s'acquitter de leur mission. L'Église dispose pourtant d'un formidable réservoir de ressources humaines : les encore nombreux chrétiens lambda que nous croisons. Cependant, la greffe ne prend pas suffisamment car beaucoup trop de responsables conservent l'habitude de réfléchir en Black box, plutôt que d'oser sortir de leur zone de confort en recherchant du neuf, Out of the box précisément. Comme le rappelle souvent le pape François, il faut éviter les postes de douane, en laissant à chacun sa chance. Dans la gouvernance aussi, notre énergie devrait s'orienter vers la recherche de chemins créatifs et innovants. Malheureusement, face à ces angoissantes incertitudes, surgit la tentation identitaire, avec un grand soin mis sur les formes, davantage que sur le fond. Ces réactions s'appellent raidissements liturgiques, signes distinctifs très marqués, sentiment d'appartenance à un corps d'élite, très différent du reste de la société; en bref, une forme de néocléricalisme, qui n'atteint toutefois que des milieux sociologiquement spécifiques et qui éloigne l'Église du questionnement de la plupart de nos contemporains.

Dans notre société occidentale, où l'individualisme règne en maître et où le dialogue entre les composantes culturelles est difficile, les lieux où se vivent la liturgie, la prière, la réflexion ou le partage biblique sont d'intéressants laboratoires. C'est notamment là que s'expérimente très concrètement la richesse de la diversité. Ces rassemblements sont souvent des constellations de minorités, des gens de toute tribu, de toute langue, de tout peuple et de toute nation, pour citer l'Apocalypse. Ils réunissent des groupes de personnes, qui se croisent généralement peu dans le quotidien, vu leur appartenance sociologique contrastée. La dimension intergénérationnelle rassemble parfois des personnes âgées avec de très jeunes. Le gratuit y a une belle place, en contraste avec une société où tout s'achète. Bref, une heureuse ouverture à l'autre et aux autres, dans un climat d'engagement libre et bénévole. Ces lieux offrent aussi l'occasion de vivre des moments d'intériorité et de silence, des espaces d'écoute et de pardon. Osons-nous assez témoigner de la proposition positive que nous portons, au lieu de gémir sur les changements ? Beaucoup redécouvrent les églises à l'occasion de célébrations de baptêmes, de confirmations, de mariages ou encore de funérailles. Venus généralement pour des raisons qui n'ont rien de liturgique, ils peuvent librement se tenir à distance de ce qui se vit. Pourtant, il leur arrive parfois de se sentir interpellés, par des signes qui viennent rejoindre notre commune humanité. La tradition chrétienne continue d'accueillir : écouter la Parole de Dieu ou vivre un sacrement, au sein d'une assemblée où se mêlent les convictions et dans le respect de chacun, ne cesse d'être parlant. La résonance de ces rencontres, toujours uniques, m'impressionne à chaque fois, parce qu'elles me paraissent former un vrai tissu de solidarité dans les familles ou les quartiers.

Les célébrations auront toujours besoin de ministres. Il serait pertinent et prophétique qu'ils manifestent une réelle diversité, à l'image de la mosaïque qu'est le peuple des baptisés. De nouvelles pistes méritent d'être explorées pour une Église plus accueillante : regarder devant soi, ensemble, devrait permettre de rapprocher progressivement nos horizons. Un coup d'œil dans le rétroviseur au début de l'Église, - notamment au commencement du ministère de Paul - est également inspirant : en quittant Athènes, Paul se rendit ensuite à Corinthe. Il rencontra là un Juif nommé Aquilas, originaire du Pont, qui venait d'arriver d'Italie avec sa femme, Priscille. Claude en effet avait décrété que tous les Juifs devaient quitter Rome. Paul entra en relations avec eux et, comme il avait le même métier – ils étaient des fabricants de tentes – il s'installa chez eux et y travaillait. Chaque sabbat, il prenait la parole à la synagogue et tâchait de convaincre Juifs et Grecs (Ac 18, 1-4). Voilà un professionnel qui est aussi prédicateur !

Oser aborder ces enjeux, dans le respect de nos sensibilités légitimement différentes, me semble indispensable à la bonne santé de l'Église. Mon parcours personnel original, comme théologien et comme prêtre, m'a apporté beaucoup de joies. Il m'a fait croiser d'autres personnes qui vivent ou ont vécu des cursus moins traditionnels. J'ai pu penser aussi que la pesanteur de l'institution rend anormalement difficile le cheminement de baptisés de bonne volonté. L'heure appelle à accueillir davantage l'improbable, plutôt qu'à utiliser des recettes vieillies. L'attitude consistant à former en vase clos ou faire du néo (une technique qui consiste à remettre une tradition dans un contexte nouveau, comme le néogothique le fit à partir du style gothique, par exemple) me semble conduire à une impasse. Au contraire, écouter l'Esprit et agir avec audace peut aider à mieux rencontrer nos contemporains et, de ce fait, à mieux les servir. J'ai l'occasion de le vivre, grâce à Dieu !

La vie m'a aussi beaucoup gâté en amitié(s), à travers des liens forts, marqués du sceau de la diversité. Vivant de facto une forme d'itinérance, toujours sur les routes, j'ai apprécié pouvoir me poser, poser la tête souvent, me re-poser parfois, dans des demeures familières. Des espaces de gratuité où l'on se retrouve à l'aise, l'un n'ayant a priori rien à demander à l'autre. Ce sera pour moi une belle expérience de côtoyer la féminité et de vivre de belles complicités en amitié. Les fées du logis ont en effet le don de créer une atmosphère de paix et de sérénité, qui encourage à échanger sans la peur d'être jugé. L'amitié, c'est notamment beaucoup de bienveillance et j'avoue en avoir eu souvent besoin pour tenir bon, au gré des étapes de mon parcours. La fidélité en amitié est d'ailleurs l'une de mes valeurs cardinales. Si je crois avoir beaucoup donné en amitié, j'ai surtout beaucoup reçu, à travers une splendide mosaïque d'amis proches aux parcours contrastés. Pouvoir échanger régulièrement aussi bien avec un ingénieur musicien qu'un confrère aveyronnais thomiste, avec un magistrat historien qu'un agriculteur passionné, avec une institutrice amatrice de littérature qu'un théologien de la spiritualité, avec une artiste pédagogue qu'un artisan empli de sagesse, avec un avocat cultivant la vertu de justice qu'un jésuite exégète, quel contraste bienfaisant ! Mon enthousiasme, sans cesse relancé, je le dois à l'énergie reçue de mes vrais amis, celles et ceux avec qui je partage des repas parfois tout simples ou des balades tonifiantes. Mille fois, nous avons refait le monde en fin de soirée, sur une terrasse privée ou celle d'une brasserie. Certains souriront en lisant ces lignes. Ils devinent que ma gratitude est immense.

L'air du dehors : accompagner le tout-venant

Dans le climat contrasté de début de ministère, l'enseignement du pape François me ressource beaucoup. En automne 2014, je découvre et dévore *Evangelii Gaudium*, la Joie de l'Évangile, dans le TGV vers le couvent de Marseille. Je me retrouve dans ce texte, comme un poisson dans l'eau. Le lendemain, nous bouleversons notre programme de rencontre de fraternité sacerdotale dominicaine, pour lire le texte dont chacun a entendu parler, mais que personne n'a encore lu. Je suis donc amené à présenter ce texte, notamment toutes les perles que j'y avais cochées : tous sont aux anges. Le texte qui suit me paraît particulièrement suggestif et illustratif : si le chrétien est légaliste ou cherche la restauration, s'il veut que tout soit clair et sûr, alors il ne trouvera rien. La tradition et la mémoire du passé doivent nous aider à avoir le courage d'ouvrir de nouveaux espaces à Dieu. Celui qui aujourd'hui ne cherche que des solutions disciplinaires, qui tend de manière exagérée à la "sûreté" doctrinale, qui cherche obstinément à récupérer le passé perdu, celui-là a une vision statique et non évolutive. De cette manière, la foi devient une idéologie parmi d'autres. Pour ma part, j'ai une certitude dogmatique : Dieu est dans la vie de chaque personne. Dieu est dans la vie de chacun. Même si la vie d'une personne a été un désastre, détruite par les vices, la drogue ou autre chose, Dieu est dans sa vie. On peut et on doit Le chercher dans toute vie humaine. Même si la vie d'une personne est un terrain plein d'épines et de mauvaises herbes, c'est toujours un espace dans lequel la bonne graine peut pousser. Il faut se fier à Dieu.

Le pape François infléchit ainsi l'attitude pastorale de l'Église, invitée à rejoindre Dieu présent dans toute personne, y compris et surtout chez celles et ceux qui sont loin. Cette approche implique aussi une formulation simple du chemin proposé par les chrétiens à leurs contemporains. Elle ramène à ce qui est essentiel et permet de décaper tout ce qui s'est ajouté, au cours de nos histoires de croyants : que ce soient les traditions particulières ou les formulations, parfois obsolètes, au cœur de notre foi qui consiste – bien avant tout – à aimer. Il arrive que la religion, ou certaines de ses pratiques, étouffe la foi et l'amour. Redécouvrir la simplicité de l'Évangile et parvenir à une formulation susceptible d'être reçue, n'est-ce pas la tâche créative et exaltante de chaque chrétien ? Comme je continue à vivre à Louvain-la-Neuve, une sorte de Galilée contemporaine des nations, je vais pouvoir mettre ce beau texte en pratique. J'apprécie en effet l'échange franc et direct avec ceux qui se disent à distance, agnostiques ou athées, qui l'assument et avec qui j'éprouve un réel plaisir à discuter. C'est, paradoxalement, parfois plus difficile avec certains cathos historiques ou sociologiques, qui aiment passer par la case justification. Généralement, ils ont tout envoyé promener, mais ils préfèrent en attribuer les raisons à tel évènement familial, à la maladresse d'une religieuse ou à l'inflexibilité d'un clerc : c'est assez amusant à écouter. En revanche, je reste impressionné par quelques histoires sérieuses qui m'ont aussi été racontées et qui ne me motivent pas à espérer le retour d'une Église trop puissante.

La génération montante, appelée Y par les sociologues, semble majoritairement ne plus avoir soif de la Parole de Dieu, annoncée par l'Église et vécue communautairement. En Europe occidentale, une proportion très réduite de cette génération s'affirme encore chrétienne. L'Eucharistie, comme les autres sacrements, ne les attire visiblement plus. Si la foi chrétienne peut encore rester une référence spirituelle et culturelle pour eux, ou peut aussi manifester l'attachement à une tradition familiale ou sociale, les pratiques proposées semblent devenues étrangères aux aspirations de cette génération Y. L'Évangile du Bon Pasteur est en quelque sorte inversé, puisque 99 % des brebis sont loin de la bergerie, alors qu'une seule - en moyenne - paraît apprécier d'y rentrer et d'y séjourner régulièrement. Je lis pourtant une soif spirituelle diffuse dans l'agnosticisme contemporain. Face à cette recherche, un verset de Matthieu me taraude en particulier : *Faites disciples toutes les nations*... (Mt 28, 19). Comme prêtre, dois-je proposer le package complet de la foi ? Sans doute que non, en tout cas pas dans un premier temps. C'est dans la conversation et l'action, ensemble en humanité, que la foi peut commencer à se partager. Parler de Jésus et de l'Évangile me semble le chemin qui rejoint la vie. Globalement, je suis convaincu que, dans nos sociétés plurielles, c'est dans la diversité que se vit la foi.

En ce qui concerne la génération Z, les enquêtes sociologiques montrent une aspiration à des valeurs qualifiées de non-matérielles, l'argent et l'ambition ne constituant pas le cœur du rêve de la plupart d'entre eux. De nouvelles formes associatives se créent. Elles sont très majoritairement plurielles et soucieuses d'une recherche de sens. Je pense que ceux qui se disent chrétiens sont invités, là où ils vivent et dans le contexte de leur époque, à apporter leur pierre au questionnement de tous. Ils sont aussi appelés, en communauté chrétienne, à réfléchir comment transposer, en l'actualisant, l'enseignement social de l'Église en étant ainsi attentifs aux signes des temps. C'est certainement là une des formes de la mission d'un chrétien d'aujourd'hui. Témoignage et évangélisation me paraissent aller de pair : le témoignage suscite les questions de l'incroyant, tandis que l'évangélisation révèle ce qui est caché à beaucoup de non-croyants, l'amour gratuit et miséricordieux de Jésus, pour toutes celles et tous ceux qui l'ont côtoyé. Nous rejoignons ici la finale de l'Évangile de Matthieu. En effet, le premier Évangile se termine par l'envoi des disciples en mission universelle par le Christ, les assurant de sa présence constante au cours de leur longue pérégrination. La condition de disciple suppose donc un envoi en mission. Pourtant, les chrétiens pensent assez spontanément que c'est le métier des clercs et des religieux, mais pas le lot du commun des mortels. Selon le dernier Concile, en vertu des dons qui lui ont été confiés, tout laïc constitue un témoin et, en même temps, un instrument vivant de la mission de l'Église, à la mesure du don qu'il a reçu. Plus que jamais, l'envoi en mission consiste donc, très largement, à sortir des cercles ecclésiaux traditionnels. Est-ce un hasard si le pape François rappelle à temps et à contretemps qu'il convient d'aller aux périphéries existentielles ou autres ? Les chrétiens sont donc envoyés pour rejoindre une humanité, toujours traversée par la souffrance et le questionnement. Ce sont parfois des cris à écouter, mais toujours des dialogues à nouer, des conversations vraies, dans la bienveillance. Je vis très concrètement cette expérience, comme chrétien et comme prêtre. J'aime déployer de l'énergie, pour aider les familles à préparer des célébrations qui les touchent intimement, en redécouvrant tout simplement, avec d'autres, que l'Évangile est vivant et rejoint nos vies, y compris dans leur quotidienneté.

Nous pouvons nous inspirer du chapitre 13 de l'Évangile de Matthieu. Ce discours en paraboles s'avère d'une étonnante actualité, car son langage d'ordre symbolique est suggestif, pour des femmes et des hommes volontiers rebelles aux injonctions, mais à la recherche d'accomplissement, de paix et de salut. La parabole du semeur (Mt 13, 1-23) signifie la diversité de l'accueil de la Parole de Dieu à travers les époques. S'il y avait en Palestine un peu de gaspillage dans les semailles (on y semait avant de labourer), le paysan-semeur ne pouvait se décourager : son bon sens savait que la récolte suivrait malgré tout. Semer en laissant libre constitue un sage paradigme pastoral. Beaucoup de nos contemporains sont attentifs aux rencontres qui peuvent donner sens, ou aux compagnonnages potentiellement féconds. Lors des rites de passage, des familles qui sont pourtant au loin s'approchent et participent, souvent dans une attitude d'ouverture. Dans ces circonstances, des célébrations de très grande qualité, bien préparées avec les familles, devenues réelles partenaires, rendent la parabole actuelle. Dans le même chapitre, la parabole de l'ivraie (Mt 13, 24-43) invite les chrétiens à ne pas prendre la place de Dieu, à faire passer la miséricorde avant le jugement. Nos contemporains, volontiers jaloux de leur autonomie, éprouvent une immense soif d'écoute. Inventer des lieux et des moments, pour rencontrer celles et ceux qui cherchent loyalement une réponse à leurs questionnements fondamentaux ou une signification à un évènement de leur vie, constitue incontestablement un enjeu pastoral majeur. Quant aux paraboles du trésor enfoui et de la perle précieuse (Mt 13, 44-52), elles suggèrent que la recherche de valeurs et le désir de vie habitent les femmes et les hommes de bonne volonté, parfois confusément mais ô combien réellement. Oser proposer le chemin - joyeux - de l'Évangile, dans le respect des parcours de chacun et dans un climat de liberté, c'est simplement manifester l'espérance qui nous habite. La Parole de Dieu, traduite en signes, en mots ou en silences, rend familiers des textes millénaires, en passant notamment par les trésors de la liturgie.

Fréquenter le monde du coaching a provoqué chez moi une petite révolution mentale, la coach attitude reconduit sans cesse aux personnes, à leurs besoins et leurs désirs. Elle m'aidera à me réjouir de contempler le verre à moitié plein et de ne plus m'apitoyer sur ce qui peut manquer dans le verre. Bref, apprendre qu'il est beau de rencontrer les gens, là où ils sont, et non pas où nous pensons volontiers qu'ils auraient dû être. Je suis convaincu aussi que notre crédibilité de témoins de l'Évangile ne peut passer que par une capacité à vivre-ensemble, en assurant une présence aux autres, dans le cadre d'une citoyenneté créative et respectueuse de la diversité des convictions et des cheminements. C'est en pleine agora, et pas seulement dans les cénacles fermés, que se vivent de vraies rencontres et que se nouent des compagnonnages, parfois de longue durée. Je rends souvent grâce pour ces amitiés scellées durablement. Symboliquement, la continuité de mon carnet d'adresses est remarquable, mais avec une constante ouverture à la nouveauté. La vie de prêtre implique de parvenir à l'équilibre, au bon rythme entre le silence et la parole, la prière et la mission, la liturgie et l'étude. En outre, ce que j'appelle la grâce des rencontres me paraît essentielle. Cheminer avec une famille en deuil, préparer un baptême en cercle intime, accompagner un couple vers le mariage, c'est passionnant. Il n'y a aucune uniformité dans ma vie quotidienne : au contraire, Dieu nous surprend dans la singularité et accomplit des merveilles. Aller vers me semble un défi majeur pour l'Église qui a un cruel besoin de revoir ses pratiques, de décoder ses attitudes spontanées, d'innover et de prendre des risques. Il est frappant de constater que les communautés religieuses, qui connaissent un rayonnement significatif aujourd'hui, sont notamment des ordres religieux séculaires : ils ont, en effet, revisité leur charisme originaire, en le confrontant aux signes des temps. De nos jours, reconnaître les signes de Dieu, notamment dans la formation des cadres d'Église, devrait conduire à s'exposer davantage à des risques, en osant faire confiance à l'Esprit et aux personnes. Il est temps de cesser la reproduction des schémas du passé ou l'enfermement dans des préjugés cléricaux nocifs, qui ne peuvent qu'engendrer trop de nouveaux blessés de et par l'Église.

J'espère pouvoir contribuer, là où je suis et infinitésimalement, à une évolution des mentalités pastorales. Le lien entre Évangile et développement personnel me paraît une ouverture féconde. Incontestablement, un certain monde ecclésial se méfie plutôt de la nouveauté : toutefois, quelques groupes et lieux de réflexion s'intéressent à la démarche, notamment chez les Jésuites et au sein de l'un ou l'autre diocèse. Très vite, j'ai eu l'opportunité de valoriser ce que j'avais reçu en coaching, lors de sessions avec des professionnels ou à la Pairelle, haut lieu de spiritualité ignatienne dans le Namurois. Je vis également une expérience intéressante à la Petite Maison Blanche, avec mes amis de Domisum, une association néolouvaniste qui a comme but d'accueillir des adultes en situation de grande dépendance. La chapelle, inutilisée depuis des années, devient non seulement un lieu culturel (en partenariat avec l'UCLouvain) mais aussi un espace de spiritualité : belle occasion de sentir comment bat aujourd'hui le cœur d'une région. C'est principalement en France que j'ai pu expérimenter ma formation de coach, notamment dans le cadre de la fondation Chemins d'humanité, qui forme des prêtres à la réalité de l'entreprise et à la dimension humaine de ce qui s'y vit. Chaque année, une vingtaine de confrères terminent un cycle bisannuel de six semaines de formation. Je suis le seul prêtre parmi les formateurs : c'est une position-pivot qui permet d'intéressantes alchimies. Des prêtres créateurs d'entreprises : est-ce une idée saugrenue de les initier à cet exercice ? Beaucoup d'entre eux ne sont-ils pas des animateurs d'équipes et, potentiellement, des créateurs innovants, au service de l'Évangile ? La vie de l'Église ne peut que s'enrichir, en se laissant interpeller par le meilleur de ce que découvrent les sciences humaines, en les expérimentant au sein d'univers bien concrets.

Prêtres pour l'éternité : scruter l'horizon dans l'espérance, cette belle vertu théologale

« Voici de l'eau : qu'est-ce qui empêche que je sois baptisé ? » (Ac 8, 36).

Dans quelques années, un anniversaire peu banal sera fêté dans le monde. Effectivement, en 2033, deux mille ans se seront écoulés depuis la Résurrection du Christ. À quoi ressemblera l'Église universelle cette année-là et quel sera son visage en Belgique ? Quel service pourrons-nous rendre au monde à ce moment-là et comment annoncerons-nous l'Évangile ? Le Pontificat de François n'aura pas manqué de soulever des questions cruciales et de susciter des débats passionnés. Certes, l'Église est une très vieille dame respectable, qui ne se déplace que lentement. Il serait dommage que, en la bousculant, se brisent les trésors de sagesse et de spiritualité qu'elle transporte. Cependant, nous sommes aussi appelés à discerner ce que l'Esprit nous dit, pour devenir davantage prospectifs ensemble en Église. Les annuaires diocésains sont régulièrement actualisés : de moins en moins de ministres ordonnés et de religieux y sont répertoriés, mais ils remplissent toujours davantage de fonctions. Les volumes sont donc encore aussi épais et donnent une illusion de statu quo, de nature à rassurer une partie des fidèles ou du clergé. Pourquoi ne pas tenter une démarche originale en dessinant, à partir d'une page blanche, ce que pourrait être le visage de l'Église en 2033 ? Ce n'est pas de la théologie-fiction mais un exercice fécond de discernement : chaque Église diocésaine, Ordre, congrégation, pourrait le tenter, en se demandant ce que sa fidélité à l'Évangile lui suggèrera de proposer, à moyen terme, pour servir les fidèles ou les personnes en recherche spirituelle et contribuer au vivre-ensemble de notre société. Pour aborder le sujet, débutons par ce que nous connaissons le mieux : il est évident que toute personne clairvoyante perçoit que l'Église d'Europe occidentale est confrontée à de redoutables défis et à des échéances inéluctables. Presque tous les indicateurs mesurant les pratiques catholiques sont à la baisse et l'impact de ces changements va affecter spectaculairement le visage de l'Église dans un avenir rapproché. Seule une portion congrue de la jeunesse se reconnaît encore dans ce qu'elle propose. La pratique régulière ne touche pratiquement plus que des personnes âgées et des communautés d'origine étrangère, qui heureusement diversifient les assemblées et rajeunissent les célébrations. Le tableau n'est donc pas à l'expansion, toutefois cette morosité s'accompagne de quelques lueurs. Les baptêmes d'adultes ou les ordinations de diacres permanents sont plus significatifs que dans le passé. Les églises se remplissent à Noël, à Pâques ou à la Toussaint. Les rites de passage résistent encore, sans doute parce que certaines traditions familiales paraissent toujours solides. Mais il est permis de se demander pour combien de temps encore, tant la présence de la foi s'efface dans la vie de tous les jours. L'Évangile nous a pourtant avertis : *quand le Fils de l'homme viendra sur la terre, trouvera-t-il la foi ? (Lc 18, 8b).*

Ce constat représente un facteur de découragement et de tristesse pour les communautés et leurs pasteurs. Le changement

le plus visible réside dans la diminution accélérée du clergé occidental et la fermeture d'une majorité de communautés religieuses existantes, à un horizon de dix à vingt ans.
Dans une société centrée sur la recherche individuelle de l'accomplissement et le souhait de garder sans cesse sa liberté, les choix plus radicaux de vie deviennent rares, qu'il s'agisse des mariages sacramentels ou des vocations spécifiques en Église. Serais-je donc entré dans une Église à ce point moribonde ? Mon caractère plutôt proactif et entreprenant en est plutôt l'antitype. L'appel que je crois avoir entendu, comme une évidence dévoilée très progressivement, m'a conduit à travers le maquis de la vie de l'Église, avec ses bourgeonnements malgré les branches mortes, avec l'odeur de la sève derrière de vieilles écorces. Tout ce que j'ai reçu de Dieu me conduit à la bienveillance et à l'humilité, même si ce n'est guère simple à vivre. Tout ce que j'ai vécu en Église me pousse à une fidélité critique et à la conviction que cette institution doit vivre un profond aggiornamento, une nécessaire remise en cause débouchant sur de substantielles réformes. Certes, l'Église n'est pas une institution lambda. Portée par une tradition de vingt siècles, avec ce que cela implique de fidélité et de respect, elle ne peut que paraître en retard. La richesse de son universalité et de sa diversité implique un revers que sont lenteur et lourdeur. En revanche, il est bon de la percevoir pour ce qu'elle est : une Église fondée par le Christ, divine mais aussi humaine et loin d'être parfaite. Mais, paradoxalement, elle est aussi en avance sur son temps, comme l'ébauche d'un Royaume qui est en train d'advenir. Le rejet que connaît l'Église comme institution a sans doute des causes multiples. S'il est légitime qu'elle dénonce le mal prégnant dans le monde, il lui est curieusement plus difficile de réguler les blessures présentes en son sein. C'est l'origine du lourd malaise autour de la

pédophilie, qui pèse sur l'institution depuis plusieurs décennies. Si cette dérive est, incontestablement, la manifestation la plus grave des maladies qui l'accablent, elle est révélatrice d'un mal qui se décline de moult autres façons, dans l'exercice du pouvoir, en interne. Dans sa culture, souvent plus empreinte de mondanité que de franchise, le primat du secret ou du chuchotement sur le débat ouvert et les échanges en vérité, empêche l'indispensable régulation dont l'Église a un urgent besoin. Face à l'effondrement évident de l'institution, notamment dans notre environnement européen proche, la question de savoir ce qui va rester est moins cruciale que celle du choix d'un chemin à emprunter demain, pour être fidèle à Jésus et à son Évangile. Deux sensibilités se dessinent et se croisent aujourd'hui : d'une part, un modèle davantage identitaire, qui me paraît en forte croissance dans la génération montante, en certains lieux et, d'autre part, l'approche d'une ouverture lucide au monde, dans la ligne de Vatican II, une option plutôt en recul.

La culture de ma campagne natale m'a implicitement formé à la méfiance, à une relative fermeture à celui qui est étranger, parce qu'il habite le village d'à côté ou même au voisin, celui qui cultive le champ d'à côté. Dans un tel contexte, l'identité catholique était souvent vécue comme un marqueur qui distingue, plutôt que comme une communion qui inclut. Le chemin de prise de distance, par rapport à cette gamme d'identités-là, m'a pris un peu de temps. Mais je suis heureux de montrer mon appartenance à l'Église et j'estime que chacun est libre de porter les signes qui lui conviennent pour le manifester. Depuis mon enfance, je n'affectionne pas trop le noir ni les cols raides. En revanche, j'aime porter une croix qui indique que je suis chrétien et que je pourrais bien être prêtre aux yeux des anonymes qui me croisent : c'est parfois l'occasion de commencer une conversation. Je me sens bien dans l'habit dominicain, que je porte volontiers lors de rencontres, de célébrations ou de pèlerinages, au sein de mon Ordre. Pour moi, l'essentiel n'est toutefois pas là, mais plutôt dans le choix de vivre dans une Église en sortie, comme dit le pape François. Être en mission, ce n'est pas vivre dans le passé, en délivrant un message qui n'est plus reçu, parce qu'il ne parle plus aux interlocuteurs. Toutefois, ce risque n'est pas propre à l'Église : je suis toujours triste de voir des personnes s'accrocher, par nostalgie, à un monde qui n'est plus et ne reviendra jamais.

Le chemin de l'ouverture au monde tel qu'il est me paraît la bonne voie, sans aucune peur et avec une joie authentique. La joie, c'est le thème essentiel des principaux écrits du pape François : *Evangelii Gaudium* ou *Amoris Laetitia* (la joie de l'amour) sans oublier l'allégresse de *Laudato si'*. À mon sens, ces textes sont une réussite, faite de réalisme lucide et de pose de balises, pour trouver le chemin du Royaume. Sans cesse, ils appréhendent les questions des personnes avec réalisme et avec un vocabulaire adapté. Joseph Doré, ancien archevêque de Strasbourg et théologien réputé, a écrit que les deux attraits de l'Église catholique d'aujourd'hui sont la mise en œuvre du concile et le pape François : c'est un bon résumé. En effet, préoccupé par la rencontre de l'humanité, le pape ne néglige jamais les enracinements et les traditions, le ressourcement dans la prière et la beauté des sacrements, la rumination de la Bible lue dans la tradition de l'Église, avec l'aide du magistère. François met aussi en œuvre la lecture communautaire des signes des temps, en osant aborder de front les questions brûlantes de la famille, ainsi que celles concernant l'avenir de la planète. Toujours avec lucidité, il ne fait jamais l'impasse sur les transformations rapides du monde et leurs défis. Si on lit bien ses écrits, il est clair que le pape propose un chemin particulièrement exigeant : celui de la sainteté. Rien de moins ! Son exhortation publiée le jour de l'Annonciation en 2018, *Gaudete et Exsultate* (réjouissez-vous et exultez) est un autre texte bref et inspirant qui propose précisément un appel à la sainteté. En gardant le souci de parler à chacun, il invite à discerner la sainteté, répandue partout par l'Esprit Saint, tant chez les traditionnelles grandes figures spirituelles que chez les saints de la porte d'à côté, ceux qui composent la classe moyenne de la sainteté. Il insiste donc sur la multidimensionnalité de la sainteté, qui imprègne aussi bien la solitude que le service, aussi bien l'intimité que l'œuvre d'évangélisation : il répond sans doute ainsi à l'objection facile, selon laquelle ce chemin ne serait pas celui des gens ordinaires.

Le pape actuel veut donc sans cesse rendre l'Église plus universelle, en multipliant les signes de dialogue avec l'humanité, dans sa diversité, tout en faisant parfois l'impasse sur l'un ou l'autre enjeu anthropologique, domaine dans lequel il paraît moins à l'aise. Continuellement aussi, il rappelle à l'Église, dont il est à la fois le serviteur et le chef, sa relativité, soulignant que la communion est première, et invitant à chercher la vérité ensemble. C'est un renouvellement par le style, par un nouveau rapport entre les personnes, en montrant également l'imbrication de l'humain et du sacré. Ce changement de discours paraît durable et on ne pourra sans doute pas retourner en arrière. Ce langage, nous pouvons aussi l'utiliser ou le vivre au niveau le plus modeste. Il m'arrive de taquiner les pratiquants, leur suggérant que le visage qu'ils offrent au sortir de la messe peut, soit encourager, soit dissuader les gens qu'ils croisent à les rejoindre pour la célébration du dimanche suivant. J'apprécie beaucoup les paroles d'une théologienne réputée qui faisait remarquer que, si l'on quitte la messe, plus lourd que quand on y est entré, ce n'est pas normal. Au-delà du ton, le temps est venu de changer ou d'adapter quelques paradigmes, en commençant par la mise en œuvre plus effective du dernier concile, qui a osé renverser la pyramide ecclésiale, en partant du baptême. En même temps, du moins dans certaines parties du monde, l'Église ne peut être imperméable aux évolutions sociétales. Comment ne pas mandater des femmes, pour des missions autres que subalternes en Église, alors qu'en société, elles font progressivement jeu égal avec les hommes ? Comment confier des missions significatives à des laïcs dotés d'une belle expérience de vie familiale et professionnelle, outre une formation intellectuelle, parfois même théologique ? Ce sont de telles personnes dont l'Église a aussi besoin ! Les acquis des sciences humaines, notamment dans la délicate sphère anthropologique, peuvent-ils inspirer l'Église dans sa pastorale ? Les membres de la cité de Dieu sont aussi les citoyens de cités séculières. Dans le contexte contemporain, une de leurs aspirations légitimes consiste à être traités dans l'Église, comme ils le sont dans la société : respectés dans leurs différences. L'identité chrétienne contient une dimension d'égalité, enrichie d'une complémentarité entre les fonctions et les charismes des uns et des autres. Le pape François invite régulièrement l'Église à se mettre à l'écoute de l'Esprit, pour discerner : comment trouver des chemins de renouvellement, tout en redécouvrant et en respectant la sagesse de sa propre tradition ?

Dans de nombreux cas, les filières classiques de formation souffrent de désaffection et tendent à devenir obsolètes. Ne faut-il pas privilégier une formation commune aux baptisés, dont naîtraient des ministères spécifiques ? L'Église a sans doute besoin de sas, de lieux de brassage, afin de voir émerger les charismes de toutes les composantes de son peuple. L'heure est largement au sur mesure. C'est applicable aussi dans le domaine de la foi. Mieux se connaître, avant d'approfondir ensuite sa propre vocation, me paraît sage. Le souci de développer des liens et des intersections, entre démarche spirituelle et vie professionnelle, devrait constituer - plus que jamais - une dimension importante de la pastorale ecclésiale. Par les temps qui courent, il n'est peut-être pas idiot, ni utopique, de se demander si l'Esprit ne peut inspirer des choses nouvelles : elles correspondraient sans doute à des aspirations présentes aujourd'hui chez certains chrétiens, répondant ainsi à plusieurs signes de nos temps. S'interroger sur la qualité du rôle médiateur des laïcs, entre Église et société, est probablement un test révélateur; comme les clercs et les religieux, ils ont en effet une vocation de passeurs. L'accomplissement de leur mission ad extra suppose, en amont, une implication active ad intra. Une relation effective entre laïcs et hiérarchie peut soutenir le dialogue entre Église et société. Je rejoins l'analyse de Joseph Moingt, théologien jésuite contemporain, qui estime que les laïcs, privés au-dedans d'une voix autorisée, ne sont pas équipés pour faire office de relais au-dehors. Voilà pourquoi la communication ne passe ni dans un sens ni dans l'autre et pourquoi des chrétiens continuent de sortir de l'Église, tandis que presque personne n'y entre. Ni l'Évangile n'est ensemencé dans le monde, ni ce qui y pousse de vivace ne vient porter des fruits à l'intérieur de l'Église. C'est donc spécialement dans le champ du laïcat, à l'interface de l'Église et de la société, que peut se nouer une renaissance de la transmission de la foi. L'Église doit se mettre en état de communication, pour laisser passer l'Esprit; dans ce cadre, les laïcs sont de potentiels témoins, accrédités pour mettre en œuvre la proposition de la foi.

L'enjeu de la communion, en Église et avec le monde, trouve ici sa portée pratique. En effet, l'annonce de l'Évangile au monde présuppose la libre communication des chrétiens entre eux et avec leur environnement. Au cours de l'histoire, l'Église a pris des visages très différents pour annoncer, célébrer et vivre la foi. La révélation n'est pas achevée : discerner la vérité passe par l'apprentissage de la communion. Son enjeu est universel, mais passe par l'expérience des relations, au sein de chaque Église et entre Églises. La recherche de communion prend du temps. En effet, elle éclaire la différence entre une universalité englobante, voire uniformisante ou juridicisante, et la communion dans une unité qui articule les différences. Certes, l'Église romaine est une société parfaite, canoniquement organisée; parfaite ne signifie pas ici non la perfection, mais la possession de ce qui est nécessaire à sa mission. Mais si sa structure ne suscite pas, en son sein, une vraie communion de personnes et de collectivités, comment serait-elle capable de régir une communion d'Églises, fondée sur la volonté générale du peuple de Dieu ? L'œcuménisme permet une heureuse prise de recul, tout en situant effectivement la mission qui n'est pas seulement l'expansion, le fait de couvrir tous les espaces, partout. Ce n'est rien de moins que l'humanité entière, sans cesse plus interconnectée et plus unie, qui est la destinataire universelle, à qui s'adresse l'Église comme signe du Christ, lumière des nations. Le Dieu des chrétiens est un Dieu trinitaire qui est, par essence, un Dieu des différences; il suggère aussi la potentialité de l'achèvement de la création, pour que l'humanité devienne l'humanité-que-Dieu-veut. Vivre cette vocation nécessite beaucoup de bienveillance, une attitude imprégnée par le mode d'être du Christ. En effet, on ne naît pas frères, on ne le devient vraiment qu'en Christ, par le baptême et l'incorporation en Église. Le point focal d'un dialogue fraternel reste donc la question de la foi au Christ et de l'Évangile. C'est donc au pluriel que se conjugue la relation de foi, aussi bien envers ceux qui sont loin qu'envers ceux qui sont tout proches. Puisque le monde est sans cesse davantage multiple, seule une Église capable de vivre la pluralité sur le plan pastoral, peut susciter la foi dans la société composite d'aujourd'hui et être signe de communion pour le monde. La diversité concerne éminemment les relations entre chrétiens – ceux qui se disent tels – et les chercheurs de sens, au sein d'une Église particulière ou dans toute cellule de tradition chrétienne. Pour les disciples du Christ, un défi de notre temps consiste aussi à aller, davantage et sereinement, à la rencontre de celles et ceux qui se disent athées, agnostiques, sans Dieu ou sans religion, mais qui cherchent à dialoguer : allez enseigner… à toutes et tous ! La communion de l'Église ne peut qu'être enrichie, en osant vivre une réelle liberté de parole et un débat authentique.

Certes, l'Église ne sera jamais du monde, au risque de ne plus être l'Église et de se couper de la tradition qui la fait vivre. Mais elle est pourtant dans le monde. En effet, l'identité chrétienne a une dimension collective car elle implique l'incorporation dans le peuple consacré à Dieu, une fois pour toutes, par le sang du Christ et l'action de l'Esprit. L'Église n'existe toutefois pleinement qu'en évangélisant. Sa visée ne peut en effet qu'être universelle, car son identité unique est en relation avec l'unité et la diversité du genre humain. Le peuple de Dieu n'est donc pas un peuple à part. Sa vocation est d'accueillir tous les hommes, qui ont eux-mêmes mission de former tous ensemble un immense individu, au sens étymologique de ce terme : ce qui ne peut pas - ou plus - être divisé, mais ne se décline que dans la diversité de ce peuple nouveau. Dieu aime l'homme comme s'il était Dieu.

Il invite donc ses disciples à faire découvrir à tous son vrai visage de Dieu et à combattre toutes les idolâtries.

Cette ouverture a une condition de possibilité : la maturité de la vie et du débat en Église, invitée à la prise de conscience de son être communautaire et de la place de chacun en son sein. En découvrant sans cesse davantage que, fondamentalement, elle est mystère, elle manifeste aussi que la Parole est le bien commun de tous, alors que sa dimension hiérarchique peut susciter la tentation d'émettre une parole d'autorité. Ses membres ont droit à la circulation de l'information et à la participation. Même dans l'Église, il peut y avoir une opinion publique légitime et ce n'est pas neuf. Dans un discours tenu à Rome, le 18 février 1950, lors du IIIe congrès international de la presse catholique, Pie XII a développé une réflexion sur le rôle et l'éthique des journalistes catholiques. Il a souligné que la conception chrétienne de l'opinion publique favorise l'acquisition de la vérité. En outre, il a précisé qu'elle joue aussi à l'intérieur même de l'Église. Je ne résiste pas au plaisir de citer ses paroles : "*finalement, Nous voudrions encore ajouter un mot relatif à l'opinion publique au sein même de l'Église (naturellement, dans les matières laissées à la libre discussion). Il ne peut y avoir à s'en étonner que ceux qui ne connaissent pas l'Église ou qui la connaissent mal. Car, enfin, elle est un corps vivant et il manquerait quelque chose à sa vie, si l'opinion publique lui faisait défaut, défaut dont le blâme retomberait sur les Pasteurs et sur les fidèles*". Même si le pape attribue encore une majuscule aux pasteurs, tandis qu'il confère une minuscule aux fidèles, une évolution des conceptions du magistère dans ce domaine est déjà perceptible.

Les croyants sont invités à un changement de regard, à découvrir que Jésus ressuscité répand son Esprit dans le monde, à partir du Royaume qui advient. L'Église est ainsi appelée à se convertir. La situation qu'elle vit aujourd'hui, en Europe occidentale, peut sans doute contribuer à retrouver sa vocation universelle, en renonçant à l'impérialisme des particularismes historiques de sa gouvernance. Jadis, la transmission de la foi entre les générations chrétiennes s'opérait généralement de manière sûre et paisible. Depuis la révolution industrielle, mais plus encore dans la société de l'information, l'innovation est devenue une valeur cardinale, à mettre en œuvre aussi dans la pastorale de l'Église. Innover ne consisterait-il pas à poser la question de la proposition de foi à partir du Royaume qui vient ? Si l'Église est appréhendée à partir du Royaume qu'elle signifie, sa dimension pécheresse, qui déçoit et décourage, peut être replacée dans une perspective eschatologique, qui la dépasse et lui propose une salutaire autocritique. La démarche implique chaque chrétien, dans la mesure où il accueille ce Royaume qui vient, dans le cadre d'une véritable communion dans la diversité. Un texte de Karl Rahner (grand théologien allemand qui a participé au dernier concile), m'a beaucoup interpellé : "*sentire cum ecclesia* (avoir le sens de l'Église) n'implique pas une approbation sans réserve, constante et inconditionnée de ce qui se fait dans les sphères officielles. Voit-on assez que lorsqu'on invoque le principe vénérable *in necessariis unitas, in dubiis libertas*, l'unité sur le nécessaire, pour être ce qu'elle doit être, c'est-à-dire l'unité d'une multitude d'individus sur la base d'une conscience personnelle assumée en pleine conscience, n'est possible à la longue que lorsque l'autre partie de la maxime est réellement prise au sérieux ?" Rahner ne reprend toutefois qu'une partie de l'antique formule à l'origine incertaine. Ternaire, elle comprend aussi le principe *in omnibus caritas*. Caritas traduit le grec Agapè et exprime en français, notamment dans le treizième chapitre de la première lettre de saint Paul aux Corinthiens, l'amour et la charité. N'est-ce pas le signe, par excellence, de l'Évangile du Christ annoncé par l'Église, manifesté de la manière la plus humaine et la plus universelle qui soit ? Benoît XVI soulignait dans *Deus Caritas est* que la caritas-agapè dépasse aussi les frontières de l'Église; la parabole du Bon Samaritain demeure le critère d'évaluation : elle impose l'universalité de l'amour, qui se tourne vers celui qui est dans le besoin, rencontré par hasard (Lc 10,31), quel qu'il soit. Prendre cette invitation au sérieux ne constitue-t-il pas un signe pour l'Église universelle et chaque disciple du Christ ?

Un temps de basculement ?

Mon agenda, plus léger au creux de l'hiver 2019/2020, me laisse le temps de boucler ce manuscrit. Paisiblement, j'agence les chapitres, je coupe, j'allège, j'opère des ajouts. Il restera à retravailler quelque peu la forme : débusquer les coquilles, les erreurs de syntaxe, l'une ou l'autre faute d'orthographe. Je me sens heureux, reconnaissant pour tout ce que j'ai reçu au cours de six décennies. Des tas de projets me passent par la tête, adaptés à la prochaine étape de ma vie : du paisible, du soft, un peu de dolce vita, en contraste avec les défis intenses de naguère.

J'ai quitté Test-Achats quelques mois plus tôt ; toutefois, je garde un lien officiel avec mon employeur, puisque je serai en congé sans solde jusqu'à l'âge légal de ma retraite : une page majeure de ma vie professionnelle est de facto tournée. Ma dernière année à la rue de Hollande fut agréable : allégée par le solde des congés accumulés, marquée par les dernières rencontres avec moult collègues ; j'ai bouclé ce qui devait encore l'être, sans nostalgie et en douceur. Deux moments furent très émouvants : mes adieux au staff international (quelques dizaines de collègues de cinq ou six nationalités m'entouraient pour l'occasion) et puis l'au revoir aux visages familiers de mon étage, ces collègues croisés des milliers de fois au cours des années. J'ai le cœur léger !

Désormais curé de Notre-Dame d'Espérance, je travaille au renouvellement des équipes qui animeront la paroisse dans différents domaines : la catéchèse, la liturgie, la formation et la spiritualité, la diaconie, la communication, la convivialité et, bien sûr, la gestion que je souhaite professionnaliser, prenant au sérieux l'autonomie des réalités terrestres. Les choses se passent bien, les relais générationnels s'organisent : je m'y étais préparé en vue de l'été 2019, après n'avoir rien changé pendant ma première année, prenant le temps d'observer avant de décider. Voilà une paroisse en état de marche, sous la conduite du Saint-Esprit : il me contredit parfois, si je ne l'écoute pas assez et il a souvent raison !

Ma fonction à l'UCLouvain continue : j'y éprouve toujours la joie d'enseigner et d'accompagner des travaux d'étudiants. On dit que la nature a horreur du vide. Je constaterai la véracité de cet aphorisme après mon départ de Test-Achats. En effet, mon enseignement en éthique aux Masters en sciences du travail, à horaire décalé, me conduit vers des jurys de mémoire et vers une meilleure connaissance de mes collègues académiques. En été 2019, ils m'élisent secrétaire académique de l'EST (Ecole des Sciences du Travail), une entité de la faculté ESPO (Sciences économiques, politiques et sociales). La fonction s'annonce légère au départ, mais le contexte Covid (et l'*annus horribilis* qui suivra) la rendra bien plus significative.

Je ne suis pas très original en soulignant que je n'oublierai sans doute jamais le début mars 2020. Le jeudi 5 mars, nous organisons avec le CESEC (le cercle des étudiants de la faculté) et le Kot Citoyen, un débat sur un sujet choisi trois mois plus tôt, *in tempore non suspecto*. La soirée est consacrée à l'éthique de l'information : "L'information à l'heure du buzz : opportunité ou danger ?" On commence à parler du coronavirus dans les médias. Quelques personnes plus âgées s'installent d'ailleurs dans le fond de l'auditoire*, prenant leurs distances, un mot dont on reparlera. Les invités sont des journalistes et un collègue de la faculté, professeur en communication. Le débat porte peu sur la Covid. En réponse à une question du public, le rédacteur en chef du quotidien La Libre indique que son comité de rédaction a décidé, la veille, de ne pas parler chaque jour de ce virus. L'heure ne semble pas (encore) être à l'affolement et nous terminons joyeusement cette soirée, bien réussie.

Deux jours plus tard, je pars vers le couvent de Montpellier, en vue de notre rencontre de fraternité. Tout est normal aussi bien au couvent, que dans les gares et les TGV : on parle un peu, mais pas trop, de ce mystérieux coronavirus, avec le sentiment partagé que c'est une ixième crise, comme tant d'autres. Nous apprenons toutefois le mercredi 11 mars, juste avant mon retour vers la Belgique, qu'il y aurait un cluster dans les environs de Montpellier. C'est inquiétant mais l'atmosphère n'est pas alarmiste. Après une bonne nuit de sommeil à Louvain-la-Neuve, je vais célébrer l'Eucharistie de 9 h. Normalement. Rentré chez moi, je trouve un communiqué des évêques annonçant la suspension quasi immédiate des célébrations religieuses. Je me sens bizarre, ne saisissant pas ce qui se passe de tellement grave. Avant d'aller donner mon cours à l'université, en milieu d'après-midi, je reçois un communiqué du recteur annonçant la fermeture des auditoires 24 heures plus tard. Je suis abasourdi, tout comme les étudiants en face de moi, qui paraissent médusés par ces nouvelles. Très vite, deux néologismes apparaîtront : le présentiel et le distanciel !

En une semaine, le buzz s'est transformé en une réalité : l'enfermement des Belges à domicile, sanctions pénales à la clef. Une nouvelle vie commence : pour quelques semaines, puis quelques mois, puis davantage. Relisant mon manuscrit à ce moment-là, je me demande si le coronavirus ne va pas faire totalement basculer la société dans laquelle j'avais vécu jusqu'alors : le monde dont je parle ne serait-il pas devenu obsolète en quelques jours ? Je n'hésite pas longtemps : je livre un témoignage sur une réalité vis-à-vis de laquelle j'ai du recul. J'ai certes l'intuition que cette crise va marquer durablement la société et l'Église, mais, comme lors d'une inondation, nous ne pourrons sans doute faire l'état des lieux que lorsque les eaux se seront retirées. Mi-mars 2020, nous sommes entrés d'emblée dans le règne de la débrouille. En effet, jusque-là, la vie de la paroisse se partageait lors de rencontres, en chair et en os, sacramentelles ou non, communautaires ou interpersonnelles, structurées ou inédites.

À Notre-Dame d'Espérance, la sphère digitale n'avait pas ou peu été développée avant mon arrivée comme curé. Avec quelques bonnes volontés et de rares compétences, nous allons nous adapter en quelques mois : création d'un site internet, newsletters et organisation de réunions virtuelles. Dans l'espace minuscule, tracé par les règles sanitaires gouvernementales, nous allons célébrer ce que nous pouvons et proposer une église accueillante pour qui veut y passer. À deux reprises, nous ne pourrons plus rien célébrer d'autre que des funérailles, parfois même sur le parvis de l'église, car l'accès au lieu de culte, même en nombre limité, a été interdit en Wallonie par les gouverneurs de chaque province. La célébration de funérailles, tantôt à Louvain-la-Neuve, tantôt dans ma région d'origine, me permettra quelques déplacements. L'essentiel de mes activités, paroissiales et académiques, examens compris, se déroule à distance. Peu importe donc où je me trouve, pourvu que la connexion soit de qualité : les relations humaines et sociales sont désormais conditionnées par la performance du réseau wifi disponible. Je pourrai donc retrouver avec plaisir la maison familiale, dans laquelle j'ai un pied-à-terre et la jouissance d'un terrain arboré. Je n'avais cessé d'y revenir mais sans y vivre pendant de longues périodes. Ma réserve de bois augmentait chaque hiver, vu ma faible consommation. Le confinement va inverser la tendance, ma joie de travailler devant un magnifique feu de bois étant devenue symbole de concentration, de paix et de quiétude !

Cette réacclimatation à la campagne ira de pair avec un nouveau rapport à la fraternité. Un ami proche me disait, en milieu de (premier) confinement que ce régime était le contraire de ce que j'aimais dans la vie : bouger, parler avec tout le monde, vivre la convivialité dans les fêtes, les restaurants et les brasseries. La remarque est pertinente : donner cours seul devant une caméra, au Studio 11, dans un centre-ville vide et sinistre, chaque lundi soir en novembre, est l'une des expériences les plus glauques que j'ai eu à vivre. Les interactions avec les étudiants, comme avec les paroissiens ou mes réseaux d'amis, me manquent cruellement. Heureusement, je pourrai compter sur la fidélité de quelques proches, pour endurer l'épreuve, que je supporterai finalement assez bien. La publication par le pape François, début octobre 2020, de la belle encyclique *Fratelli tutti* tombe à point, en proposant de redoutables défis pour les chrétiens et – comme toujours – pour toutes les personnes de bonne volonté. Comme l'a écrit un sociologue français, la crise sanitaire sera un crash test pour l'Église, elle qui fêtera 2000 ans de Résurrection dans une douzaine d'années. Cette échéance excite mon imagination : la fin de la crise sanitaire ne signifiera pas un retour à l'état antérieur, mais accouchera probablement d'un contexte nouveau, tant pour le monde que pour l'Église. À l'écoute de l'Esprit bien sûr, essayer de penser l'avenir de l'Église, à partir d'échéances de moyen terme, me paraît plus que jamais un défi passionnant : animer avec d'autres un labo Evangelium 2033 à Louvain-la-Neuve m'enthousiasme déjà !

Dans la perspective d'une vie moins active, les personnes dynamiques peuvent ressentir une certaine peur du vide, d'un manque d'accomplissement dans le futur. La crise m'a fait approfondir davantage encore la dimension qualitative des relations humaines, dans les registres de l'amitié, de l'intériorité et de l'intimité. J'ai pris mieux conscience que l'harmonie personnelle n'est jamais totale, mais que la découverte patiente de ce que chacun va nous apprendre permet de ne jamais s'ennuyer : l'altérité nous constitue, tout comme un filet d'eau produit la stalactite ou la stalagmite. Ricoeur a écrit "que le plus court chemin de soi à soi passe par autrui" : voilà une perspective qui me fait vivre ! Je rends grâce aux autres de m'aider à me connaître mieux : *gnôthi seauton*, le connais-toi toi-même de Socrate recèle des ressources insoupçonnées, grâce aux interactions des amitiés vraies. Voilà sans aucun doute le point focal de mon témoignage, cette vitalité merveilleuse que j'aime tant partager et transmettre. Les pages qui vont suivre, écrites par trois étudiants en fin de cursus et prêts à bondir dans la vie, illustreront vraisemblablement cette double passion.

Résonances

Tous trois, Quentin, Rémy et Samy, nous avons lu, en temps de Covid, le manuscrit de Serge. Innocemment, il nous a posé une question apparemment toute simple : au fond, qu'est-ce que vous retiendrez de ce livre dans dix ans ? Nous avons relevé le défi de mettre des mots sur nos pensées. Nous sommes partis du postulat que la vie d'un homme est telle une matriochka. Chaque poupée viendrait envelopper de toute son expérience celle qui la précède. En nous confiant son récit, Serge nous a laissé entrer dans son intimité, il nous a ouvert sa poupée russe. Et nous avons découvert, au fil des mots et des chapitres, ses infinies figurines, même si certaines poupées prennent davantage la lumière que d'autres, plus timides, plus pudiques.

Chaque figurine représente une expérience, des rencontres, parfois des déceptions. Chacune pourtant forge l'individu tel qu'il apparaît finalement aux yeux du monde. Ce livre peut sans doute nous interroger sur notre propre matriochka en construction, à travers le dédale des possibles qu'incarne l'existence. En effet, une vie se construit, à travers un labyrinthe fait de milliers de bifurcations possibles. Le recul du temps permet de prendre de la hauteur et de mieux percevoir le fil rouge d'une existence. En effet, le parcours de Serge semble suivre un fil d'Ariane plutôt enchevêtré, mais qui se dévoile grâce à une vision d'ensemble : tout au long de sa vie, il paraît avoir été guidé par une heureuse et active Providence, un mélange subtil entre la volonté de Dieu et les défis qu'il a voulu relever.

Une longue germination…

Lorsque Serge m'a parlé de son projet de livre, au détour d'une allée de l'abbaye de Villers-la-Ville, j'ai eu trois réactions différentes et successives. Tout d'abord, je me suis senti honoré d'entrer ainsi dans son intimité. Mes relations avec Serge n'avaient pas démarré sous les meilleurs auspices, dans les préparatifs avec le Kot Citoyen d'un débat dans le cadre de ses cours d'éthique. J'éprouvais le sentiment que nos pensées, bien que convergentes, n'arrivaient pas à se rencontrer. Mais Serge a une capacité à cerner l'humain assez impressionnante et une volonté à toute épreuve. Loin de rester campé sur ses positions, il insiste, pose des questions, réplique. On a longuement débattu de nombreux sujets de société ou, plus concrètement encore, du déroulement des projets que l'on montait ensemble à cette époque. Au fil des rencontres, toujours accompagnées de deux (ou trois) Triple Karmeliet*, la transition se fit naturellement vers une relation complice : un simple regard permettait de comprendre la pensée de l'autre. J'ai lu, en souriant, ce passage : j'apprécie en effet l'échange franc et direct, avec ceux qui se disent loin, agnostiques ou athées, qui l'assument et avec qui j'éprouve un réel plaisir à discuter. Je me dis, un peu égocentriquement peut-être, qu'il a sans doute pensé à moi en écrivant ces quelques mots, que je reçois comme une réelle marque d'affection.

Ma seconde réaction fut l'éveil de ma curiosité. Bien que j'aie déjà eu l'occasion de partager de nombreux moments à ses côtés, je réalise qu'au fond je ne connaissais pas réellement l'homme derrière le professeur. J'avais hâte de dévorer les mémoires de ce personnage si pudique. L'attente fut comblée. Page après page, chapitre après chapitre, je découvrais les réalisations de Serge et toutes me laissèrent pantois. Son enfance semble joyeuse et innocente, sa vie étudiante remplie d'anecdotes qui, en tant que louvaniste, me parlent : son implication dans la transition Leuven - Louvain-la-Neuve, la salle de guindaille à son nom, la création de la DUC à côté de la CIACO, qui aujourd'hui encore est un lieu incontournable pour l'étudiant en blocus*. Il est réellement agréable de pouvoir se projeter si facilement dans ses mots. Après la vie étudiante, l'agenda de Serge ne désemplit pas : professeur dans son ancienne école, où il assiste à la transition inéluctable entre le passé et le futur, assistant facultaire, un camp patro en tant que cuistot et qui déboucha sur un poste de président et, point marquant de sa carrière : l'entrée chez Test-Achats. Serge gravit les échelons comme il l'a toujours fait : grâce à ses compétences. Il voyage à travers le monde, rencontre de nombreuses cultures et autant de personnages. Son choix éditorial d'alterner ses chapitres entre deux pôles, le profane et le spirituel, n'est pas anodin ; toutefois, on ressent tout au long du manuscrit que la dimension spirituelle s'immisce de plus en plus dans le profane, jusqu'à ce que le tournant ait lieu : le profane et le spirituel se rejoignent dans la vie de notre prêtre.

L'euphorie et la curiosité passées, vint le temps des doutes. Que pourrais-je apporter comme réflexion pertinente sur l'histoire de toute une vie, moi qui connaissais Serge depuis si peu de temps ? Pourtant, je pense avoir déjà tant appris de lui. Après une première discussion dans un petit italien de Nivelles, suivie d'une seconde chez lui où l'on partage avec un ancien membre du Kot Citoyen, je n'y vois toujours pas plus clair. Qu'allons-nous écrire ? Une postface, un chapitre ou une conclusion ? Nous nous rencontrons, Quentin, Rémy et moi : un 96, un 97 et un 98 ! Nous constatons alors que chacun a interprété différemment l'exercice, en fonction de son vécu personnel. La première rencontre fut timide : on discute de ce que l'on a cru comprendre que Serge attendait de nous ; heureusement, le partage a été fécond. La deuxième rencontre fut encore plus plaisante : on commence par récapituler ce que chacun avait imaginé comme structure et ensuite on procède à un appel vidéo avec notre ami commun. Impossible de lui tirer les vers du nez : vous êtes totalement libres, faites comme bon vous semble. On arrive finalement à se mettre d'accord sur la structure finale : une page personnelle écrite par chacun, formant un triptyque ou un trialogue. L'appel est terminé. On décide de prendre un verre, puis un autre, se découvrant de nombreux points communs. Nous ne voyons pas l'heure passer. C'est à cet instant que j'ai réalisé ce que Serge avait mis en place, dans la ligne de sa biographie, où le mot rencontre est récurrent. En effet, sa vie a été faite de rencontres, parfois inattendues, souvent insignifiantes sur le moment, mais précieuses des années plus tard. Maintenant j'ai la réponse : une vie peut être longue, remplie, sembler toute tracée mais, un jour, tout peut être bousculé. Et, dans le nouvel aggiornamento, il subsiste la richesse des rencontres passées, présentes et à venir. Serge, en choisissant cette postface tripartite, ne se trompait pas. Il a semé une graine qui a commencé à germer au fil de nos rencontres et qui fleurira peut-être encore dans quelques années.

Samy

Quel fil d'Ariane ?

Alors que les années défilent au rythme des pages qui se tournent, les écrits de Serge nous poussent à réaliser que la vie d'un homme est un chemin aux mille carrefours, dont le tracé croiserait régulièrement celui d'autres randonneurs. Chaque pas, chaque rencontre, chaque croisement suppose des choix. Qu'ils soient conscients ou non, leur infinie succession rend possible une multitude de destinées, face à laquelle nous nous sommes déjà tous sentis perdus. Et si le passé d'un homme pouvait éclairer l'avenir d'un autre ? Comme un distant écho, le vécu de Serge résonne en chacun des lecteurs et montre à quel point le sens d'une vie ne se trouve qu'à travers un long cheminement personnel. Dans cette résonance, peut-être pouvons-nous toucher du bout des doigts ce que le temps nous réserve.

Les premières années de toute vie sont faites de sentiers longilignes dont nous ne voyons ni le début ni la fin. Guidés par nos parents, nous y avançons sans nous interroger quant à la direction empruntée. Le sablier de la vie semble figé, notre environnement immuable. Pourtant, au rythme de nos pas, les grains de sable s'écoulent et restent derrière nous. L'ensemble de notre enfance finit ainsi par n'être qu'une mer de souvenirs, que les marées feront émerger dans nos consciences tout au long de notre vie. En matérialisant nos racines, ils ne cesseront de nous guider. Ainsi, telle une multitude de clins d'œil adressés au présent par le passé, la religion et l'Église ne cesseront jamais d'accompagner Serge sur son chemin.

Le début de l'âge adulte marque alors cette période pendant laquelle les carrefours se multiplient. Petit à petit, le sentier se mue alors en un labyrinthe. Nous prenons conscience que de nombreux grains de sable s'étalent déjà derrière nous, nous donnant un infime aperçu de la finalité de la vie. Pour la première fois, nous réalisons que nous sommes les seuls décideurs de notre itinéraire et cela nous laisse parfois désorientés. Nous sautons alors sur les opportunités qui s'offrent à nous et tentons frénétiquement de nous frayer un chemin, à travers un dédale fait de multiples impasses, longs couloirs et carrefours. Emportés par le courant des secondes, nous peinons pourtant à réaliser le sens des choix et des actions que nous posons. Nombreux sont ceux qui, désorientés, se perdent dans ce dédale ou décident de ne plus avancer. Il suffirait pourtant d'une paire d'ailes pour s'envoler et se rendre compte que la multitude de ces sentiers chaotiques dessinent ensemble une forme bien précise : celle du sens de notre vie, inaccessible depuis le sol.

Cette paire d'ailes, nous la trouvons au détour d'une expérience particulièrement marquante. Il existe autant de catalyseurs qu'il existe d'hommes. Un couloir un peu trop long, de trop nombreux tournants, l'impression de tourner en rond voire même un conflit avec un supérieur hiérarchique. Tant d'éléments déclencheurs qui nous permettent de prendre notre envol. Soudainement, nos expériences et nos souvenirs se cristallisent et nous poussent à réaliser le sens de notre parcours. Notre passé rayonne alors sur l'avenir, qui tout à coup s'éclaire et vers lequel nous nous envolons, dans un intense moment de joie.

Nous avons parfois à apprendre de la manière avec laquelle Serge s'est frayé son chemin, jusqu'à sa paire d'ailes et son ordination. Comme lui, embrassons les souvenirs de notre enfance. Les racines dont ils émergent seront nos meilleurs guides une fois à l'intérieur du labyrinthe. Ne marchons pas seuls, accueillons chaleureusement le marcheur dont la route croise la nôtre. Ces bouts de chemins parcourus en commun sont ce que la vie a de plus précieux à nous offrir. Sourions à la part d'inconnu qui compose chacune de nos vies et abordons avec confiance chaque carrefour, car nos ailes se trouvent au détour de toute opportunité qu'ils offrent. Lorsque le moment sera venu, ne laissons rien ni personne nous clouer au sol, prenons notre envol et choisissons la vie, notre vie.

Rémy

Amor fati

Écrire n'est jamais chose aisée. Encore moins, lorsque cet homme dont il faut parler est un prêtre doublé d'un ami. Que dire ? Qu'écrire ? Que retenir finalement des pérégrinations de Serge, mon aîné de quelques décennies ? Outre le goût truculent de ses souvenirs passés et, avouons-le, de ses intimidantes réussites, pas grand-chose, ai-je été tenté d'avancer. Pourtant, j'ai perçu la force de la sève d'un vieux chêne, rappelant inlassablement, sur chacune de ses feuilles, l'impératif : Vis !
D'abord : vis de tes racines ! À l'instar du monde arboricole qui communique par sa dense chevelure auburn, l'homme s'ancre dans une terre, une tradition, un patrimoine. Fondations invisibles avec lesquelles il entretient, conscient de leur importance, une douce harmonie. Il s'y plonge ainsi lors des fortes bourrasques de l'existence, tout en prenant soin de s'en extirper dès l'accalmie revenue. Ce maillage organique est, en effet, à double tranchant…
Terreau de sagesse foulé par nos pairs, il rassure. Davantage, il fortifie et consolide l'âme, en l'irriguant de son savoir.
Malheureusement, par mégarde, cette fontaine de jouvence noie parfois l'humain. De temps en temps, il est submergé sous un torrent de nostalgie. D'autres fois, il se trouve enseveli au pied d'une quelconque cascade incapacitante. Occasionnellement, il se sent englouti par la résurgence de l'énième crue d'un passé d'ores et déjà révolu.

Règle n° 1 : Fais donc de ces tentacules souterrains autant d'artères nécessaires pour pousser jusqu'à ta canopée future. Choisis toujours l'instinct du mouvement plutôt que l'instinct du repli !
Ensuite, vis à travers ton houppier. Pousse, crois, grandis !

Laisse ta lymphe s'amuser. Qu'importe l'apparence. Grands ou petits, épais ou minces, au tronc cuirassé ou dénudé, nous avons tous vocation à nous étendre dans les bornes qui nous sont dictées. Pour suivre les préceptes d'un prince des poètes : cueillons dès aujourd'hui les roses de la vie.
Certes, le résultat est bien souvent illisible, tant il semble désordonné, confus voire touffu. C'est ainsi que certaines branches deviennent fragiles, au point de se briser, tandis que d'autres offrent de magnifiques bourgeons à leur dénouement. De même, des tiges aux allures ridicules soufflent l'espoir d'une vitalité renouvelée, pendant que certains rameaux, aux pelages étincelants, perdent leur fringance supposée, au premier coup de vent.
De fait, dans ce brouillard de la Providence, plusieurs élagages et une multitude de traitements s'envisagent. Tantôt brutaux, tantôt délicats, ils cultivent néanmoins notre couronne ombragée. Lieu trop fragile pour être délaissé au vulgaire hasard, trop imparfait pour être abandonné au modeste lendemain, et trop miraculeux pour être condamné à pourrir mollement.

Règle n° 2 : Fais donc de ces chemins empruntés autant de vaisseaux pour t'ouvrir au monde. Choisis toujours l'amour du destin plutôt que l'amour de la fatalité !
Enfin, vis jusqu'à ta cime ailée. Au rythme qui est le sien, le pèlerin boisé se tourne vers le soleil, horizon ultime où côtoyer le sublime. Levant sa frondaison au ciel, l'homme a découvert sa raison d'être. Heureux et n'écoutant que son aubier, il trace désormais sa route calmement. Nonchalant d'atteindre cette perspective étoilée, il ne s'effraye plus de sa trajectoire tordue. Il a compris. La lumière l'atteignant déjà, rien ne le pressait plus à percer la futaie.
Il cédait ainsi aux impatients le privilège de dépasser l'un de ces arbustes bruyants, abattus avant même d'avoir pu

léguer ; l'une de ces plantes sous serre, étouffées avant même d'avoir pu respirer ; l'un de ces acacias solitaires, brûlés par la foudre avant même d'avoir pu s'émouvoir.
Finalement, lorsque le temps de la moisson sera définitivement venu, l'homme franchira l'extrême lisière. Entre deux Olympes, le chêne tranquille s'ébranlera alors une dernière fois, laissant encore échapper, gracieusement, quelques glands précieux…

Règle n° 3 : Fais donc de ces nervures dorées autant de boussoles pour te guider dans la broussaille. Choisis toujours le sentier du Vrai, du Bien et du Beau plutôt que le boulevard de la Facilité.
En résumé, s'essayer à la physiologie végétale d'un prêtre anticlérical revient à esquisser une véritable philosophie du vivant.
À saisir, devant cette Galilée des forêts qui nous entoure, la beauté complexe du monde.
À comprendre, au détour d'une souche d'histoire, que l'humain demeure la source intarissable de tous les possibles.
À deviner, à la lumière d'un verger intérieur, que le mystère d'une vie heureuse réside dans cette forme d'audace à, toujours et sans relâche, choisir … la Vie.

Quentin

Rendre grâce

Cette belle expression réveille en moi un souvenir d'adolescence. Au cours de la première année de latin, nous étions invités à traduire en français « *Gratias agere* ». L'exercice m'a paru simple mais la traduction française bien abstraite. Je me souviens que je classais l'action de grâce dans le champ sémantique de la liturgie, d'autant plus spontanément que mon professeur de latin était prêtre, et que l'expression n'avait pas beaucoup de pertinence dans l'univers qui était le mien. Je n'imaginais pas mes parents ou d'autres proches utiliser cette expression dans la vie quotidienne. Par la suite, en jetant un regard rétrospectif sur mon parcours de vie, la reconnaissance et la gratitude se sont révélées, me faisant prendre conscience de tout ce que j'avais reçu de vrai, de bon et de beau, le plus souvent gratuitement.

Enfant, j'étais fasciné par les stalagmites et les stalactites, ces sculptures, tantôt massives et impressionnantes, tantôt transparentes et fragiles. Elles m'ont fait méditer sur le temps et sur la patience dont j'ai toujours manqué. Plus tard, elles ont aussi évoqué l'amitié, en suggérant l'étrange coexistence de la complicité et de la distance ainsi que la réciprocité du don. Ce livre n'aurait sans doute pas vu le jour sans l'amitié, une valeur que Dieu m'a donné de vivre à foison. La mosaïque des biotopes évoqués recèle des trésors de relations, de complicités et de très belles amitiés.

Tout au long de la genèse de ce livre, des échanges, des relectures, des corrections ont affiné le manuscrit. Ma gratitude va notamment à Rita, Annie, Marie-France, Antonin, Bruno et Laurent qui m'ont fait le cadeau d'y consacrer beaucoup de temps. La lecture du manuscrit a suscité quatre papiers, témoignages d'une belle complicité. Françoise, la fille de mon instituteur, me connaît depuis le berceau et vous l'avez lue au début. J'ai connu Quentin, Rémy et Samy à Louvain-la-Neuve, des étudiants impliqués dans des projets que je portais avec eux. Au seuil de leur vie professionnelle, leur témoignage est un beau clin d'œil prospectif de fin de lecture. J'espère que votre lecture vous aura été agréable et vous invite à toujours …. Choisir la vie !

Boscodon, juillet 2021

Glossaire

ADL : Association des étudiants en Droit de Louvain
Agrégation : habilitation à enseigner
Athénée : désigne historiquement une école secondaire du réseau public
Auditoire : salle de cours pourvue de gradins
Balle pelote : deux équipes de cinq joueurs se renvoient une balle sur le ballodrome
Basine (féminin de baas, chef en néerlandais) : logeuse d'étudiants
Blindicide : lance-roquettes antichar qui peut percer des blindages
Blocus : préparation intensive aux examens
Bourgmestre : premier magistrat de la commune
Brosser (un cours) : manquer de manière délibérée, sécher
Bruegelienne : allusion aux truculentes fêtes peintes par le flamand Pieter Bruegel et sa dynastie
Candi(dature)s : premier cycle universitaire (avant Bologne)
Carrousel : manège
CdH : Centre démocrate humaniste, dénomination choisie par le PSC en 2002 lors de son aggiornamento
CEPIC : Centre Politique des Indépendants et Cadres chrétiens
Charroi : parc de véhicules
Chimay à capsule bleue : l'une des célèbres trappistes belges, brassée à l'abbaye cistercienne de Chimay (Hainaut)
CIACO : Centrale d'Impression et d'Achat en Coopérative, diffusant les syllabi via la DUC (Diffusion Universitaire Ciaco)
Collège : désigne historiquement une école secondaire du réseau catholique
Collège échevinal (devenu communal en 2018) : exécutif de la commune, réunissant le bourgmestre et les échevins

CRASEN : Comité de la région d'Ath pour la sauvegarde **de l'environnement naturel**
Décret inscriptions : procédure pour l'inscription des élèves en première année d'enseignement secondaire
Défense : soutenance (de thèse)
Divorce : utilisé pour évoquer la scission de l'université catholique de Louvain, en 2 entités, la KUL (flamande qui restera à Louvain) et l'UCL (francophone, installée progressivement à Louvain-La-Neuve à partir de 1971)
Ducasse : fête villageoise dont la date correspond généralement à l'anniversaire de la dédicace d'une église, appelée aussi kermesse (influence néerlandophone)
Flamingant : terme péjoratif désignant le nationalisme flamand, partisan de l'autonomie de la Flandre
Goyim : pluriel de l'hébreu goy, nom donné par les Juifs aux personnes étrangères à leur culte
Grade : mention (résultat universitaire)
Guindaille : fête étudiante, habituellement bien arrosée
JEC, JAC, JOC : Jeunesse étudiante, agricole, ouvrière chrétienne
Kot : chambre d'étudiant
Koter : loger dans un kot
Kot-à-projet : logement communautaire partagé par une dizaine d'étudiants et développant un projet de nature sociale, culturelle ou sportive
KUL : Katholieke Universiteit Leuven (l'équivalent flamand de l'UCL)
La Libre Belgique : quotidien belge d'origine catholique
Licence : programme de deuxième cycle à l'université (avant la réforme dite de Bologne)
Lycée : désigne historiquement une école pour filles en Belgique francophone
Matonge : quartier commerçant africain à Bruxelles
Navetteur : le banlieusard belge

Néolouvaniste : relatif à Louvain-la-Neuve
Patro : mouvement de jeunesse chrétien, à vocation populaire
QCM : Questionnaire à choix multiples
Régionale : association d'étudiants universitaires issus de la même région du pays
Recteur : personnalité à la tête d'une université. Le titre de recteur magnifique est porté par le recteur-prêtre de certaines universités catholiques.
Rénové : nouvelle méthode d'enseignement, appliquée en secondaire depuis la fin des années '70 (en Belgique francophone)
Rhéto : élève de la dernière année de l'enseignement secondaire
Romanes : études des langues et littératures romanes
Saint-Nicolas : selon sa légende, il apporte le 6 décembre des cadeaux aux enfants et est aussi fêté par les étudiants
Syllabus : notes de cours, dans l'enseignement supérieur
Tapis plain : moquette
Tarmac : macadam goudronné pour le revêtement d'une route asphaltée
Tête pressée : fromage de tête
Tripel Karmeliet : bière triple, brassée avec 3 céréales, lancée en 1996 selon une recette originale de 1679 (Carmes de Termonde)
UCLouvain : nouvelle appellation de l'UCL depuis 2018
Vieux-Temps : bière belge brune brassée jadis à proximité de Louvain-la-Neuve (Mont-Saint-Guibert)
Westmalle : bière trappiste brassée dans l'abbaye cistercienne de la commune de Westmalle (province d'Anvers)
Zoning : zone d'activités économiques

Un récit de vie atypique qui donne … de l'existence, à l'engagement, civil comme religieux

Serge Maucq est juriste, philosophe et théologien de formation, prêtre du diocèse de Malines-Bruxelles, et membre des fraternités sacerdotales de l'Ordre dominicain. On peut sans aucun doute qualifier son profil d'atypique. Il nous raconte ici son parcours de vie, ses cheminements intérieurs, familiaux et sociétaux, ses certitudes, ses doutes, ses choix, ses espoirs, ses engagements. Le tout dans un langage qui fleure bon la campagne, ses gens et leur quotidien.

Outre des masters en droit et en philosophie, Serge Maucq est docteur en théologie de l'Université de Louvain.
Après avoir été directeur au sein de l'association de défense des consommateurs Test-Achats, s'être investi durant plus de vingt-ans ans dans la politique locale, avoir suivi un chemin ecclésial dans l'ordre dominicain, il est ordonné prêtre en 2013 pour le diocèse de Malines-Bruxelles.

Aujourd'hui, Serge Maucq se partage entre sa paroisse, ses cours d'éthique dans plusieurs facultés de l'Université de Louvain et des formations de coaching où paroles bibliques et développement personnel entrent en dialogue. Actuellement il est aussi prieur de la fraternité sacerdotale dominicaine de Montpellier.
Il se définit volontiers comme un électron libre, atypique, soucieux d'un équilibre harmonieux entre vie intérieure et vie citoyenne. Serge Maucq s'inscrit dans une dynamique de recherche et de questionnement sur les liens entre Église et société.

Walden & Whitman

9 782390 650003

20€

Éditions Walden & Whitman
www.editionswalden.com